浙江文化名人传记精选修订丛书

原 主 编：万 斌

执行主编：卢敦基

太白之风

陈望道传

周维强 著

浙江人民出版社

图书在版编目（CIP）数据

太白之风 ：陈望道传 / 周维强著. -- 杭州 ：浙江人民出版社，2024. 12. -- ISBN 978-7-213-11857-9

Ⅰ. K825. 46

中国国家版本馆CIP数据核字第2025KU9940号

太白之风：陈望道传

TAIBAI ZHIFENG CHEN WANGDAO ZHUAN

周维强　著

出版发行　浙江人民出版社（杭州市环城北路177号　邮编　310006）

市场部电话:(0571)85061682　85176516

责任编辑　张　伟

责任校对　姚建国

责任印务　程　琳

封面设计　王　芸

电脑制版　杭州天一图文制作有限公司

印　　刷　杭州富春印务有限公司

开　　本　710毫米×1000毫米　1/16

印　　张　15.25

字　　数　232千字

插　　页　6

版　　次　2024年12月第1版

印　　次　2024年12月第1次印刷

书　　号　ISBN 978-7-213-11857-9

定　　价　66.00元

“浙江文化研究工程成果文库”总序

有人将文化比作一条来自老祖宗而又流向未来的河，这是说文化的传统，通过纵向传承和横向传递，生生不息地影响和引领着人们的生存与发展；有人说文化是人类的思想、智慧、信仰、情感和生活的载体、方式和方法，这是将文化作为人们代代相传的生活方式的整体。我们说，文化为群体生活提供规范、方式与环境，文化通过传承为社会进步发挥基础作用，文化会促进或制约经济乃至整个社会的发展。文化的力量，已经深深熔铸在民族的生命力、创造力和凝聚力之中。

在人类文化演化的进程中，各种文化都在其内部生成众多的元素、层次与类型，由此决定了文化的多样性与复杂性。

中国文化的博大精深，来源于其内部生成的多姿多彩；中国文化的历久弥新，取决于其变迁过程中各种元素、层次、类型在内容和结构上通过碰撞、解构、融合而产生的革故鼎新的强大动力。

中国土地广袤、疆域辽阔，不同区域间因自然环境、经济环境、社会环境等诸多方面的差异，建构了不同的区域文化。区域文化如同百川归海，共同汇聚成中国文化的大传统，这种大传统如同春风化雨，渗透于各种区域文化之中。在这个过程中，区域文化如同清溪山泉潺潺不息，在中国文化的共同价值取向下，以自己的独特个性支撑着、引领着本地经济社会的发展。

从区域文化入手，对一地文化的历史与现状展开全面、系统、扎实、有序的研究，一方面可以借此梳理和弘扬当地的历史传统和文化资源，繁荣和丰富当代的先进文化建设活动，规划和指导未来的文化发展蓝图，增强文化软实力，为全面建设小康社会、加快推进社会主义现代化提供思想保证、精神动力、智力支持和舆论力量；另一方面，这也是深入了解中国文化、研究中国文化、发展中国文化、创新中国文化的重要途径之一。如今，区域文化研究日益受到各地重视，成为我国文化研究走向深入的一个重要标志。我们今天实施浙江文化研究工程，其目的和意义也在于此。

千百年来，浙江人民积淀和传承了一个底蕴深厚的文化传统。这种文化传统的独特性，正在于它令人惊叹的富于创造力的智慧和力量。

浙江文化中富于创造力的基因，早早地出现在其历史的源头。在浙江新石器时代最为著名的跨湖桥、河姆渡、马家浜和良渚的考古文化中，浙江先民们都以不同凡响的作为，在中华民族的文明之源留下了创造和进步的印记。

浙江人民在与时俱进的历史轨迹上一路走来，秉承富于创造力的文化传统，这深深地融汇在一代代浙江人民的血液中，体现在浙江人民的行为上，也在浙江历史上众多杰出人物身上得到充分展示。从大禹的因势利导、敬业治水，到勾践的卧薪尝胆、励精图治；从钱氏的保境安民、纳土归宋，到胡则的为官一任、造福一方；从岳飞、于谦的精忠报国、清白一生，到方孝孺、张苍水的刚正不阿、以身殉国；从沈括的博学多识、精研深究，到竺可桢的科学救国、求是一生；无论是陈亮、叶适的经世致用，还是黄宗羲的工商皆本；无论是王充、王阳明的批判、自觉，还是龚自珍、蔡元培的开明、开放，等等，都展示了浙江深厚的文化底蕴，凝聚了浙江人民求真务实的创造精神。

代代相传的文化创造的作为和精神，从观念、态度、行为方式和价值取向上，孕育、形成和发展了渊源有自的浙江地域文化传统和与时俱进的浙江文化精神，她滋育着浙江的生命力、催生着浙江的凝聚力、激发着浙江的创造力、培植着浙江的竞争力，激励着浙江人民永不自满、永不停息，在各个不同的历史时期不断地超越自我、创业奋进。

悠久深厚、意韵丰富的浙江文化传统，是历史赐予我们的宝贵财富，也是我们开拓未来的丰富资源和不竭动力。党的十六大以来推进浙江新发展的实践，使我们越来越深刻地认识到，与国家实施改革开放大政方针相伴随的浙江经济社会持续快速健康发展的深层原因，就在于浙江深厚的文化底蕴和文化传统与当今时代精神的有机结合，就在于发展先进生产力与发展先进文化的有机结合。今后一个时期浙江能否在全面建设小康社会、加快社会主义现代化建设进程中继续走在前列，很大程度上取决于我们对文化力量的深刻认识、对发展先进文化的高度自觉和对加快建设文化大省的工作力度。我们应该看到，文化的力量最终可以转化为物质的力量，文化的软实力最终可以转化为经济的硬实力。文化要素是综合竞争力的核心要素，文化资源是经济社会发展的重要资源，文化素质是领导者和劳动者的首要素质。因此，研究浙江文化的历史与现状，增强文化软实力，为浙江的现代化建设服务，是浙江人民的共同事业，也是浙江各级党委、政府的重要使命和责任。

2005年7月召开的中共浙江省委十一届八次全会，作出《关于加快建设文化大省的决定》，提出要从增强先进文化凝聚力、解放和发展生产力、增强社会公共服务能力入手，大力实施文明素质工程、文化精品工程、文化研究工程、文化保护工程、文化产业促进工程、文化阵地工程、文化传播工程、文化人才工程等“八项工程”，实施科教兴国和人才强国战略，加快建设教育、科技、卫生、体育等“四个强省”。作为文化建设“八项工程”之一的文化研究工程，其任务就是系统研究浙江文化的历史成就和当代发展，深入挖掘浙江文化底蕴、研究浙江现象、总结浙江经验、指导浙江未来的发展。

浙江文化研究工程将重点研究“今、古、人、文”四个方面，即围绕浙江当代发展问题研究、浙江历史文化专题研究、浙江名人研究、浙江历史文献整理四大板块，开展系统研究，出版系列丛书。在研究内容上，深入挖掘浙江文化底蕴，系统梳理和分析浙江历史文化的内部结构、变化规律和地域特色，坚持和发展浙江精神；研究浙江文化与其他地域文化的异同，厘清浙江文化在中国文化中的地位和相互影响的关系；围绕浙江生动的当代实践，深入解读浙江现象，总结浙江经验，指导浙江发展。在研究力量上，通过课题组织、出版资助、重点研究基地建设、加强省内外大院名校合作、整合各地各部门力量等途径，形成上下联动、学界互动的整体合力。在成果运用上，注重研究成果的学术价值和应用价值，充分发挥其认识世界、传承文明、创新理论、咨政育人、服务社会的重要作用。

我们希望通过实施浙江文化研究工程，努力用浙江历史教育浙江人民、用浙江文化熏陶浙江人民、用浙江精神鼓舞浙江人民、用浙江经验引领浙江人民，进一步激发浙江人民的无穷智慧和伟大创造能力，推动浙江实现又快又好发展。

今天，我们踏着来自历史的河流，受着一方百姓的期许，理应负起使命，至诚奉献，让我们的文化绵延不绝，让我们的创造生生不息。

2006年5月30日于杭州

目录

小 引

陈望道先生出生在浙江义乌的河里乡（今夏演乡）分水塘村。他的生年，旧说为清光绪十六年农历腊月初九（1891年1月18日）。这是邓明以先生所著的《陈望道传》（复旦大学出版社1995年版）提出来的。2022年9月26日，《文汇报》刊发陈光磊先生的论文《陈望道生年考订》。陈光磊先生依据《义乌色里分水陈氏宗谱》、陈望道先生1948年10月18日填写的“上海市住民请领国民身分［份］证声请书”以及亲属记忆里的陈望道先生生肖属相为兔等材料，修正旧说，考订其生年为清光绪十七年十二月初九，即1892年1月8日。本传记今从陈光磊先生之说。

陈望道先生1915年东渡日本留学，1919年6月回国，此后开始了他在国内的文化和政治活动。在政治上，陈望道是《共产党宣言》第一个汉语全译本的译者，参与了中国共产党的建党工作。在文化上，陈望道撰写《修辞学发凡》，该书于1932年出版，新文化运动中的著名人物刘大白为其作序，评价说，这是“中国第一部有系统的兼顾古话文今话文的修辞学书”。陈望道也是现代中国语文学界最早介绍并运用索绪尔学说的学者，受索绪尔学说的启发，在汉语语法研究上提出了“功能说”，自成一家。他曾主编或主持过社会、政治、文化和语文研究方面的报刊，经营过出版社。他是复旦大学新闻系的实际创办人，后又连续8年担任复旦新闻系主任，因此可以说他是现代中国新闻教育的推动者。中华人民共和国成立后，陈望道担任复旦大学校长25个年头，他在复旦的治校实践，可以证明他是一个有抱负有能力的教育家。关于陈望道的个性、品质和做事的风格，1965年入学复旦大学新闻系的秦绍德说，“有机会亲睹先贤一面”。2005年，秦绍德在复旦大学党委书记任上，为邓明以教授撰著的《陈望道传》作序，其中有对陈望道非常中肯的评价，兹录如下：

> 陈望道是一位很有个性的人物，执著而又倔强。追求理想，始终不渝。正直不阿，容不得半点尘埃。资望很高，不事张扬；为党做了许多工作，却非常低调。许多人敬畏他，其实他是一个平和的老人。[①]

---

① 秦绍德：《好学力行的教育家——〈陈望道传〉再版序》，载邓明以：《陈望道传》，复旦大学出版社2005年版，第2页。

第一章

故乡·身世

关于陈望道先生的故乡义乌，公开发布的有关历史和地理资料表述有：

义乌，地处金衢盆地东端，东邻东阳，南界永康、武义，西连金华、兰溪，北接诸暨、浦江。至省会杭州百余里。市境东、南、北三面群山环抱，南北长58.15公里，东西宽44.41公里，面积约1102.8平方公里。境内有中低山、丘陵、岗地、平原，土壤类型多样，光热资源丰富。义乌属亚热带季风气候，温和湿润，四季分明。

义乌历史悠久，东周时先属越国，后为楚地。秦王嬴政二十五年（前222）置乌伤县，属会稽郡。《万历义乌县志》卷5载："秦颜孝子氏，事亲孝，葬亲躬畚锸，群乌衔土助之，喙为之伤。后旌其邑曰乌伤，曰乌孝，曰义乌，皆以孝子故。"东汉初平三年（192）后，数次析地设置新县。唐代武德七年（624）改称义乌，以至于今。1988年撤县建市。义乌素有文化之乡的美誉。在唐代，有"初唐四杰"之一骆宾王；宋代有抗金名将宗泽；元代时，有时为四大名医之一的朱丹溪，理学家、学问家黄溍；明代，有主修《元史》的王祎，抗倭御边的儒将吴百朋；清初，则有治河名臣朱之锡；在现代，文艺理论家、诗人冯雪峰，历史学家吴晗等均为一时之选。

陈望道出生于义乌的分水塘，分水塘村村名，清代已有文献记载。在这个四面环山、景致秀美的小山村边上，有一个不大的水塘，水源从两边分流开去，西北一路流入了浦江县境，东南一路则养育着乌伤大地，分水塘村因此得名。

陈望道家的那幢楼房，1909年盖成，时为清宣统年间。这是庭院建筑。一进五开间，左右厢房各两间，开间前檐有天井，设有照墙。故居右角不远处是陈家的柴屋。当代作家叶文玲的散文《寂寞分水塘》，以生动的笔墨描绘了陈望道在分水塘的故居：

细雨蒙蒙中来到分水塘，更体验了如今遍地都见的乡村寂寥。刚刚过午，除了偶尔隐现于田塍中的老汉身影，远近村子真像睡去了一般寂静。真难相信这里就在义乌近郊，与那个昼夜商歌不息的国际商贸城，只有咫尺之遥。

使我惊讶的还有：相对赫然成为热闹旅游点的绍兴鲁迅故居、乌镇茅盾故居，这位学界泰斗故居，前门后道都十分逼仄，紧窄得几乎淹没在左邻右舍的农家宅院中。

说其仄小，可能也不尽然——尽管院落不大，但在上个世纪的浙中地区，陈家算得是耕读承传的富裕农家，不然的话，望道先生也不可能少年读书、青年远渡重洋去日本留学而后成为浙江“一师”的“四大金刚”的。而今，除了“还原”的宅院，在门墙一侧，有保留至今的柴房和天井小院；墙院门高楣重，门楣上尚有题诗的墙画，架筑在旧墙垣上是结结实实的乌木栋梁。在时下热衷收集民居装饰的人眼里，那些雕刻精致的“牛腿”和花窗，绝对还是价钱不菲的古建筑呢！之所以如此说，是听说望道先生身后萧条，这所老宅早在解放初就曾易主。宅院的后来拥有者确曾有过将这故居旧房“拆了零碎卖也能得点钱”的主意呢。谢天谢地，多亏当地几位文化界人士有心而想方设法力保了原迹，不然，这所故居也将不“故”，和各地许多黯然消失的文物一样，难逃一劫的。[①]

---

① 叶文玲：《寂寞分水塘》，《文汇报》2005年10月9日。

在房主更换后，分水塘的这个庭院，还能保存下来，不能不让人感到幸运和慰藉。

正如叶文玲在这篇作品里所推测的，陈望道家还是算富裕的。

陈望道的祖父陈孟坡，以务农为主，兼营染坊，销售用于染青土布的染料靛青。经营多年，渐有资产。

陈望道的父亲陈君元，号菊笙，生于重阳节，所以又名重阳。重阳早年考过秀才，当过乡绅士，在村上享有声望，被村人尊称为“重阳伯”。陈君元1918年主持修订了《义乌色里分水陈氏宗谱》。重阳弟兄五人，排行老二，因伯父陈孟坡膝下无子，所以自幼被过继给了伯父。重阳勤勉务农，孟坡去世后，他继承祖上的家产，并且也像孟坡那样兼着制作靛青。这样经过两代人的劳作积累，重阳家购田置屋，日子越过越旺。

陈望道的母亲张翠姐，虽为农家女子，但相夫教子，是一位贤妻良母。她一生从没打骂过子女，孩子们个个有出息，都成了器。张翠姐富有同情心，自家种了竹子，春天到了，长出春笋，村里贫困人家常来偷挖，家里人看到后追出去，张翠姐总会劝阻，说让他们挖吧，他们也是为生活所迫，没有办法，挖去就挖去吧。

陈望道共有兄妹五人，陈望道原名参一，是长子；接下来依次为妹妹漱白（又名华英），妹妹漱青（又名华青），弟弟贯一（后改名伸道，比参一小十一岁），弟弟精一（后改名致道，比参一小十二三岁）。陈望道由参一改名望道，是五四时期的事。这部小书，为了叙述方便，也考虑到读者都已习惯于“陈望道”这个名字，所以即使是在叙说陈望道改名之前的事时，也仍然使用“陈望道”这个名字。

陈望道的父亲陈君元，虽是务农出身，但他是一个明白人，所以并没有把孩子拴在自己身边的意思，没有要陈望道他们替自己经营这份家业的念头。陈君元甚至还变卖了田产，把孩子们送到县城里读书。陈君元常对儿女们讲这样的道理：书读在肚里，大水冲不去，火烧烧不掉，强盗抢不走，无论走到哪里都管用。陈望道三兄弟进了县城念书，又去更远的地方读大学；漱白两姐妹也被陈君元送进了县城女子学校念书。

陈君元治家甚严，他要求孩子们多念书，但也从没放弃对孩子们劳动的要求。陈君元也常对孩子们讲这样的道理：你们若不参加农业劳动，就连粮食是从天上掉下来还是地里长出来这样一个简单的道理都不懂。

陈望道后来在《夏夜杂忆》里回忆当年在乡村的这段半耕半读的生活：

> 我在当地，也算是一等家庭的子弟，我家的规矩在当地一切的家庭之中，又算是最严的。[①]

义乌也是"中国武术之乡"。义乌武术，有很久远的历史。三国时期的骆统，习武练兵，曾屡败魏兵，吴王孙权封他为左将军。宋代抗金名将宗泽，明代抗倭将士陈大成、王如龙、朱文达等人，还有皇皇拳教师金台都是有名的义乌武术家。仅明代因军功被授予平章元帅、将军、指挥使、副总兵、参将、千总、把总、千户等武职的义乌籍将士就有228名。现代，吴山民的保镖吴琅坤所擅长的劈斧滚刀功夫，在全国很有名气；武术名家王伯雄曾在上海武术馆深造，当过杨登浦的秘书；黄昌禄讲究武德；看山老人朱德德提倡"十教""十不教"武规；沈滨义"小年练武，长大将军"。所以民谚有云："金华唬头，兰溪埠头，义乌拳头，东阳刀头，永康炉头，武义芋头。"其中的"义乌拳头"，指的就是义乌的武术。

故乡既有这样的武术渊源，又受父亲的影响，陈望道少小便跟从拳师习拳练武，强身健体。对义乌民间武术，当地人一般的看法是：东乡廿三里一带拳术刚劲有力；西乡吴店、义亭一带讲求实用；北乡苏溪、新厅一带刚柔兼顾；南乡佛堂一带架子好看。陈望道说他练武的目的，一是健身，二是强国与兴邦。1950年考入复旦大学新闻系的居欣如，在《记者之师——纪念陈望道先生》一文里讲道："据说，先生年轻时练过武当拳，会硬功，能轻而易举跳过一两张桌子。"[②]在复旦大学做过陈望道秘书的邓明以教授说："甚至于到了晚年，他仍然

---

① 陈望道：《夏夜杂忆》，载《陈望道全集》（第六卷），浙江大学出版社2011年版，第227页。

② 居欣如：《记者之师——纪念陈望道先生》，载复旦大学语言文学研究所编：《陈望道先生诞辰一百周年纪念文集》，学林出版社1992年版，第27页。

'坐如钟，立如松'，显得极有功夫。"[①]

父亲耕读并举的教育，母亲宽厚善良的示范，都潜移默化地影响了陈望道。

求学：从中国到日本

陈望道从6岁开始，在老家分水塘山村的私塾里，跟随张老先生学习"四书五经"等中国的传统课业。陈望道天分很好，记忆力很强，所以学得很快。据说，上课时，张老先生每当看到陈望道似乎在走神，便叫他起来回答问题，然而陈望道总是能答上来。他每门功课在班上都名列前茅，作文尤其写得好，作文本上总是满布着先生用朱笔批的表示赞许的圈圈。

陈望道不仅学习好，平时爱练武，还喜欢绘画和音乐，吹洞箫是他的拿手项目。

16岁时，陈望道离开分水塘的私塾，来到义乌县城的绣湖书院读书。

绣湖书院，前身系绣湖社学，始建于清代乾隆四十二年（1777），院址在义乌县治稠城镇绣湖滨俞公堤上。唐初的骆宾王，儿时就是在这绣湖畔对客作《咏鹅》："鹅鹅鹅，曲项向天歌。白毛浮绿水，红掌拨清波。"在这个山清水秀的书院里，好学不倦的陈望道却只读了一年书就回家了。那个时候的中国，国力衰退，少年陈望道很想为中国的振兴出点力。受了"教育救国"思想的影响，陈望道放弃自己的学业回到家乡，用后来陈望道的自述，是回老家"破除迷信和开发民智"[②]，与村里志同道合的青年兴办村学，启蒙学童。

少年陈望道的思想在不断变动之中，很快又转向了"实业救国"。一年后，他离开分水塘山村，投考金华中学。关于金华中学，邓明以教授称其是"原浙江省立第七中学"。这恐怕是不准确的。"浙江省立第七中学"是1927年7月才有的校名，它是由当时的浙江省立第七中学堂和浙江省立第七师范学校合并而来的。1938年，浙江省立第七中学才改称浙江省立金华中学。所以，陈望道18

---

① 邓明以：《陈望道传》，复旦大学出版社2005年版，第9页。

② 邓明以：《陈望道传》，复旦大学出版社2005年版，第10页。

岁时投考的这所“金华中学”，恐怕不可能是“原浙江省立第七中学”，因为此时距“浙江省立第七中学”的成立还得再等十多年。从以上也可知，陈望道读的也不可能是如邓明以教授所称的“金华中学”。因为“金华中学”这个名字要到1938年才出现。那么，陈望道那时念的这所中学的名字究竟是什么呢？我以为应该是1902年成立的“金华府中学堂”。

陈望道后来称，他刚从义乌这个小小的县城来到金华这座大城市时，对一切都感到新奇。他发愤用功读书，并深切关心国家的建设，“听到哪里有开办铁路的消息就非常兴奋”，因为他主张“实业救国”。陈望道在金华府中学堂学习了4年后，想要出国留学，因为那时他“以为欧美的科学发达，要兴办实业，富国强民，不得不借重欧美科学”[①]。1913年以后，陈望道先到上海一所补习学校学英语，接着考入杭州的之江大学专修英语和数学。在之江大学的学习，给陈望道日后出国深造打下了比较坚实的语言基础和文理知识基础。陈光磊先生是陈望道在复旦大学带的第一位语言学研究生，1962年入学。他曾对霍四通讲：陈望道的英语极好，和日语一样的流利，很难分出伯仲。他曾在病房里陪护陈望道，当时老师手不释卷，看的都是英语文献，阅读速度极快。这段话，被霍四通记录进了他的一篇讨论陈望道《共产党宣言》中译本的论文里。

私立之江大学是由美国基督教北长老会办的一所教会学校。其前身是1845年7月26日创设于宁波的崇信义塾，1867年9月迁入杭州，改名育英义塾，后改名育英书院。1911年正式在杭州秦望山成立之江学堂，设文理两科，1914年更名为之江大学，1931年又改称私立之江文理学院，仍设文理两科。全民族抗战爆发后，私立之江文理学院一度迁址安徽屯溪，1938年迁上海，并与沪江大学、上海圣约翰大学、东吴大学、金陵大学、金陵女子大学诸校合组为上海联合大学。1940年，恢复之江大学校名。1951年，之江大学由浙江省文教厅接管。1952年夏，全国高等院校院系调整，之江大学文、工、商三学院各系分别被并入浙江大学、复旦大学和华东财经学院等校，之江大学不再存在。1913年至1914年，陈望道在之江大学读书期间，以陈融的名字发表过《实用主义小学

---

① 邓明以：《陈望道传》，复旦大学出版社2005年版，第11页。

算术教材》《层行等和排列法》《圆为偶数之证明》等5篇有关小学数学教学及初等数学方面的文章。

陈望道原拟留学欧美国家，后来改去了日本，这是由于经济所迫。因为去日本留学的费用远低于去欧美留学的费用。

陈望道的父亲陈君元听说儿子打算自费留学，知道这事得“大洋一畚箕一畚箕地往外倒的”，就迟迟不肯同意。陈望道一开始也不与父亲多谈，只是抄录了李白《将进酒》里的两句诗“天生我材必有用，千金散尽还复来”，贴在墙上。过了几天，陈君元有些动摇了，陈望道就做父亲的工作，还一再对父亲说，他“将来决不要家中的一分田地和房产”。陈君元到底还是一个开明通达的人，见儿子这么有志气，也就同意了，他变卖了许多田产作为陈望道留学的费用。

陈君元是靠勤俭起家，经两代人的辛苦劳作才置起了家产，现在要变卖这么多，他终究是心疼的。陈望道留学期间，陈君元每次向远在日本念书的儿子汇钱时，总会忍不住掉下泪来。

1915年初，陈望道到了日本。

陈望道到日本后，先在东京的东亚高等预备学校学习日语。这是一所面向中国留日学生的日语补习机构，类似于现在的语言学校。随后陈望道进入了东京的早稻田大学法科、东洋大学文科和中央大学法科学习。这三所大学均为日本的私立大学。陈望道同时还到以数学和物理学著称的日本东京物理夜校学习。虽然他最后是在中央大学法科毕业，获得法学学士学位，但其实除了法科，陈望道还抓紧时间学习其他科目，完成了经济、物理、数学、哲学、文学等学科的修习。之所以主攻法科，是因为那时他认为“法科是万能的，是能驾御时代的”。法科是不是“万能”的，能不能“驾御时代”，这是一个众说纷纭的话题，后来陈望道自己的认识也起了变化，但这至少表明了青年陈望道留日的野心或抱负——他渴望“驾御时代”。

所以，陈望道在日本的学习也就必定不会只是埋头书斋，他还非常关心时政。正是对时政的关心，使陈望道通过日本早期的社会主义者河上肇、山川均等人，接触到了马克思学说。

河上肇是日本经济学家、哲学家，1879年10月20日生于日本周防国（今山口县），1946年1月30日卒于京都。1902年毕业于东京帝国大学（今东京大学前身）法科政治学科。1908年至1928年任京都帝国大学讲师和教授，1913年至1915年留学欧洲，回国后获法学博士学位。河上肇早年信奉儒教的伦理主义，主张社会改良，20世纪20年代转向马克思主义，他自称无神论者，但主张科学与宗教二重真理说。他坚持经济组织的改变决定人的思想改变的历史唯物主义观点，但晚年对日本的社会主义前途缺乏信心，提出“小国寡民”的乌托邦主张。河上肇对马克思的《资本论》有很深的研究，著作有《贫乏谈》《社会问题管见》《社会问题研究》《唯物史观研究》《社会组织与社会革命》《关于唯物史观的自我清算》《马克思主义批判者的批判》《狱中日记》《经济学大纲》《资本论入门》等。其中，《贫乏谈》于1917年在大阪《朝日新闻》上连载，一时洛阳纸贵。

山川均则在日本从事实际的社会主义运动。他做过《平民新闻》的编辑，在东京组织卖文社，担任《新社会》的编辑。

陈望道阅读他们的著述而逐渐产生新的认识，他后来说：“已逐渐认识到救国不单纯是兴办实业，还必须进行社会革命”①，“积极开展十月革命的宣传和马列主义的传播活动，热烈向往十月革命的道路”②。

陈望道怀着救国救民的抱负，在政治思想上通过阅读河上肇、山川均等人的著述，接受了来自西方世界的马克思学说。

在个人的学业上，陈望道也逐渐确立了自己的学术范围。他后来在追述自己的早年生活时说：“我是在农村读国文，绣湖学数学，金华攻理化，之江习外语，到了日本，则几乎从自然科学到社会科学无不涉猎。”③然后他由博而约，从“一时泛览无所归，转而逐渐形成以中国语文为中心的社会科学为自己的专业”④。

1919年五四运动爆发，影响波及在日本的中国留学生。他们集会要求中国政府拒绝日本政府提出的“二十一条”，拒绝在《凡尔赛和约》上签字。陈望道也投身其中。当年6月初，陈望道从日本回到了阔别四年的中国。

---

① 邓明以：《陈望道传》，复旦大学出版社2005年版，第14页。

②③④ 邓明以：《陈望道传》，复旦大学出版社2005年版，第15页。

第二章

国文教育改革

陈望道归国之时，刚刚爆发了五四运动，而新文化运动仍在进行之中。

在前往故乡义乌途中，陈望道先路过杭州，住宿在杭州的泰丰旅馆。沈仲九便到旅馆看望陈望道。沈仲九是浙江省教育会《教育潮》的主编，与陈望道在《教育潮》上有过一次通讯联系，然后就结识上了。沈仲九有意引荐陈望道去浙江省立第一师范学校教书。

沈仲九与陈望道只因一封书信而相交，这恐怕主要是出于两个人对时政、对中国社会变革的共识。陈望道与汪复共同署名的《致仲九》通讯中，有如下文字：

> 我们因为图谋发展起见，回到浙江来，把浙江的出版的新闻等类，仔仔细细的调查了一番，实在非常失望；因为他们的著述，不但是够不上在二十世纪出版，就是在十九世纪、十八世纪，乃至十七、十六……也还是够不上的。[1]

① 陈望道、汪复：《致仲九》，《教育潮》1919年第3期。

上述这些议论固然体现了陈望道“图谋发展”的抱负，但也未必没有初踏社会的青年人的意气在内，所以话说得很激烈。信中还写道：

适应时代的，才可以叫做真理；所以我们主张适应时代的知识和道德的人，不过是服从真理，并不足以当“新”的称号。只因为世界上还留有一班时代错误的人，我们就不能够不受那“新”的称号，并且不能够不受那他们攻击了！

但是，我们以为青年做人，决不可存一种懦怯的心理，因为一些些儿风吹草动，就裹足不前；仍旧应该图谋发展的！①

正是青年人的这些朝气飞扬和英气凌厉的话，引起了杂志主编沈仲九的注意。

由于沈仲九的推荐，浙江省立第一师范学校校长经亨颐先生数次到泰丰旅馆晤见陈望道，并聘请他去学校教国文。经亨颐先生在日记里记录道：

1919年8月6日　晴。大早，到校一转。即至会；晤陈望道，面允就本校国文教员。

1919年8月10日　晴。大早，进城，步行至岳坟乘舟。六时，至会，又至校，又至泰丰旅馆访陈望道，便至湾井弄丏尊家，不在，即返寓。午后，不他出。②

日记里两次说到的“至会”中的“会”，即浙江省教育会。

这样，陈望道回国后的第一份工作，便是到浙江省立第一师范学校教国文。

根据对杭州高级中学校史和校史文化素有研究的高宁的梳理，浙江省立第一师范学校的前身是清光绪三十四年（1908）春天成立的浙江官立两级师范学

① 陈望道、汪复：《致仲九》，《教育潮》1919年第3期。

② 经亨颐：《经亨颐日记》，浙江古籍出版社1984年版，第188页。

堂，1912年4月1日更名为浙江省立两级师范学校，1913年7月改为浙江省立第一师范学校，后来在各时期合并重组，先后有浙江省立第一中学、浙江省立高级中学、浙江省立杭州高级中学、浙江省临时联合高级中学、杭州市第一中学等名称，现在则叫杭州高级中学。浙江官立两级师范学堂的校舍是由经亨颐按照日本东京高等师范学校的图样，在杭州旧贡院的原址上造起来的。

经亨颐起先任浙江官立两级师范学堂教务长。1912年，浙江官立两级师范学堂改名浙江省立两级师范学校，经亨颐任校长。1913年，学校又改名为浙江省立第一师范学校，经亨颐仍任校长，并兼任浙江省教育会会长。

曹聚仁晚年著的回忆录《我与我的世界》提到经亨颐，称他是“我们的校长”。曹聚仁说：“‘一师’先后，有过许多校长，可是我们说到‘我们的校长’，只是指经子渊（亨颐）先生而言，跟其他校长毫无关系。‘一师’同学，组织了明远学社，经校长乃是固定的领导人，和其他校长也完全不相干的。”[①]曹聚仁还在书中写道：

> 子渊师是一个富有艺术修养的文士，饮酒赋诗，能写一手好的宝子碑，又能刻很好的印子，也是西泠印社的社友；他也会绘画。……经校长是勇于负责办事的人，他一生正直，依着自己的理想去做，不十分计较利害得失的，因而有“经毒头”的绰号。他不爱权位，不治生产，然而他并不是一个遁世隐逸的人。
>
> ……他所挂的教育目标是人格教育……他要求我们个个都是健全的公民；他也用了刘劭《人物志》所说的“淡”字来说明人生的极则，是一碗清水；一碗清水，才可以作种种应用。……他所聘请的教师，学问品性方面，对学生的影响非常之大，他所标立的教育方针，也颇利于学生个性的发展。我后来看了他的自述，才知道他最深于人生哲学的研究。他认为一切道德观念伦理关系，决没有一成不变的。因此，他对于五四运动的思想

① 曹聚仁：《我与我的世界》，人民文学出版社1983年版，第107页。

革命，不仅正面接受，还加以积极推动。[①]

有这样一位校长，浙江省立第一师范学校便弥漫着新的风气。

曹聚仁在回忆录中也写到了陈望道，书中《前四金刚》一章中写道：

因为一九一九年秋天，一开头，就继续着爱国运动，接着又是组织学生自治会，做种种学生运动，那半年中闹哄哄没好好读过书。究竟陈师（引者按：指陈望道）研究什么？语文教学法如何？我们毫无所知。只有一回，他到上海去，找了吴稚老，给稚老拖到西门黄家阙路一家小茶馆中去，边喝边教，把注音字母及拼音法门教给了他。他一回到了杭州，就教我们读注音字母，学拼音法。我们原是要教小学生学国语的，这倒替我们开了路；我们要写白话文，虽没提倡拼音文法，研究国语，也是一种路径。[②]

曹聚仁回忆的陈望道到上海找吴稚晖学注音字母一事，也见诸1919年10月10日出版的《浙江省立第一师范学校校友会十日刊》第一号：

要想普及白话文，先要灌输注音字母，这是人人知道的。本校国文教授陈望道君，对于注音字母，很有心得，所以特地请他到上海吴稚晖君处再去研究一番。归来便传授给附属小学全体教员和本校全体职员学生……

可知陈望道到上海学注音字母是学校当局的意思，也是提倡白话文、改革国文教学的一个举措。

有关改革国文教学的其他举措，《浙江省立第一师范学校校友会十日刊》第一号里还写道："从这个学年起，本校和附属小学国文科的教授，一律改用白话文。"因为"改革我国的文字，教育人确已认为必要了；在本校地位上看起来，

① 曹聚仁：《我与我的世界》，人民文学出版社1983年版，第109页。
② 曹聚仁：《我与我的世界》，人民文学出版社1983年版，第132页。

更觉得不能不负提倡的责任”。还有就是出版国语丛书。《浙江省立第一师范学校校友会十日刊》上预告出版的三种书目，要么是由陈望道一个人编著，要么是由他与人合作编写。这三种书是：《新式标点用法》，陈望道编；《国语法》，夏丏尊、李次九、陈望道、刘大白合编；《注音字母教授法》，陈望道、刘大白合编。

陈望道编写《新式标点用法》，也缘于他来浙江省立第一师范学校教书前就关注过这个问题。

用来表示语句的停顿、语气等的标点，我国古代就有所谓的“圈点”。然而就这么一个简单的“圈点”实在是力不胜能。陈望道在一篇文章中讲道：“盖中文旧式标点颇嫌太少，不足以尽明文句之关系，其形亦嫌太拙。当此斯文日就繁密之时，更复无足应用无碍也。则革新标点，其事又重且要于革新文字者矣。”①

1915年胡适在《如何使吾国文言文易于教授》中指出：文言文“不讲究句读标点，使文法不易解，字义不易定”。1915年6月，胡适为《科学》杂志写过一篇题为《论句读及文字符号》的专论，指陈历来中国文字不加文字符号（即标点符号）的弊病，并设计了十种标点符号。

1917年，语言学家钱玄同在《论应用之文亟宜改良》一文中，也指出：“无论何种文章……，必施句读及符号。（……此事看似无关宏旨，其实关系极大。古书之难读误解，大半由此。符号尤不可少。）惟浓圈密点，则全行废除。”

陈望道在日本留学时就已关注国内语文改革的发展，并于1918年在新创刊的新文化运动刊物《学艺》第1卷第3号上发表《标点之革新》。陈望道是主张采用西方标点符号的。1904年出版的严复著的《英文汉诂》首先使用西方标点符号，这是我国最早使用西方标点符号的汉语著作。陈望道的这篇《标点之革新》，介绍了西方的十种标点符号，反对自行创造新的标点。陈望道在文章中说：“造之者一人，而欲人之从之者万人。苟非无可易者，其事最为难能。势将

① 陈望道：《标点之革新》，《学艺》1918年第1卷第3号。陈望道发表于《学艺》上的这篇《标点之革新》，尚未采用新式标点，用的仍旧是“圈点”。笔者在引用时，改用了新式标点符号。

或为寂无影响，或致异说纷纭而已。数年以来，音标问题异形百出，定之如何其艰，盖即此理。”因此，他主张，“标点革新……，何如改从西式标点”，“余则从旁取西标者”。他认为，采用西式标点“则既系从众，为一部分国民之所惯习，而其形有定，定约成俗，又最简捷，必不致如事创造者之异形百出，转以利民众者而困民众也”。同时，他还说，西式标点“便于书写，美于观览”，“万国通行”。1919年，陈望道又在《新青年》《时事新报·学灯》《教育潮》和《学艺》上连续发表与革新标点有关的《横行与标点》《点法答问——新式点法指南》《点标论第二·点标之类别》和《新式标点的用法》等系列文章。在《新式标点的用法》一文中，陈望道着重阐明新式标点的意义、来历、效用、部类和用法，他说：“新式标点是各时代造出来的（住点造出最早），不是一时造出来的；是各国（不论英，德，法，意，俄，日）通用的，不是一国专用的”，“就是一种万国通行的记号”。[①]他还根据中国文字和使用习惯，采纳专家意见，吸收西式标点的有效成果，设计出2类3组15种“新式标点”。

1920年2月2日，北洋政府教育部根据1919年11月29日统一筹备会议通过的胡适等六位教授撰写的《请颁行新式标点符号议案》，发布了采用新式标点的文件——《教育部训令第五十三号》。这一文件的颁布与实施，大大地便利了阅读者，对推动教育普及尤其是当时中小学国语教育的进程产生了很大的影响。

这个文件的颁布实施，与胡适、钱玄同、陈望道诸先生的大力推动密不可分。

陈望道以他对国文和国文教育的切实研究和真知灼见，参与到五四新文化运动之中。

陈望道后来在《“五四”时期浙江新文化运动》一文里，回忆了在浙江省立第一师范学校改革国文教育中发生过的一起风波：

我们四个国文教员（引者按：指夏丏尊、刘大白、陈望道、李次九。也就是曹聚仁回忆录《我与我的世界》里所称的“四大金刚”）经常在学

① 陈望道：《新式标点的用法》，《教育潮》1919年第5期。

生中进行文章思想性、艺术性、可变性等的教育。一个月后，我们曾出了“白话文言优劣论”的题目，叫同学们做作文。当时大部分同学都是讲白话文比文言文好；当然也有少数反对派。其中有一个学生，在作文中以文言文的体裁大骂白话文，这是我班的学生。我在修改作文时，除了文章内容和文言文的形式不加修改外，对许多文理不通的地方都做了记号，并写了批语：“写文言文也该写通顺一些，理路不通，无从改起，重新做好再改。”在教室里发本子时，他一翻全是红××，就发火了，一把抓住我的领口，叫我去见教务长。这件事情发生后，在校务会议上曾先讨论过，在校长、夏丏尊（当时是学校国文课主任）等的努力下作出这样的决定：除非陈望道先生同意，不然要开除学籍。开除，我是不同意的，因不从思想上解决是不行的。后来那学生哭到我的面前来，向我道歉。我对他进行许多教育，他认识到自己错误，此后这学生也倾向提倡白话文了。事后了解，才知道这学生是受那个反动教师的指使才这样做的。

当年在浙江省立第一师范学校念书的汪寿华，在1919年9月16日的日记里，记录了陈望道那一天上课的内容。其中有一段记录是这样的：

> 文字的性质完全是发表自己的意思，使人了解，既然文字的本质如此，所以不能不从容易方面去做。为什么？因文字容易，个个人自然能够晓得我的意思。他如用典古的文字，必定要有我的程度，或高于我的程度，才能了解。……既然文字不宜拘古，当应世界潮流，所以当改革。①

这段文字，或许可从侧面叫人想见当年陈望道的思想和见解，以及对学生的影响力。

陈望道对国文改革的研究与见解，涉及的方面很多，譬如语体文的欧化问题，他在《语体文欧化底我观》中表达了很好的想法：

---

① 汪寿华：《汪寿华日记·求知录》，《近代史研究》1983年第1期。

> 中国原有的语体文，太模糊而不精密，又有许多处所，说法很不方便，文法需要改进之处也很多。所以凡是思想精密、知道修辞、了解文法的人们，一定不会反对语体文底欧化，而且认为必要。①

当然，“欧化决不能像某报一般，做了些不通的文言，就算是新的文言，使人看了不知何谓，而他们又有法遁于非议”。所以陈望道提出两个“限制条件”：

> （一）须是原有文法底扩张。
>
> 例如“人们”就是“孩子们”的扩张，《与幼者》中“你们的父亲的我”底“的”也是寻常用法的“的”字底扩张。
>
> （二）须是原有文法底颠倒或离合。
>
> 例如“我没有工夫去，虽然我要去”便是原有文法的颠倒。这一条，须有标点帮助。②

陈望道在这篇文章里提出的两个“限制条件”，是他对提倡欧化语体文所持的一把标尺，这把标尺因涉及的是非常具体的语文问题，其他人或许会有不同的意见，但他所表达的对欧化语体文的见解，其思路可以算是圆通的。

陈望道写这篇文章时，已离开浙江省立第一师范学校。

多年以后，陈望道在《五四运动和文化运动》一文里，回忆当年的国文教育改革，说道：

> 五四运动当年，思想文化的斗争场所主要有两个。一个是刊物。……另外一个斗争场所便是学校：学校的学生组织、行政组织和中国语文课。中国语文课尤其是当时学校新旧思想文化斗争的重要部门。斗争的范围涉及文章的古今中外的内容，也经常涉及文章所用的语言——文言和白话之

①② 陈望道：《语体文欧化底我观》，《民国日报·觉悟副刊》1921年6月16日。

争是当时的主要争端。[①]

国文及国文教育的改革，自然也包括了新式标点符号的设计和使用。

明远楼前

五四时期，浙江省立第一师范学校的学生，思想是很活跃的。他们接受了新的国文教育，还办刊物，在刊物中表达自己的思想，发出自己的声音。这些刊物，有个人办的，有班级办的，还有跨校合办的。《浙江新潮》（创办时取名《双十》）则是由浙江省立第一师范学校学生施存统、俞秀松、傅彬然、周伯棣等与浙江省立第一中学校的学生阮毅成、查猛济等，以及浙江省立甲种工业学校学生沈乃熙、汪馥泉、倪维熊等多人组成的浙江新潮社编辑出版的。十多年后，汪馥泉和陈望道先生在上海一起创办了大江书铺，后面将有详述。倪维熊后来写过《〈浙江新潮〉的回忆》一文，里面说：

> 在杭州青年学生中最早传播新思想新文化书刊的，是省立第一师范学校部分学生所组织的书报贩卖部，当时《新青年》《新潮》等刊物，在各个学校中都拥有一定数量的读者；《浙江新潮》的诞生，与这个文化传播站有着密切的关系。
>
> 1919年9月间，省立第一中学学生查猛济、阮毅成、阮笃成等与省立甲种工业学校学生沈乃熙（即沈端先，后称夏衍）、蔡经铭、孙锦文、杨志祥、倪维熊等合办了一个以提倡新文学、鼓吹新思想为主旨的半月刊（铅印八开），刊名《双十》，于1919年10月10日创刊。发行两期后，第一师范学生施存统（后改名施复亮）、傅彬然、张维湛等10多人参加合作；宗文中学学生也有2人参加；共计有27人。还有工业学校毕业同学汪馥泉、褚保时参加写稿。阵营一扩大，力量增强，就改名为《浙江新潮》，扩为铅

① 陈望道：《五四运动和文化运动》，《文艺月报》1959年5月5日。

印四开报，改为周刊，每星期出版一次。社址设于平海街原省教育会楼下一间耳房，编辑发行，都在一室之中。这个社址是通过在省教育会主编《教育潮》的沈仲九帮助而借用的（《教育潮》是以介绍新教育思想、批判旧教育思想为主旨的进步刊物，并首创横行排印文字）。印刷由原印《双十》的浙江印刷公司承印，是通过阮毅成的父亲阮性存介绍的。写稿大家执笔，编辑轮流负责。

晚年的夏衍在《五四运动七十周年答〈求是〉记者问》里，提到了陈望道与《浙江新潮》的关系：

《浙江新潮》这份刊物，是“一师”学生宣中华、俞秀松等在陈望道、夏丏尊的支持下办起来的。

浙江省立第一师范学校的学生这样有活力有生命力，再加上有经亨颐校长以及陈望道等“四大金刚”，也就难免会做出“惊天动地”“惊世骇俗”的事情来。

果然，这样“惊天动地”“惊世骇俗”的事情发生了。

有一天，学生施存统在国文老师陈望道的指导下，写了篇作文《非孝》，刊登在《浙江新潮》第二期上。关于这篇《非孝》的写作缘由，施存统的女儿施月明在《我的父亲施复亮》一文里讲道：

我的父亲施复亮，原名施存统。1899年冬生于浙江省金华县叶村。祖父施长春，世代务农。祖母徐氏，粗识文字。祖母性格刚强，辛勤劳作，备受艰辛。虽然父亲自幼家境贫寒，但是他发誓努力读书，将来为父母争气。祖母还教育父亲，如果做官就要做清官，不能贪财，要为老百姓办实事。这些教诲对父亲一生影响很大。

……

1919年春，祖母因过度操劳又缺乏营养，导致双目失明，兼患其他疾

> 病，又因生活贫困得不到医治，同时还饱受祖父的打骂和虐待，终于过早地离开人世，年仅45岁。祖母的早逝对父亲刺激很大，他不断地苦苦思索：中国历来主张“孝道”，“百善孝为先”，我爱母亲，可是父亲虐待母亲；我要对母亲尽孝，就要反对父亲；可是，对父亲同样要尽孝，我又不能反对他。恰在这个时候，《浙江新潮》向他约稿，父亲就写了《非孝》一文。他认为一味尽孝是不合理的，要以父母、子女间平等的爱代替不平等的“孝”。①

曹聚仁在《我与我的世界》里说施存统的《非孝》“只是一个吓人的题目，内容很平凡，只是说伦理要相对地推行，‘父慈则子孝’，不可片面地苛求儿子来尽孝的。并不如孔融所说的，‘儿子从母亲腹中养出，仿佛一件东西从瓶子里拿出来，并无什么恩情可言’。更不可目为邪说”。然而，就是这样一篇在曹聚仁看来“内容很平凡”的文章，却被当局视为“洪水猛兽”。倪维熊的《〈浙江新潮〉的回忆》一文，叙述了施存统发表《非孝》后引发的轩然大波：

> 紧接着，我们又出刊了第二期，内容即有震动一时的施存统写的《非孝》一文。那一期我是参加编辑的。发稿后，施存统还要看一看原稿，我同他一起到印刷公司去，施把所有的稿件又作了一番修正。这一期发刊后，立即引起轩然大波，反动军阀政府和省议会的议员老爷们大为震惊，认为这是洪水猛兽、大逆不道的邪说。在省议会里一片喧嚷，要找出一个“罪魁祸首”来，他们以为宣传邪说的是一师学生，一师教员中又有提倡新文学反对旧礼教的当时被称为“四大金刚”的陈望道、夏丏尊、刘大白、李次九等，一师校长是经亨颐（子渊），于是攻击目标就集中于经。一面在省议会里酝酿着对经的所谓“弹劾案”，一面由反动省政府查封报社，并将浙江印刷公司正在排印的第三期底稿全部搜去，已排好的版子也勒令拆毁，并责令印刷公司的经理周佩芳具结不准再印。当时反动政府的督军是杨善

① 施月明：《我的父亲施复亮》，《光明日报》2000年1月10日。

德，省长是齐耀珊，教育厅长是夏敬观，省会警察厅长是夏超。

反动派这样的凶暴压迫，却吓不倒我们这一群小伙子。我们就推杨志祥携了重写的第三期稿件到上海去，向当时在上海主编《星期评论》的沈玄庐（定一）、戴季陶请求帮助解决印刷问题，结果，第三期的《浙江新潮》就由上海星期评论社替我们代印。印好后，仍由杨志祥带回杭州来发行。这一期内容，有傅彬然写的《废孔》一文，还有蔡经铭写的揭露杭州纬成公司、虎林丝厂、武林铁工厂的资本家剥削面目一文，非孝、废孔，打倒资本家，在当时的社会里，真是骇人听闻。不用说，反动政府以及封建卫道者们是更加吃惊了，更加恼火了，连知识界中也有人认为这是狂妄不近情理，感到惶惶不安。在一师学生中就有凌某以个人名义发行一种刊物，刊名《独见》，大做反《非孝》文章。总之，在当时社会中，我们这一伙被顽固派们斥之为“过激派”，就是“布尔什维克”。连北京的北洋军阀政府也发出了“查禁《浙江新潮》”的电报，加此刊罪名为“主张家庭革命，以劳动为神圣，以忠孝为罪恶”。那时风声传来，27人的黑名单已在省会警察厅，就要动手逮捕，施存统大约就在这时潜离杭州。我们工业学校几个同学，曾经密议去日本或苏俄，因川资问题得不到解决，没有成为事实，准备硬挺。在一个冬天的傍晚，我们各人穿上了一件破大衣，在校门口会客室里等候去尝铁窗风味。但后来只受到校长许炳堃的一番温语有加的训诫，没有被开除，也没有受处分，实出我们意料之外。

《浙江新潮》虽被迫停刊，影响却极为深远。北京陈独秀就在第七卷第二号《新青年》上写了一篇题名为《〈浙江新潮〉——〈少年〉的随感录》。《少年》是由北京高等师范附属中学少年学会出版的一种刊物。陈独秀对《浙江新潮》的评价很高，说《浙江新潮》的议论更彻底，“《非孝》和攻击杭州四个报——《之江日报》《全浙公报》《浙江民报》和《杭州学生联合会周刊》——那两篇文章，天真烂漫，十分可爱，断断不是乡愿派的绅士说得出来的”。他还说：“我祷告这班可爱可敬的小兄弟，就是报社封了，也要从别的方面发扬《少年》《浙江新潮》的精神，永续和穷困及黑暗奋斗，万万不可中途挫折。”

《浙江新潮》遭了难，校园里发生了近代浙江教育界著名的“一师风潮”。浙江省省长齐耀珊和教育厅厅长夏敬观密议“倒经”，借《非孝》一文做文章，认定经亨颐的罪状为“非圣、蔑经、公妻、共产”八字。1920年2月9日，正值寒假期间，当局免去了经亨颐的校长职务，调任省视学。在调任经校长的命令中，附带要解除刘大白、陈望道、夏丏尊、李次九这4位教师的职位。新任校长金布又通知学生“暂缓来校”。留校的10多位学生听到消息后，立即发信，通知回乡同学提前返校；全校教职员发出了挽留经校长的宣言，并派代表到教育厅，要求收回成命。教育厅下了“休学令”，派出几十名军警进驻学校。为支援“一师”师生，杭州学联发动各校学生4000多人请愿游行，遭军警镇压，打伤几十人。随后，省公署又派军警700余人包围“一师”，企图以武力解散学校，把学生押回原籍。学生不愿离校。杭州其他各校学生闻讯，纷纷前来支援。倪维熊的《〈浙江新潮〉的回忆》写道：

> 一师师生展开了一场抗议反动政府撤换经亨颐的斗争。社会舆论形成两派：一派主张正义，支持斗争；一派附和当权派，指责经亨颐刊行《浙江新潮》主张非孝废孔、公妻共产种种邪说，用以破坏数千年社会之秩序，有似“洪水猛兽，流毒无穷”。反动政府派出大批军警包围学校，企图用武力驱散学生，封闭学校，更引起了全省教育界的愤怒。杭州各中等以上学校学生，在杭州学生联合会的领导下，举行了一次大规模的请愿游行。当游行队伍到达梅花碑省长公署时，为守卫军警所阻，就与军警发生冲突，某校一同学为刺刀所伤，造成五四以来第一次流血案。

“一师风潮”掀起后，全国各界人士和海外侨胞纷纷给予声援。上海《民国日报》、北京《星期评论》等发表评论表示声援，留日学生来电声援，梁启超、蔡元培等社会名流也来电指责当局暴行。《民国日报》1920年3月15日的时评《告夏敬观》，据曹聚仁说是国民党元老、著名的南社诗人和政治活动家叶楚伧先生的手笔，叶楚伧在时评中写道：

厅长并不是主人，教职员并不是厅长的雇员，学生并不是厅长的奴隶，学校更不是厅长的私产。夏敬观你要明白这一点。西湖风景不恶！劝你少管事，多做词罢！

这起风潮后来经过调停，军警撤退，成命收回。曹聚仁说：“此事经过中国银行行长蔡元康先生（蔡元培先生的弟弟）的奔走，云散雨收，解散一师的事，就此不了而了了。”[①]阮毅成后来在《杭一中与杭一师》一文中说及此事，也说是“蔡先生的令弟谷卿先生，时任中国银行行长，遂出面调停”[②]。4月1日，浙江省立第一师范学校新派国文教员陈望道等全体辞职，经亨颐校长也离校。4月6日，受蔡元培委托代理北大校务的蒋梦麟南下杭州处理“一师风潮”善后事宜，推荐暨南大学教务长兼南京高等师范学校教员姜琦（伯韩）出任“一师”校长，获师生同意。4月11日，姜伯韩出任校长，表示将维持经校长传统。

浙江省立第一师范学校的明远楼，是从前旧贡院“唯一留存的古物”，那是主考住宿办公的场所。曹聚仁晚年回忆道：

明远楼……是亭子式的三层楼，底层是阅报室，先前是主考办公厅。二楼是我们的疗养室，先前是主考卧房、会客室。（那时客人，就是襄考的官员。）三楼是我们的诊所，先前是主考的卫士和乐队的房间。（主考饮食，有乐队伴奏。）……五四运动到来了，大罢课以后，继之以留经（校长）的大运动，明远楼便成为学生自治会的司令台。[③]

在曹聚仁的记忆里，明远楼是当时浙江省立第一师范学校校园生气蓬勃的一个“符号”。这个生气蓬勃的生动气象，我想是包括了两个方面：一是教育教学上的，譬如夏丏尊、刘大白、陈望道、李次九等教师的国文教育改革；二是

---

① 曹聚仁：《我与我的世界》，人民文学出版社1983年版，第121页。

② 阮毅成：《杭一中与杭一师》，载《三句不离本杭》，杭州出版社2001年版，第69页。

③ 曹聚仁：《我与我的世界》，人民文学出版社1983年版，第101页。

学校倡导的学生自治。陈望道的变革者姿态，使他成为浙江省立第一师范学校中被政府当局排斥的“四大金刚”之一。曹聚仁后来说：

旧势力集团一开头就把他（引者按：指陈望道）当作攻击的目标，与经师（引者按：指经亨颐）并称。——说是“离经叛道”，“望道而未之见”。①

这儿的“离经叛道”，“经”是指经亨颐，“道”指的是陈望道。能够被“旧势力集团”排在与经亨颐并称的位置作“攻击”，这从另一个侧面表明了“四大金刚”中年纪最轻的陈望道的锋芒和影响力。

山村译书

杭州的“一师风潮”发生时，鲁迅正在北京的教育部任职。据沈鹏年1961年、1962年访问周作人的记录，当年“一师风潮”平息后，鲁迅对周作人讲过这样的话：

十年前的夏震武是个“木瓜”，十年后的夏敬观还是个“木瓜”，增韫早已垮台，我看齐耀珊的寿命也不会长的。现在经子渊（即经亨颐）、陈望道他们的这次“木瓜之役”比十年前的我们的那次“木瓜之役”的声势和规模要大得多了……看来，经子渊、陈望道他们在杭州的这碗饭是难吃了。……不过这一仗总算打胜了！

“一师风潮”是平息了，“一师”的师生确实是赢了，但经亨颐离开了“一师”，陈望道也回到他的故乡义乌分水塘山村去译书了。这次，陈望道翻译的是一部马克思学说的经典著作——马克思和恩格斯合著的《共产党宣言》。

① 曹聚仁：《我与我的世界》，人民文学出版社1983年版，第132页。

1848年，作为共产主义者同盟的党纲，《共产党宣言》在伦敦问世。20多年后，马克思和恩格斯在《1872年德文版序言》里说：

不管最近25年来的情况发生了多大的变化，这个《宣言》中所阐述的一般原理整个说来直到现在还是完全正确的。某些地方本来可以作一些修改。这些原理的实际运用，正如《宣言》中所说的，随时随地都要以当时的历史条件为转移，所以第二章末尾提出的那些革命措施根本没有特别的意义。如果是在今天，这一段在许多方面都会有不同的写法了。由于最近25年来大工业有了巨大发展而工人阶级的政党组织也跟着发展起来，由于首先有了二月革命的实际经验而后来尤其是有了无产阶级第一次掌握政权达两月之久的巴黎公社的实际经验，所以这个纲领现在有些地方已经过时了。……其次，很明显，对于社会主义文献所作的批判在今天看来是不完全的，因为这一批判只包括到1847年为止；同样也很明显，关于共产党人对待各种反对党派的态度的论述（第四章）虽然在原则上今天还是正确的，但是就其实际作用来说今天毕竟已经过时，因为政治形势已经完全改变，当时所列举的那些党派大部分已被历史的发展彻底扫除了。①

2004年11月初，当代中国著名作家王蒙在海南师范学院与余光中讨论中国散文时，曾讲过：

我读过的最好的散文之一是《共产党宣言》，那是一篇多么优美的抒情散文：一个幽灵在欧洲的上空徘徊……无产阶级在这场革命当中，失去的是锁链，得到的是全世界！全世界无产者联合起来！

确实，这部著作华美而大气磅礴地阐述了共产主义的“一般原理”。所以中国的早期共产主义者比如李大钊、陈独秀在北京读了这部书的英文版后，都大

① 《共产党宣言》，人民出版社2018年版，第3—4页。

为激赏，认为应当尽快把这部著作翻译成中文。戴季陶在日本时，买过一部日文版的《共产党宣言》，也深知这部著作的分量，打算译成中文。然而翻译这部经典著作不是容易的事，译者起码得具备三个条件：对马克思主义有深入的了解，至少得精通一门外语（德语、英语或日语），要有很高的汉语言文学素养。这样，才有可能把这部经典译得出神入化。戴季陶自忖还不能做这件事。

戴季陶回到上海主编《星期评论》后，打算找人将其译出并在《星期评论》上连载。《民国日报》主笔邵力子是一位“包了一辆黄包车奔走于上海滩各界的忙人”。邵力子得悉戴季陶有这个想法，便向他举荐陈望道来担此译事。

陈望道与邵力子原先就有书信来往，他又常为《民国日报》的《觉悟》副刊撰稿，所以邵力子是了解陈望道的日语、汉语和学术文化功底的。于是，戴季陶提供了《共产党宣言》日译本，陈独秀通过李大钊从北京大学图书馆借出英译本（原著为德文本），供陈望道对照翻译。

诚然，《共产党宣言》在中国早有不少人作过介绍。譬如，1919年4月的《每周评论》第16期在“名著”专栏内，发表署名舍（成舍我）摘译的《共产党宣言》，但这只是《共产党宣言》中的一段。5月出版的《晨报副刊》上，摘录介绍了《共产党宣言》的第一章。同月出版的《新青年》第6卷第5号，即“马克思主义专号”，发表了李大钊的《我的马克思主义观》，文中摘引了《共产党宣言》第一章的大部分内容。但当时对《共产党宣言》的摘译和引用，都是著者或译者临时从日文版、英文版或俄文版翻译的。如李大钊文中的引文，是他临时据日本河上肇译本翻译的。像朱执信，他将《共产党宣言》中“全世界无产者，联合起来”译为“嘻，来。各地之平民其安可以不奋也！”半文不白。所以一部完整的《共产党宣言》中文译本就非常必要了。

于是，1920年的早春，在浙东的一个山村里，在分水塘陈宅旁的一间柴屋里，陈望道开始了他的翻译工作。

邓明以教授在《陈望道传》中是这样描写陈望道的工作状况的：

当时的工作条件十分艰苦，柴屋因经年失修破陋不堪。山区农村的早春天气还相当寒冷，尤其是到了夜晚，刺骨的寒风会不时透过四壁漏墙向他阵阵袭来，冻得他手足发麻。柴屋里只安置了几件简单的用具，一块铺板和两条长凳，既当书桌又当床。为了专心致志地译书，就连一日三餐和茶水等也常常是老母亲自给他送过来的。一盏昏暗的煤油灯，伴随着他送走了无数个漫长的寒夜，迎来了黎明前绚丽的曙光。

邓明以教授的这部传记还记录了陈望道译书时聚精会神，以至于误把墨汁当成红糖来蘸了吃粽子的故事。

叶永烈在《红色的起点》中这样描写道：

陈望道回到老家分水塘过春节。他躲进僻静的柴房，端来两条长板凳，横放一块铺板，就算书桌。在泥地上铺几捆稻草，算是凳子。入夜，点上一盏昏黄的油灯。

他不时翻阅着《日汉辞典》《英汉辞典》，聚精会神字斟句酌地翻译一本非常重要的书。惟其重要，每一句话、每一个词，都要译得准确、妥帖，因而翻译的难度颇高。

……

江南的春寒，不断袭入窗无玻璃的柴屋。陈望道焐着“汤婆子”，有时烘着脚炉。烟、茶比往日费了好几倍。宜兴紫砂茶壶里，一天要添好几回龙井绿茶。每抽完一支烟，他总要用小茶壶倒一点茶洗一下手指头——这是他与众不同的习惯。

原《星期评论》编辑沈玄庐在一封公开信《答人问〈共产党宣言〉底发行所》中，说：“望道先生费了平时译书的五倍功夫，把彼底全文译了出来……”①

1920年4月下旬，陈望道终于在分水塘完成了这部著作的翻译工作。

叶永烈在书中还描写了这部译著的出版过程：

---

①沈玄庐：《答人问〈共产党宣言〉底发行所》，《民国日报·觉悟副刊》1920年9月30日。

1920年4月下旬，《共产党宣言》译完了，陈望道正要寄往上海。村里有人进城，给他带来一份电报。拆开一看，原来是《星期评论》编辑部发来的，邀请他到上海担任该刊编辑。

29岁的陈望道，兴冲冲穿着长衫，拎着小皮箱，离开了老家，翻山进县城，前往上海。

上海法租界白尔路（今顺昌路）三益里，据说是因三人投资建造房子、三人得益而得名。那儿的17号，住着李氏兄弟，即李书城和李汉俊。李书城乃同盟会元老。李汉俊是留日归来的青年，信仰马列主义。他和戴季陶、沈玄庐是《星期评论》的“三驾马车”。编辑部最初设在爱多亚路（今延安东路）新民里5号。1920年2月起，迁往三益里李汉俊家。陈望道一到上海，便住进了李汉俊家。李寓斜对过的5号，陈望道也常去——那是邵力子家。他也曾在邵家借寓。

李汉俊不仅熟悉马克思主义理论，而且精通日、英、德语——而他的衣着很随便，看上去像个乡下人。陈望道当即把《共产党宣言》译文连同日文、英文版交给李汉俊，请他校阅。

李汉俊校毕，又送往不远处的一幢石库门房子——环龙路老渔阳里2号。那儿原是安徽都督柏文蔚的住处。1920年2月19日，陈独秀由北京来沪。由于他是柏文蔚的密友，而柏寓又正空着，便住进那里。陈独秀是北京大学文科学长，懂日文、英文，又对马克思主义有所研究，李汉俊便请陈独秀再校看《共产党宣言》译文。

李汉俊、陈独秀校看了译文，经陈望道改定，正准备交《星期评论》连载，这时出了一件意外事件：发行量达十几万份、在全国广有影响的《星期评论》的进步倾向受到当局注意，被迫于1920年6月6日停刊。前来就任《星期评论》编辑的陈望道，正欲走马上任，就告吹了。

……

虽然因《星期评论》停刊而无法公开发表陈望道的译作，陈独秀仍尽力设法使它面世。

以上叙述虽有小说家的笔法，但基本情况还是属实的。

直到1920年8月，陈望道翻译的这部《共产党宣言》中文译本，才由上海社会主义研究社列为社会主义研究小丛书的第一种，首次出版。

这部译著的初版本，为竖排版，小32开；全书用5号铅字刊印；水红色封面，印着一张马克思的大照片，是半身坐像，还印着几行小字：

> 社会主义研究小丛书第一种，共党产宣言，马格斯、安格尔斯合著，陈望道译。

书末版权页上还印着：

> 一千九百二十年八月出版；印刷及发行者：社会主义研究社；定价大洋一角。

这部书第一版出版后，因发现将书名印错，所以9月份立即印出第二版，将书名改正为《共产党宣言》。这部书初版印了1000册，9月又重印1000册。此后，人民出版社、平民书社、上海书店、国光书店、长江书店、新文化书房等出版单位和不署单位名称者，大量印刷出版，至1926年5月已先后印了17版。

倪墨炎的《陈望道译〈共产党宣言〉》讨论了这部译著的出版者：

> 出版发行《共产党宣言》的“社会主义研究社”，实际上是出版《新青年》的“新青年社”。1920年5月，上海成立马克思主义研究会，由陈独秀负责，成员有：李汉俊、沈玄庐、陈望道、施存统、杨明斋、俞秀松、沈雁冰、邵力子等等。接着在马克思主义研究会基础上成立上海共产主义小组，成员增加林伯渠、李达、李启汉、周佛海、沈泽民等等。“研究会”和“小组”的活动地点都在环龙路老渔阳里2号新青年社，因而有的书上说

《共产党宣言》是由上海共产主义小组出版的，也说得通。[①]

倪墨炎还谈论了这部译著在翻译方面的成就，以及在翻译学和翻译史上的意义：

陈望道译《共产党宣言》，虽然没有前译本可供参考，但他译笔老练，合乎国人的阅读习惯，而且又能较为正确地表达原著含义，因而受到阅读者的欢迎，也为翻译界称道。……

成仿吾也曾于1929年直接从德文版翻译了《共产党宣言》，不料译稿在辗转带回国内时遗失。1938年，成仿吾和徐冰在延安又将《宣言》从德文版译成中文，经博古修改，这译文一直流传到建国以后。1975年起，成仿吾重新译校马克思主义经典著作。1978年他完成《共产党宣言》的新译本，在《译后记》中谈到了当年的陈望道译本。他说："当时的日译本很可能是非常粗糙的，陈译本也就难免很不准确。但是它对于革命风暴前的中国革命干部和群众起了非常重要的教育作用，仅仅'有产者''无产者''阶级斗争'以及'全世界无产者，联合起来！'这样的词句，就给了在黑暗中寻找光明的革命群众难以估计的力量。"成仿吾在写这段话时，手边大概没有陈译本。陈译本《共产党宣言》的最后一句不是"全世界无产者，联合起来！"而译成是"万国劳动者团结起来呵！"有意思的倒是《共产党宣言》的第一句："一个幽灵，共产主义的幽灵，在欧洲徘徊。"这是建国后为中文版《马克思恩格斯全集》所采用的译法。成仿吾对这译法一直很有意见，"幽灵"二字当年在延安是博古改成的。成仿吾在1978年版中将这一句译成了："一个魔怪出现在欧洲——共产主义的魔怪"。这译法，不知成仿吾是有意还是无意中向陈望道的译法有所靠拢。[②]于此可见，陈望道

① 倪墨炎：《陈望道译〈共产党宣言〉》，《文汇报》2001年7月3日。

② 陈望道译本的第一句是："有一个怪物，在欧洲徘徊着，这怪物就是共产主义。"两者有相似之处。

译本在翻译学、翻译史上的意义是不应忽视的。[①]

沈玄庐的《答人问〈共产党宣言〉底发行所》里有这样的话："凡研究《资本论》这个学说系统的人，不能不看《共产党宣言》……"[②]这部书的出版，确实影响了很多人。

美国记者斯诺1936年所著的《西行漫记》，记录了毛泽东的一段话：

> 有三本书特别深刻地铭刻在我的心中，建立起我对马克思主义的信仰。我一旦接受了马克思主义对历史的正确解释以后，我对马克思主义的信仰就没有动摇过。这三本书是：《共产党宣言》，陈望道译，这是用中文出的第一本马克思主义的书；《阶级斗争》，考茨基著；《社会主义史》，柯卡普著。[③]

1941年，毛泽东在《关于农村调查》一文中也讲到过：

> 记得我在一九二〇年，第一次看了考茨基著的《阶级斗争》，陈望道翻译的《共产党宣言》，和一个英国人作的《社会主义史》，我才……初步地得到认识问题的方法论。[④]

倪墨炎的《陈望道译〈共产党宣言〉》还举了周恩来的例子。周恩来在1926年写的《现时政治斗争中之我们》中说："马克思说，'共产党最鄙薄隐蔽自己的主义和政见'，所以我们除宣传主义外，还时时有将政见宣布的必要。"这句马克思的话，引自陈望道译的《共产党宣言》（中文版《马克思恩格斯全集》中这句译文是："共产党人不屑于隐瞒自己的观点和意图"）。可见，陈望

---

① 倪墨炎：《陈望道译〈共产党宣言〉》，《文汇报》2001年7月3日。

② 沈玄庐：《答人问〈共产党宣言〉底发行所》，《民国日报·觉悟副刊》1920年9月30日。

③［美］埃德加·斯诺：《西行漫记》，董乐山译，东方出版社2010年版，第147页。

④ 中共中央文献研究室编：《毛泽东文集》（第二卷），人民出版社1993年版，第378—379页。

道译的《共产党宣言》当年也深深影响了周恩来。

卞孝萱先生的《冬青老人口述》，讲到范文澜先生的一件掌故，说范文澜不赞成白话文，认为白话文所能表达的，文言文都能表达，没有必要换一种文体。后来他接受了马克思主义，而马克思主义最重要的一条是“全世界无产者联合起来”，他觉得这句话用文言文没有办法表达，这时才认为需要白话文。他后来写的书就全是白话文了。卞孝萱的口述里没有说范文澜从哪个译本里读到这句话，但范文澜接受马克思学说是在1925年五卅运动期间，当时他在南开大学教国文，所以不排除范文澜是从陈望道译本《共产党宣言》中看到这句话的。据《范文澜自传》，也就是从五卅运动那个时候起，他“开始改写语体文，用些新名词，不再非古体文不写，非旧东西不谈了”。范文澜1926年秋天加入中国共产党。我们现在能看到的范文澜公开发表的最早的一篇白话文著述是1929年8月北平朴社出版的《水经注写景文钞》的序言。

据沈鹏年1961年、1962年访问周作人的记录，鲁迅在收到陈望道寄给周作人、请周作人转交给他的这部译著的当天就翻阅了一遍，说道：

> 现在大家都在议论什么“过激主义”来了，但就没有人切切实实地把这个“主义”真正介绍到国内来，其实这倒是当前最紧要的工作。望道在杭州大闹了一阵之后，这次埋头苦干，把这本书译出来，对中国做了一件好事。

1998年4月15日的《中华读书报》上，宋庆森的《〈共产党宣言〉的早期中译本》说，陈望道译的《共产党宣言》，初版本在全国仅存4册，分别收藏于山东广饶县博物馆、上海档案馆、上海图书馆、北京图书馆（现已更名为国家图书馆）。杨金海、胡永钦两位学者则作了版本调研，他们在《〈共产党宣言〉在中国的翻译、出版和传播》一文中指出，陈望道译的《共产党宣言》初版本今存至少有7册，其他3册分别收藏于中国革命博物馆（即现在重组后的国家博物馆）、上海鲁迅纪念馆、浙江上虞县档案馆。

那么，陈望道先生翻译《共产党宣言》，底本究竟是日文译本还是英文译本呢？前面说过，戴季陶提供给了陈望道日文译本，陈独秀从北大图书馆借出英文译本给陈望道参考。按说这就有了日语、英语两个外语语种的文本了。但学术界仍然多有争议，分歧甚大。2020年7月1日，霍四通先生在《文汇报》发表论文《陈望道〈共产党宣言〉中译本用了什么底本》，考辨甚详。霍四通先生“结合《共产党宣言》的英译本和日译本，进行三个译本的共时、对齐分析”，“立足语言的多个层面（从词语、句子结构到段落等，而不是单一的词语层面），对中日英三个译本的语言特征进行综合的比较”，得出的结论是：陈望道先生翻译所依据的英文底本是1888年由恩格斯指定的赛米尔·穆尔完成的，所依据的日文底本是由幸德秋水和堺利彦合译的本子；陈望道先生是以英文、日文两个译本作为自己的中文翻译的底本的。霍四通这篇论文，对这个问题作的分析应该是有说服力的。

《新青年》

上一节讲道，1920年4月，陈望道应邀赴《星期评论》任职，然而6月6日《星期评论》就被迫停刊了。这个时候，刚好北京的《新青年》杂志出至第7卷第6号（1920年5月），第8卷第1号返回上海出版。此时，《新青年》已从上海群益书社独立出来，由新成立的新青年社主办。陈望道于是被陈独秀引入《新青年》杂志。从第8卷第1号开始，陈望道参与《新青年》的编辑工作。《新青年》杂志第8卷第4号出版后，他被陈独秀任命为主编。

陈望道与《新青年》的结缘当更早。1919年1月15日出版的《新青年》第6卷第1号上就发表过陈望道的文章《横行与标点》，表达了“文字当横行”和使用新式标点的看法，并建议《新青年》杂志也尽早这样去编排。

陈望道参与编辑的第8卷第1号至第8卷第4号这四期《新青年》杂志，政治色彩鲜明。原《新青年》北京同人中，除鲁迅、周作人的文章之外，其他人的已很少出现。沈永宝《陈望道与〈新青年〉——兼论1920—1921之交〈新青年〉发生的“风波”》，简要介绍了这四期杂志发文的主要情况：第8卷第1号发表陈独秀的《谈政治》，阐述他所理解的马克思主义的基本原理；新辟“俄罗斯研究专栏”，译载美、英、法等国报刊上关于苏俄革命理论和实际情况的材料，包括苏联政治、经济、法律、对外政策、劳动组织、文化教育、婚姻制度等内容；还刊发列宁《民族自决》（在俄国第八次代表大会上《关于党纲的报告》中的一部分)、《过渡时代的经济》（《无产阶级专政时期经济和政治》）等原著。第8卷第4号发表陈独秀辑录的“关于社会主义的讨论”专辑。陈独秀的近二十篇随想录涉及政治、思想、文化、社会的各方面。1920年10月罗素来华讲学，他认为“现在中国产业情形幼稚”，提出中国当务之急是兴办教育、开发实业。第8卷第2号至第4号发表十多篇文章，介绍罗素的生平、著作、思想，其中包括批评苏联的文字，第4号还译载了外国杂志上批评罗素的文章。创作方面，这几期杂志还刊载了周作人的诗，鲁迅、陈衡哲的小说，周作人、俞平伯的论文。撰稿人大部分为共产党早期组织的成员，如杨明斋、俞秀松、袁振英、张崧年（申府）等。①

这样，这本《新青年》杂志，就刊物风格而言，已偏离原先的“新文化”轨道；就思想而言，已有非常强烈的政治倾向性。1920年底，胡适就给《新青年》编辑部写信，认为《新青年》的政治色彩太明显，成了*Soviet Russia*（《苏俄》）的汉译本。但陈望道在他的《关于上海马克思主义研究会活动的回忆》中说：“《新青年》既然已经是马克思主义研究会的刊物了，为什么内容还是那样庞杂？为什么还刊登不同思想倾向的文章？这是因为《新青年》原有的作者队伍本来就是庞杂的，要照顾他们，来稿照用。”很显然，如果这时候《新青年》杂志真的已成为马克思主义研究会的机关刊物的话，那也主要是陈独秀的主张，恐怕并没有经过原北京同人的讨论，也没有为原北京同人所认同。从中可见出陈独秀的“家长作风”、做事的独断专行，所以胡适表示不满，也在情理之中。但更深一层看，恐怕还是陈独秀和北京的原《新青年》同人胡适诸人之间的政见不同。胡适后来在《胡适口述自传》一书里谈道：“一九二〇年一月以后，陈独秀是离开我们北京大学这个社团了。他离开

① 参见沈永宝：《陈望道与〈新青年〉——兼论1920—1921之交〈新青年〉发生的“风波”》，载复旦大学语言文学研究所编：《陈望道先生诞辰一百周年纪念文集》，学林出版社1992年版，第128页。

了我们《新青年》团体里的一些老朋友，在上海他又交上了那批有志于搞政治而倾向于马列主义的新朋友。时日推移，陈独秀和我们北大里的老伙伴，愈离愈远。我们也就逐渐失去我们的学报（引者按：指《新青年》）。”[①]这段话可作为很好的解释。

1920年12月26日，陈独秀离开上海前给胡适及高一涵写信，信中谈及将《新青年》交与陈望道主编，胡适深为不满。陈望道仅在1919年1月15日出版的《新青年》第6卷第1号上发表过一篇短文，加上这一决定又未经《新青年》当年的老同人讨论，其他人有不同意见也是自然的。

胡适很快于1921年1月6日复信陈独秀，提出了解决《新青年》编辑事宜的三个办法：（1）听任《新青年》成为一种特别色彩之杂志，继续办下去；另创一个无特别色彩的哲学、文学新杂志。（2）将《新青年》编辑事宜，自第9卷第1号仍移到北京来。北京同人在这一期上发一个宣言，注重学术思想艺文的改造，“声明不谈政治”。（3）按照陶孟和的意见，“暂时停办”。但胡适也不认可陶孟和的办法。北京同人虽与陈独秀、李大钊“道不尽同”或“道不同”，却也不同意胡适提出的办法。胡适后来说：“《新青年》杂志这个［传播］‘中国文艺复兴’的期刊，［在陈氏一人主编之下］在上海也就逐渐变成一个［鼓吹］工人运动的刊物，后来就专门变成宣传共产主义的杂志了。最后终于被上海法租界当局所查封。”[②]

《新青年》原同人的分裂，主要原因有两个，一是陈独秀的“家长作风”，二是原同人之间政见的分化。《新青年》同人政治思想上的“道不同”，或迟或早都会使《新青年》杂志发生变化，而这个变化会倾向或趋向哪个方向，则可能与《新青年》同人中谁的个性更强悍、更“铁腕”关联较大。《新青年》的“话语权”最终被陈独秀拿了过去，其“色彩”也就被引向了陈独秀的这一方。至于陈望道在1921年2月13日写给周作人的信里所说的话——“胡先生总说内容不对，其实何尝将他们文章撇下不登。他不做文章，自然觉得别人的文章多；

① 胡适口述：《胡适口述自传》，唐德刚注译，安徽教育出版社2005年版，第210—211页。
② 胡适口述：《胡适口述自传》，唐德刚注译，安徽教育出版社2005年版，第211页。

别人的文章多，自然他有些看不入眼了”[①]，则恐怕是对胡适抱有成见了。

1920年12月16日，陈独秀应粤军司令陈炯明之邀，去广东主持教育工作，就把《新青年》交给陈望道负责，从第8卷第5号起，由陈望道来主编。

《新青年》杂志编辑部设在法租界环龙路渔阳里2号（今南昌路一百弄二号），这里原为陈独秀的寓所，后又成为中共组织的机关所在地。

陈望道到上海后，原先住在法租界白尔路（今顺昌路）三益里17号，这里是《星期评论》的社址，也是邵力子的寓所。曹聚仁晚年说：“大白深沉，丏尊浑朴，望道师则属于持重一型的人。但他虽和邵力子相处得那么好，而邵老敢作敢为，他却优柔寡断，还脱不了罗亭的风格。”[②]罗亭是俄国作家屠格涅夫长篇小说《罗亭》里的主人公，出身贵族，受到良好教育，有很好的美学修养，信仰科学，但弱于行动，是19世纪俄罗斯文学中“多余人”的一个形象。曹聚仁在这儿拿罗亭作比，主要是取“优柔寡断”这一个特征。

为了编辑工作的方便，陈望道从邵力子的寓所搬到法租界环龙路渔阳里2号住宿。陈望道在1921年2月写给钱玄同的信里说道：“独秀先生要到广东去时，适道在复旦大学任事，因承他要我替《新青年》暂时代理收稿。现在就住在社内编辑部里。倘蒙致书，请寄这里——法界环龙路渔阳里二号——如寄大作，也寄到这里就是。”[③]陈望道写给《新青年》杂志同人的信里，都只说自己是受托“暂时代理收稿”。

陈望道在《关于上海马克思主义研究会活动的回忆》里写道：

> 《新青年》在楼上编，马克思主义研究会在楼下开会。我同李汉俊、沈雁冰等天天碰头，研究有关问题。[④]

陈望道主编《新青年》杂志，从1921年1月1日出版的第8卷第5号开始，

---

① 陈望道：《陈望道手稿集》（上册），复旦大学出版社2021年版，第30页。

② 曹聚仁：《我与我的世界》，人民文学出版社1983年版，第133页。

③ 陈望道：《陈望道手稿集》（上册），复旦大学出版社2021年版，第33页。

④ 陈望道：《关于上海马克思主义研究会活动的回忆》，《复旦学报》（社会科学版）1980年第3期。

到第9卷第6号，共主编出版了八期。

鉴于胡适等北京同人的意见，尤其是《新青年》“特别色彩”过浓给杂志的发行带来困难，陈独秀去广州之前就确定了《新青年》的办刊方针，即陈独秀1920年12月16日致胡适、高一涵的信里所讲的“仍以趋重哲学为是”。陈独秀的这个设想应是与陈望道商讨过，或至少是陈望道所了解和赞成的，因为陈独秀在这封信里提及“陈望道君亦主张稍改内容”。所谓“稍改内容”，是针对此前数期的“色彩过于鲜明”而言。陈独秀在这封信里还说，“请二兄切实向京中同人催寄文章”。陈独秀南下广州当日，就写信给周作人，后来又多次写信，希望得到周作人和鲁迅等北京同人的支持。所以在这八期杂志上，鲁迅发表了小说《故乡》，译作《三浦右卫门的最后》（菊池宽）、《狭的笼》（爱罗先珂）等；周作人发表了3则杂文、1篇文艺论文、5篇小说译作、30首日本诗歌译作等；胡适、高一涵、王星拱、朱希祖等都有诗文发表。彼时刘半农在法国留学，也有《伦敦》等诗作刊发于《新青年》。不算同人，但以前就给《新青年》撰文过的吴敬恒（稚晖）、刘大白、沈兼士、沈玄庐、成舍我、俞平伯等也有诗文刊于《新青年》。这表明了陈望道在组稿工作中所作出的努力，当然也有陈独秀的努力，虽说他人在广州。

这八期杂志，固然“趋重哲学”了，但其意识形态的倾向性还是非常鲜明的，即突出了对社会主义的学理探讨。所以，杂志的日子并不好过。《新青年》第8卷第5号编定而尚未出版，就被法租界巡捕房查抄，勒令迁出上海。编辑部由公开转入地下，第8卷第6号发表新青年社迁址广州的特别启事，以作应对策略，表示杂志编辑部已遵租界令没有设在上海了。编辑工作非常艰难，但陈望道表示：“事业仍是要进行的。”这样撑到1921年8月，陈独秀由广州返回上海，从第9卷第4号或第3号起，陈独秀又回到了杂志编辑部工作。

陈望道受陈独秀委托主编《新青年》杂志期间，在杂志的编校上花费了不少精力。陈望道1920年12月16日早晨写给周作人的一封信中，有所说明：

> 独秀先生明天动身往广东去，这里收稿的事，暂由我课余兼任。
>
> 前两期校对颇欠精审，损了价值不少，此后三校我想自己亲校，或许

可以稍为好一点。[1]

这封信里的这几句话可以说明：一是《新青年》杂志的编校过程包含三个校次；二是虽有三个校次，但有时校对质量也不尽如人意；三是陈望道接编后准备自己来做三校，从而提高杂志的校对质量。

胡适对《新青年》杂志的“特别色彩”有异议后，陈望道于1921年1月15日写过一封信给胡适，信的开头先告诉胡适“大作已载在《新青年》八卷五号了”，继而对杂志内容问题作了说明：“《新青年》内容问题，我不愿意多说话，因为八卷四号以前我纯粹是一个读者，五卷以后我也只依照多数意思进行。”[2]《新青年》杂志同人的分歧，尤其是胡适提出的不同意见，令陈望道感到了维持杂志的难处。陈望道在1921年1月28日写给周作人的信里有所表露：“胡适先生口说不谈政治，却自己争过自由，我们颇不大敢请教他了。但稿颇为难……”他接下来写道：“只有希望先生与豫才、守常、玄同诸先生努力维持了。”[3]这两封信可以表明陈望道主编《新青年》期间，在内容选取上所持的态度和在组织稿件上所尽的努力。

---

① 陈望道：《陈望道手稿集》（上册），复旦大学出版社2021年版，第25页。
② 陈望道：《陈望道手稿集》（上册），复旦大学出版社2021年版，第26页。
③ 陈望道：《陈望道手稿集》（上册），复旦大学出版社2021年版，第27页。

第三章

社会政治活动

前面说过，陈望道完整地译出《共产党宣言》后，陈独秀想方设法予以出版。这部书的出版，还得到了共产国际维经斯基以及杨明斋的帮助。当时，共产国际派维经斯基来中国协助共产主义者建党。1920年4月，维经斯基到北京与李大钊会晤。后来经李大钊建议，维经斯基到上海与陈独秀会面。维经斯基和他的翻译——俄籍华人杨明斋来到上海，得知出版《共产党宣言》遇到困难，便立即决定从带来的共产国际经费中抽出一部分资助出版。于是，就在上海拉斐德路（今复兴中路）成裕里12号建起了一座名叫“又新”的小型印刷厂，不久，《共产党宣言》第一个中文全译本在此问世，时为1920年8月。这部书为中国早期的共产主义者提供了一部完整的马克思学说经典著作的汉译本。8月17日，维经斯基在给共产国际的信里讲到，中国不仅成立了共产党发起小组，而且正式出版了《共产党宣言》。

维经斯基到上海后，经陈独秀介绍，与中国的共产主义者建立了联系，商讨在中国发起建立共产党的事宜。

在这之前，陈独秀、李汉俊、李达、陈望道等人就以《新青年》编辑部为中心，经常开座谈会，研讨中国社会的改造问题。在研讨过程中，他们都觉得有组织中国共产党的必要，于是就先组织了一个“马克思主义研究会”，地点在法租界环龙路老渔阳里2号《新青年》编辑部，这里也是陈独秀的寓所，时间是1920年5月。1920年8月，在此基础上成立了上海共产党早期组织。[①]关于这些史实的细节，当事人有多种不同的回忆，学术界也有多种不同的意见。譬如在上海共产党早期组织成员邵力子和陈望道的回忆里，上海是有马克思主义研究会的，但是上海共产党早期组织的其他成员，如沈雁冰、施存统、李达等，或者否认有马克思主义研究会的存在，或者从来不提起，如沈雁冰就说："当时有个名称，我忘记了，但不叫共产党，也不叫马克思主义研究会。"这部小书姑且采用中共中央党史研究室《中国共产党历史》（上卷）的说法。

陈望道在《党成立时期的一些情况》一文里回忆道：

> 这（引者按：指马克思主义研究会）是一个秘密的组织，没有纲领，会员入会也没有成文的手续（参加者有：陈独秀、沈雁冰、李达、李汉俊、陈望道、邵力子等），先由陈独秀负责，不久陈到广州去。一九二〇年年底以后，当时就称负责人为"书记"。要紧的事，由李汉俊、杨明斋和我三四人讨论（不是全体同志参加），组织仿苏联共产党。

在《关于上海马克思主义研究会活动的回忆》一文里，陈望道又说：

> 在上海共产主义小组成立之前，陈独秀、李汉俊、李达和我等先组织马克思主义研究会。研究会吸收会员，起初比较宽，只要有兴趣的都可以参加，后来就严格了。五六个人比较机密，总共不到十个人。……马克思主义研究会是对外的公开名称，内部叫共产党，有组织机构，有书记，陈独秀就是书记。

在《陈望道于1956年6月的回忆》里，陈望道说：

---

① 参见中共中央党史研究室：《中国共产党历史第一卷（1921—1949）》（上册），中共党史出版社2011年版，第59页。

我们几个人都是搞文化的，认识到要彻底改革旧文化，根本改革社会制度，有研究马克思主义的必要。

《新青年》杂志就是在这个时候被陈独秀改为早期中共组织的公开机关理论刊物，改刊后的第一期就是1920年9月出版的《新青年》第8卷第1号。胡适公开表示不满也是从出版这一期后开始的。

1920年8月22日，上海社会主义青年团正式成立，上海共产党早期组织把上海社会主义青年团的中央机关设在霞飞路新渔阳里6号。陈望道也是上海社会主义青年团的早期负责人之一。

1920年11月，陈望道参加了上海共产党早期组织出版的内部理论刊物《共产党》月刊的创刊工作。

……

以陈望道在中国共产党建党过程中所起的作用，所做的工作，而当中国共产党正式建立时，却没有参加一大，退出了党，这是叫人难以置信的。但这确是事实。这事又跟陈独秀有关。

上海共产党早期组织的活动经费主要是成员著述译述所获取的稿费。陈望道在《关于上海马克思主义研究会活动的回忆》一文里说："李汉俊、沈雁冰、李达和我都搞翻译，一夜之间可译万把字，稿子卖给商务印书馆，沈雁冰那时在该馆工作。……一千字四五元，大家动手，可以搞到不少钱。"李达在《李达自传》中也说："这时候，经费颇感困难，每月虽只二三百元，却无法筹措。陈独秀办的新青年社，不能协助党内经费，并且李汉俊主持会议的《新青年》的编辑费（每月一百元）也不能按期支付。于是我们就和沈雁冰（当时任商务《小说月报》编辑，也加入了）商酌，大家写稿子，卖给商务印书馆，把稿费充作党的经费。"[①]包惠僧晚年在《回忆渔阳里二号》中说，当时组织"不直接接

① 李达：《李达自传》（节录），《党史研究资料》1980年第8期。

受第三国际的经济支援”[1]。

但在共产党早期组织成员筹备党的一大召开时，陈独秀和李汉俊为审批组织活动经费一事发生了争执。当时必须经书记陈独秀签字，才可领取党内活动经费。但陈独秀并不知道组织中还有多少经费可用，还有多少钱可花，也并不清楚经费的收支情况。他只管签字。于是常会发生领取人拿了陈独秀批的条子过来，而李汉俊这儿已无钱可支出的事。李汉俊意见很大，让陈独秀不要乱批条子。陈独秀为此大发脾气，说李汉俊是要夺他的权。《李达自传》里也说，“李汉俊写信给陈独秀，要他嘱咐新青年社垫点经费出来，他复信没有答应，因此，李汉俊和陈独秀闹起意见来”。

这事波及陈望道。陈独秀写信散发说李汉俊和陈望道要夺他的权，想当“书记”。那时留学日本的施存统接到陈独秀的信后，很生气，给李汉俊写了一封信，措辞严厉地批评李汉俊、陈望道他们，说中国共产党尚未正式成立，你们就先在那儿争夺起“书记”来了。施存统是陈望道在浙江省立第一师范学校的学生，受陈望道的影响，参与上海共产党早期组织的筹建，后受陈独秀委派留学日本，在东京负责创建了旅日共产党早期组织。陈望道看了施存统的信，大怒，他坚决要求陈独秀出来澄清事实，并作公开道歉。但陈独秀向来“大家长”做惯了，不肯道歉。

中共一大召开之后，1921年11月间，遵照中国共产党中央局的指示，上海成立了中共上海地方委员会，陈望道为第一任书记。但到1922年5月，陈望道正式提出了退党申请。陈望道要退党的原因，一是陈独秀在党内的家长制领导作风，二是组织内一些年轻的党员不明真相而向他表示了偏激的指责，与陈望道产生对立情绪。当时要求退党的还有邵力子、沈玄庐等人。茅盾在晚年写作的回忆录里也谈到了这件事，他写道：

> 党组织又决定派我去向陈望道、邵力子解释，请他们不要出党。结果，邵力子同意，陈望道不愿。他对我说：“你和我多年交情，你知道我的为

---

① 包惠僧：《回忆渔阳里二号》，《党史资料丛刊》1980年第1辑。

人。我既然反对陈独秀的家长作风而要退党，现在陈独秀的家长作风依然如故，我如何又取消退党呢？我信仰共产主义终身不变，愿为共产主义事业贡献我的力量，我在党外为党效劳，也许比在党内更方便。”①

陈望道正式提出退党是在1922年5月，中共一大召开是在1921年7月，陈望道也参加了中共一大的发起筹备工作，可是会议在上海举行时，陈望道为何没有出席呢？1957年至1962年在复旦大学读书，后来在上海大学中文系做教授的于成鲲，在2011年第8期的《秘书》杂志上发表文章《陈独秀与陈望道为什么没出席第一次党代会》，对此作了分析。于成鲲说，1963年5月的一个下午，作为复旦学生社团——复旦大学话剧团的半脱产干部，他和赵莱静应约到复旦第九宿舍陈望道的家中进行采访，采访中于成鲲问陈望道为什么没参加党的一大。陈望道回答说："我通知陈独秀开会，陈独秀给我带了个小纸条，说他不参加，叫我也不要参加。"在这篇文章中，于成鲲辨析了陈望道和陈独秀分手的几种说法，补充了另一个原因。于成鲲以为陈独秀的"家长作风"是一个原因，但陈望道对陈独秀的评价还是很高的，两人之间是"意见不合、做法有分歧，而不是在政策、立场上有分歧"。他认为，"陈望道年轻时也存在着'个人意气'"，与陈独秀之间缺少沟通、理解、信任而造成误会是两人分手的又一个原因，这也是导致陈望道退党的一个"主要原因"。于成鲲的这篇文章，从陈望道年轻时的"个人意气"着手分析，提供了一个解释的视角。邵力子是陈望道的挚友，称"陈望道好静，喜欢搞研究工作，不习惯于经常过组织生活"，这也是一条可作参考的材料。

陈望道虽然没有在1921年参加中共一大，第二年又退了党，不过陈望道所作出的贡献是留在了历史上的。中华人民共和国成立后，陈望道书面提出加入中国共产党的申请。他申请入党的报告送到毛泽东那里，毛泽东明确指示：陈望道什么时候想回到党内，就什么时候回来。不必写自传，不必讨论。可以不公开身份。

---

① 茅盾：《我走过的道路》（上册），人民文学出版社1981年版，第268页。

从政治活动到文化教育

前面说过，陈望道到上海后，先是住在邵力子的家里，后来因编辑《新青年》杂志，所以住到了陈独秀那儿。

邵力子那时在复旦大学做国文部主任，他聘陈望道去复旦大学教书，时间是从1920年的秋季新学期开始，教的课程是文法、修辞和作文法研究等。

曹聚仁在晚年的回忆录里称陈望道在日本学的是法律，并非文学，回来后却在浙江省立第一师范学校教国文，去了趟上海向吴稚晖讨教注音字母及拼音法，回来就给学生开了这方面的课。这个说法恐怕是不准确的。《浙江省立第一师范学校校友会十日刊》第一号上说得很明白："要想普及白话文，先要灌输注音字母，这是人人知道的。本校国文教授陈望道君，对于注音字母，很有心得，所以特地请他到上海吴稚晖君处再去研究一番。"陈望道对新文化的关注，对国文和文学的关注，早在他留日期间就已开始，所以他才能够于1918年在当时国内新创刊的新文化运动刊物《学艺》第1卷第3号上发表《标点之革新》这样有关国文教育和新文化的文章。

陈望道到上海后，从事社会政治活动，同时仍然在做文化教育的工作，撰写文法等方面的论文，教授这方面的功课。他在复旦大学教书，并开始对中国语文的作文法与文法、修辞等作系统的研究。

1920年，陈望道在《民国日报》的副刊《觉悟》上发表了《"的"字底分化——化作"的"、"底"、"地"》《名词位次的表现法》《指示代词的商榷——"这裏"、"那裏"写作"这里"、"那里"》《品词底分类》和《"可"字底综合》等语言学论文。1921年，陈望道又陆续在《觉悟》上发表了《文章底美质》《文字漫谈》和《语体文欧化底我观》等论文。这两年里，陈望道还创作了文学作品《记忆》《往杭州去的路上》等，翻译了诗歌《爱情》以及《新体诗底今日》《文艺上的各种主义》等文艺论文。这些都是陈望道在从事政治活动的同时，所进行的语言学和文艺方面的写作果实。

1922年，陈望道在上海民智书局出版了《作文法讲义》一书。上海民智书局在新书介绍中说：

> 我国文人，向来只讲什么“文成法立”的话，不曾有讲文法的书，近来讲文法的书虽然渐渐有了，但是还不曾有讲作文法的书。现在此书应时势底要求而出，并且曾在上海复旦大学、女子体育师范学校实地试用，确能给中国作文法开辟新纪元，制造新生命，至于（1）词句简要（2）陈义普遍（3）论理谨严等各特点，尤其是彼底余事了。

上述介绍，容或有书局广告夸大的成分，譬如开头一句话就未必能立住。“文成法立”固然是“我国文人”说过的，但讲文章作法的书，并不是“不曾有”，所以还是陈望道在该书“小序”里讲的话靠得住：

> 我颇感到我们中国以前种种关于作文的见解，有些应该修正，有些应该增加，有些向来不很注意的，从此应该注意。我又希求从来对于作文法只是零碎掇拾的惯习，从此变成要有组织的风尚。我这一册书，就算是我们怀着这一种见解和这一种希求的具体的报告。
>
> 这一册书，将告诉青年们作文上各个重要的问题，又将告诉青年们这些问题底地位和这些问题基本的解决法。在我编时注意所及的范围内，一切都想提纲挈领地说，一切都想条分缕析地说，一切都想平允公正地说。

在这部《作文法讲义》里，陈望道从美学的角度，阐述他的作文教学观。他说，“文章是一种传达意思的工具”，写作“必须同时注意意思和文字两方面”，写作的态度“力求真实”。他解释了何谓文章的“美质”：“文章在传达意思的职务上能够尽职就是‘美’，能够尽职的属性就是‘美质’。”他把文章的“美质”分为“明晰”“遒劲”和“流畅”三类。在这部《作文法讲义》里，陈望道对各种文体，如“记载文”“记叙文”“解释文”“论辩文”和“诱导文”作了论述。同时，对选词造句，句式的张弛、长短、骈散、断续等的论述也有他个人的心得。这部书虽然标的是“作文法”，但也讲到了修辞。陈望道后来写的

《修辞学发凡》，虽然讲的是修辞，但也兼容了他的语文教育思想，所以早年就学于北京师范大学国文系的语言学家和语文教育家张寿康教授在《望道先生纪念》一文里就认为，《作文法讲义》和《修辞学发凡》两书，宜相互参照阅读，“从中得到相互发明和启示的，也可以更好地研究陈望道先生的修辞学观点和语文教育思想”[①]。

在这部《作文法讲义》的扉页，专门印了这样一句话：

练习作文有三条：看多、做多、商量多。

“看多”是指阅读要多，“做多”是指要多动笔练，“商量多”是说要多商量着修改。学写作文的方法，确实如这三条所概括的。这虽然是借用了宋人欧阳修的话，但也是陈望道进行多年国文教育和写作的心得。陈望道的学生倪海曙是文字改革活动家、语言学家，他在《回忆望道先生》一文中说：“先生是个最好的语文教员，……他修改文章的本领极高。读他修改过的文章，既受教育，又能欣赏文字技巧”，“听先生讲文章，也等于上活的文法修辞课，而且所得不限于写作”。

张寿康教授认为，《作文法讲义》和《修辞学发凡》两书，宜相互参照阅读，这是很有见地的。换个角度看，其实这个话也指出了陈望道那个时期学术上的兴趣重点所在。虽然他的《修辞学发凡》正式出版于1932年，虽然他在1920年、1921年只是开了相关的课程，但此时已开始了这部书的写作。1923年，《修辞学发凡》油印本面世。这应该是他前些年课堂教学的讲义经修订扩充而成。当时，他听到有人说“中国语文没有规则，比外国语文低一等”，所以“为了出一口气”，就决定“搞修辞和文法”。[②]

1922年5月，陈望道正式提出了辞呈，要求退党。在这前后，他的工作重

① 张寿康：《望道先生纪念》，载复旦大学语言研究室编：《〈修辞学发凡〉与中国修辞学》，复旦大学出版社1983年版，第44页。

② 据陈望道1962年11月19日在复旦大学语言研究室的讲话，转引自宗廷虎、李金苓：《中国修辞学通史》（近现代卷），吉林教育出版社1998年版，第405页。

心逐渐移到文化教育上来了。

这一年，陈望道加入了沈雁冰等发起组织的文学研究会，是文学研究会的早期成员之一。1910年7月创刊于上海的《小说月报》，是近现代大型文学期刊，由商务印书馆印行。初创之时，由王蕴章（莼农）编辑，第3卷第4期起改由恽树珏（铁樵）编辑，1918年又由王蕴章编辑，1921年1月10日第12卷第1号起由沈雁冰主编。沈雁冰成功革新了《小说月报》，使其成为文学研究会的会刊。陈望道早在入会以前，就在《小说月报》上发表了他翻译的日本岛村抱月的《文艺上的自然主义》一文，并在《民国日报》副刊《觉悟》上发表过多篇评价《小说月报》的文章。以后，他又在《小说月报》上连续刊登由他翻译的长篇文章《苏俄十年间的文学论研究》（日本冈泽秀虎）。当然，在他做上海共产党早期组织的活动工作时，陈望道在《小说月报》上发表译作，有时是为了获得稿费，以充当上海共产党早期组织的活动经费，但也很可以说明他跟《小说月报》是有缘分的。

“武黄埔，文上大”

“武黄埔，文上大”，这句话是后来才有的。孙中山在广州东郊的黄埔创建的陆军军官学校（通称“黄埔军校”），比上海大学成立要晚两年，以此为该节标题名，只是想表明当年上海大学与著名的黄埔军校一样有名。

上海大学的前身是私立东南高等师范学校。

根据程杏培、陶继明编著的《红色学府——上海大学》一书中的记载，私立东南高等师范学校坐落于上海闸北青云里。因为学校办在弄堂里，所以被称为“弄堂大学”。校长王理堂曾在日本留学。他办大学，不是为教育，而是想从学生身上捞钱，用现在的话讲就叫作“开学店”。学校开办不久，他就以“考察教育”的名义，从学膳费中挪用5000元跑到日本去了，致使学校的经费十分匮乏，教职员开不了薪水，约有160个学生的伙食无法供应。于是学校里爆发了一场“倒王风潮”。

王理堂在日本，怎么把他弄回来呢？学生成立了学生会，向社会募捐，并向王理堂发电报，向他报告学校发展得很好，社会捐资估计会有十几万元。王理堂贪财，果然中了学生设计的“金钩钓鳖”的圈套。他给学生回了一个电，说明乘何日的轮船回国，请学生届时去码头上接他。学生会就先把王理堂的亲信扣起来，并组织一批学生去码头，又有一批学生与警察局联系，向他们说明原委，请他们不要干涉。到了那一天，王理堂果然回来了，学生从码头上把他接回学校，勒令他交出全部贪污的钱。后来他又得知学生会说如不交回全部贪污的钱，就饿死他。王理堂很害怕，只好托人四处借钱，凑足了5000元，交给学生会，这才被学生放了出来，离开学校。

学生想继续念书，便要求改造这所学校。于是有些学生找到在《民国日报》工作的邵力子，陈述当时的情况，说若无人出来挽救这所学校，学生不但失学，还将流离失所难有归宿。于是邵力子与陈独秀商量，请于右任出山做校长。于右任考虑到办一所大学，经费、教员都不容易解决，所以有些踌躇，没有马上答应下来。邵力子、柳亚子、杨杏佛、叶楚伧从旁敦促，于右任终于同意做校长，并由邵力子做副校长。于右任又接受李大钊的推荐，聘请邓中夏做校务长。茅盾在回忆录《我走过的道路》里写道：

> 原来有个私立东南高等师范学校，这个学校的校长想用办学的名义来发财，方法是登广告宣传他这个学校有哪些名人、学者（例如陈望道、邵力子、陈独秀）任教职，学费极高。学生都是慕名而来，思想比较进步的青年，来自全国各地。开学后上课，却不见名人，就质问校长，于是学生团结起来，赶走了校长，收回已缴的学费。这时学生中有与党有联系的，就来找党，要党来接办这学校。但中央考虑，还是请国民党出面办这学校于学校的发展有利，且筹款也方便些，就告诉原东南高等师范闹风潮的学生，应由他们派代表请于右任出来担任校长，改校名为上海大学。于是于右任就当了上海大学的校长，但只是挂名，实际办事全靠共产党员。①

① 茅盾：《我走过的道路》（上册），人民文学出版社1981年版，第250—251页。

于右任同意做校长后，学校改名为“上海大学”。1922年10月23日，于右任、邵力子到上海大学演讲。这天也是上海大学正式创办之日。

第一次国共合作时期，孙中山也很重视培养干部，遂决定给上海大学拨款。1925年9月7日，经广州革命政府第十五次会议决定，补助上海大学建筑经费两万银圆。1926年又补助一万银圆，使学校的办学条件有所改观。

陈望道1961年7月撰写的《关于上海大学》一文提及，当时陈独秀给他写了一张条子，署名“知名”，小纸条上写着：“上大请你组织，你要什么同志请开出来，请你负责。”陈独秀那时是中共的总书记，陈望道虽不满意陈独秀的“家长作风”，与陈独秀意见不合而退党，但对总书记委派的这次工作，他还是认真对待的。陈独秀的“家长作风”虽说是比较严重，但他在用人上还是不抱成见的，即使陈望道因与他意见不合而退党，他还是能够不计前嫌委派陈望道以重要的工作，而这工作也是陈望道所能胜任的。陈望道对陈独秀也有正面的评价，这见于宁树藩、丁淦林整理的《关于上海马克思主义研究会活动的回忆——陈望道同志生前谈话纪录》一文。在这篇文章中，陈望道先生认为陈独秀“办事有勇气，胆子大，能干，没架子，也能身体力行”①。对陈独秀的不足，陈望道的评论是“主观主义，理论不强”。

陈望道1923年秋季到上海大学工作，直到1927年四一二反革命政变之后学校被关闭为止。陈望道先是任中国文学系系主任，1925年5月邵力子离校后，陈望道代理校长并兼任学务长。此外他还担任《上海大学一览》编辑、校刊编辑主任、图书馆筹备员，负责筹备建立教育系等工作。陈望道在中国文学系开设了修辞学和文学概论等课程。程杏培、陶继明编著的《红色学府——上海大学》一书称：陈望道“是在校工作时间最长、工作量最重的领导人”。

瞿秋白1923年写了一篇《现代中国所当有的“上海大学”》，谈他所构想的上海大学。在文章的第一部分里，瞿秋白讨论了“当有的‘上海大学’之职任”和“‘上海大学’所以当有的理由”：

---

① 宁树藩、丁淦林：《关于上海马克思主义研究会活动的回忆——陈望道同志生前谈话纪录》，《复旦学报》（社会科学版）1980年第3期。

远东四五千年的古文化国，现在反而落后，学问艺术无不要求急速的进步，方能加入国际学术界的文化生活。这并不是什么“国粹”问题——而是因为中国旧式的宗法社会经济遇着欧美帝国主义，所不得不发生的适应作用。只看中国近几年来采纳迎受所谓“西方文明”的态度和顺序，便可以知道了：首先是军事技术、交通技术，进而至自然科学、数理科学，再进而至社会科学。可见现时中国社会生活受外来的影响，骤至复杂，求解释它的需要，已经非常急迫。由浮泛的表面的军事技术之改进，而不得不求此技术之根源于自然科学、数理科学；由模仿的急功近利的政治制度之改变，而不得不求此种制度之原理于社会科学。

前此中国未尝没有家族、没有土地制度、没有政治组织，然而不但未发生什么真正的社会科学，并且连相当的术语多没制造出来，可见当初社会现象之简单。等到骤然遇见“西洋人”，一二十年间，钱店变成了银行，商铺变成了公司，“不知道哪里活见鬼似的”跑出个外国银行团来，暗中把持着中国的国家经济生活，几万里外的伦敦、纽约，可以左右中国商界的金融，此等“捞什子”的背后便是世界资本主义——现代社会最复杂的现象。于是中国的思想界里不期然而然便要发生所谓“改造社会”的思潮。然而以这等简单的头脑（连社会现象的名称都不完全的），去研究这样复杂的对象——连这对象是什么都不知道——怎能不起恐慌呢？

近几年来由空论的社会主义思想进于更有系统的社会科学之研究，以求切确的了解其所要改造之对象，亦即为实际行动所推演求进的结果——这确是当然的倾向。

不但如此，因有上述的原因，亦就令中国旧式的文化生活渐次崩坏，文学艺术方面发生许多新要求——个性的发展、学术的民众化等，所以“文学革命”居然三分天下有其二，实因社会现象的日益复杂，不得不要求文字上的革命，以应各种科学之需要。文字原为一切科学的工具，此等工具的改良实是中国新式社会生活的必要条件，只看中国对于外国语，由学习而翻译而引用其原素于中国文，便可知道其需要程度日益增高，至于艺

> 术也是如此。
>
> 中国文艺之中“外国货”的容纳取受，并不是“国粹沦丧，文化坠绝”之表征，而却是中国文化命运之转机，中国新文化生活（复生）的端倪。数年以来的运动，自然始则散漫传播，继则渐次广泛，征取新领域，至今已渐就集中，渐就分化，将形成一新系统，这亦是一种当然的倾向。
>
> 切实社会科学的研究及形成新文艺的系统——这两件事便是当有的“上海大学”之职任，亦就是“上海大学”所以当有的理由。①

接下来，瞿秋白谈了“上海大学之组织的预定计划”，讨论了社会学系、文学系、艺术系等的办系设想和课程设置等问题。

陈望道主持的中国文学系，设置了古文名著选读（群经诸子）、诗词、戏曲、小说、修辞学、历代文评、文字学、古籍校读法、言语学、文学概论、美学概论、中国文学史、世界文学史、现代世界文学、中国文化史、世界文化史、伦理学及科学方法论、心理学及社会心理学、历史哲学、社会学概论。后来，英国文学系并入中国文学系。中国文学系的课程和教授的具体情况是：叶楚伧讲诗歌，刘大白讲中国文学史，田汉讲文学概论、近代戏剧，俞平伯讲诗歌、小说，胡朴安讲文字学，沈雁冰讲欧洲文学史、小说，傅东华讲诗歌原理，等等。顾颉刚在日记里也说到上海大学和陈望道。1923年5月11日的日记记载：“闻雁冰言，陈望道办上海大学，拟招予任课，振铎已代谢之矣。”顾颉刚当时在上海的商务印书馆做编辑，和郑振铎共事。按照顾颉刚日记的记载，1923年5月陈望道即在做招聘上海大学中文系教师的事了。比较圆通的解释是，陈望道正式到职之前，可能已经在为上海大学做工作了。陈望道在上海大学中文系讲授的课程有修辞学、文法学和美学等。1927年他在民智书局出版的《美学概论》，应该主要就是在上海大学讲授美学课程的讲义。

后来成为著名小说家和学者的施蛰存，当年在上海大学念的是中国文学系，他在《情同手足戴望舒》一文里写道：“我在这所大学非常简陋的教室里，听过

---

① 瞿秋白：《现代中国所当有的“上海大学”》，《民国日报·觉悟副刊》1923年8月2日至3日。

当时最新涌现的文学家和社会科学家的讲课”，“这群老师在学生眼里都是最新的人物，他们的言论，思想风采”“给我以至今忘不掉的印象”。施蛰存还说：“课余时间常常串门寻师访友，记得去得较多的是为我们上西洋文学的沈雁冰（茅盾）先生，去过专门讲古诗词的俞平伯先生家讨教”，“到田汉老师家拜访，听他讲欧洲浪漫主义文学”。施蛰存还在《上海大学的精神》里说：

在文学上，有一百多学生的中国文学系，在上海大学或在上海任何一大学，比较上不能不算独盛了。在这一百多学生中，有的能做诗，有的能做小说，有的能做剧曲，在各文学刊物上，也常常能够看见他们的作品。现在文艺研究会也成立了，我们只拭目看他们研究所得的成绩罢。英文系虽然只有三四十人，在别的大学里，或者要算人数最少了。但上海大学的英文系，虽然比较的人数少些，可是他的精神却不见得不佳，和美术系的画会，同时组织成立的，便是它的英文演说会，每星期我们能听到他们很流利的演说练习，虽然人数不多，但他们的精神因此而愈显了。[①]

在陈望道的主持下，上海大学中国文学系编辑了《文学》，作为《民国日报》的文艺副刊之一，随报发行。先是半月刊，第3期开始改为周刊。自1925年4月27日创刊至五卅事件爆发后停刊，共出版6期。中文系学术社团，研究文艺的就有青风文艺学会、湖波文艺研究会、春风文学会、春雷文学社、心群文艺社等。所以在施蛰存的回忆里，“上海大学是一所新创办的貌不惊人的‘弄堂大学’，但它的精神却是全国最新的大学。在中国新文学史和中国革命史上它都起过重要作用”。

1925年的五卅运动，上海大学的学生几乎都参加了。陈望道在《关于上海大学》一文里说：

西摩路是五卅运动的策源地，五月三十日那天，队伍就是在这里集中

① 施蛰存：《上海大学的精神》，《民国日报·觉悟副刊》1923年10月23日。

而后出发到南京路去演讲，而被打死了人的。

1925年5月以后，陈望道接任代理校长，实际主持学校工作。1927年春天，上海大学迁址江湾西镇的新校舍，最先就是陈望道代表校方去踏勘选址的。为了建新校舍，陈望道代表校方向私商筹借了一部分资金。四一二反革命政变之后，学校被政府关闭，私商为索还借款，便向法院对陈望道等提出控告。原东南高等师范学校学生、后来在上海大学任学校事务主任兼附中教员的程永言（字嘉咏）撰写了《回忆上海大学》一文，追述了这起官司：

“上大”自成立开始招生后，房租、图书、器具、印刷等费用，日多一日。而来求学的青年又多贫寒子弟，大多是免费欠费的。教职员有不少是尽义务或半义务。学校的经费是入不敷出的，一直由于（引者按：即于右任）、邵（引者按：即邵力子）两校长维持着。江湾新校址地皮建造等费，除募捐外，尚欠三万五千元左右。此笔款，是经同学全耀光介绍，向一个商人以低利率借贷的，当时由校委会陈望道、周由廑代表于、邵两校长出具。自“四一二”学校被反动政府占驻后，此项借款，当然无人过问。1927年，这个商人即向上海地方法院控诉陈、周两人，要求追还欠款。业经宣判，对陈、周私人财物将施行“假扣押”。因此，于、邵即出面，于委托程嘉咏（时在伪监察院工作），邵委托同学刘宇光为代表，向苏州高二分院上诉，程和陈、周两先生等一起到苏州出庭。结果判为：要待陈、周先向伪教育部清算后，再办理欠款，从此就拖延未办了。①

妇女问题研究·旧式婚姻

上一节为了叙述的方便，把陈望道在上海大学的经历集中在一节里讲了，

① 程永言：《回忆上海大学》，《党史资料丛刊》1980年第2辑。

时间跨度从1923年秋季到1927年4月。

在这几年里，陈望道为上海大学做了相当多的工作，起先任职中国文学系系主任，后来又成为上海大学实际主持工作的领导人。与此同时，他还勤勉地写作，举凡社会政治、文化教育等方面，都有文章涉及。这些年里，陈望道在《民国日报》的《觉悟》副刊、《妇女评论》副刊，以及《妇女周报》《东方杂志》《新女性》等报刊上，发表的社会政治评论有《英国下议院与平等离婚案》《保护女子制度底萌芽》《女子工业社诸女子底努力》《我的婚姻问题观》《中国女子底觉醒》和《现代女子的苦闷问题》等等。这些文章都围绕着一个主题：女性和婚姻问题。而更早些时候，譬如：1920年，陈望道就在《民国日报》的《觉悟》副刊上发表了《妇女组织》《妻的教育》和《旧式婚姻底丧钟》等文章；1921年，陈望道在《民国日报》的《妇女评论》副刊、《觉悟》副刊上发表了《婚姻问题与人口问题》《还能看轻女子么?》《我底恋爱观》《婚制底罪恶底悲感》《妇女问题与经济问题》和《略评中国的婚姻》等；1922年，陈望道在《民国日报》的《觉悟》副刊、《妇女评论》副刊等报刊上发表《女性觉醒的辉光》《租妻底风俗》《中国民律草案与俄国婚姻律底比较》《女子地位讨论声中的我见》《限制离婚底昏迷》《母性自觉》和《自由离婚的考察》等文章。

1921年8月，《民国日报》创办《妇女评论》副刊，这份副刊的主编就是陈望道。他在为《妇女评论》副刊撰写的“创刊宣言”中说道：“妇女问题绝不仅仅是‘妇女’一方面的事，妇女受压迫绝不仅仅‘妇女’一方面受损害……”，“在人类平等（人道主义）与母性尊重这两个意义之外，特为社会的进化这观念，来根本地主张妇女解放，认为妇女问题是极重大的一件事”。

陈望道在另一篇文章《我想》[①]中，区分了两类不同的“妇女运动”：一是“第三阶级女人运动”，二是“第四阶级女人运动”。“第三阶级女人运动”，目标是要恢复“因为伊是女人”因而失掉的种种自由和特权；“第四阶级女人运动”，目标是在消除“因为伊是穷人”因而受到的种种不公平和不合理。所以“第三

① 陈望道：《我想》，载复旦大学语言研究室编：《陈望道文集》（第一卷），上海人民出版社1979年版，第28—30页。

阶级女人运动”，是女人对男人的人权运动，“要求的是男女平权。……在教育上，就有男女同学的要求；在政治上，就有女人参政的要求；在社交上，就有自由交际的要求；在婚姻上，就有自由择配和新贞操说的主张”。“第四阶级女人运动”，是劳动者对资本家的经济运动，目的是驱穷。

这篇《我想》，敏锐之处是看清并能区别“第三阶级女人运动”和“第四阶级女人运动”的不同目标。但陈望道以为，“第三阶级女人运动”即使“完全达到目的，得到的也只是有产阶级里的男女平等，却并不是‘人类平等’。要得到‘人类平等’，还须另外给一点注意在第四阶级女人运动，就是劳动者对资本家的运动上面。这种运动，是在驱穷”。但笔者以为，实际的情形恐怕应该颠倒过来：“女人运动”的第一层次目的是“劳动者对资本家的运动”，是“驱穷”，这是物质经济方面的；女人对男人的人权运动，则该是比第一层次更高级的运动，因为这更多的是精神生活方面的。

关于婚姻自由问题，陈望道在《〈妇女评论〉创刊宣言》里说：

> 我们以为在现社会内，自由结婚与自由离婚一样的很重要。自由结婚是两性青年对于父母专制的反抗，自由离婚却是对于社会专制的反抗。在现今“子”的“剑”正猛向“父”的“专制威严”攻击的时候，自由结婚制自然而然的必须成立，但如果不同时鼓吹自由离婚，那就这自由结婚制也成了锁镣，英、德、斯干的那维亚底前车可鉴！

在这几年里，陈望道发表了这样多的有关女性和婚姻问题的文章，又主编《民国日报》的《妇女评论》副刊，这表明了这个问题在陈望道心中的分量，而这与他的切身经历恐怕是分不开的。

陈望道18岁那年，奉父母之命与张六妹结婚。张六妹是分水塘村私塾张老先生的女儿，缠足，没有文化。陈望道和张六妹的婚事，完全是由父母包办的，他们从小就由父母做主定了亲。两人没有共同的语言，因此是谈不上感情的。1911年起，张六妹先后生育了两个女儿、两个儿子。陈望道终年在外，难得回家，孩子见他像见陌生人。张六妹侍奉公婆、抚育儿女，承担了家务和田间农活。当陈望道接受了新的教育，并且切实研究了婚姻问题后，就不能再忍受这样的旧式包办婚姻了。于是他向张六妹提出了分居的要求，两人则以兄妹相称。张六妹搬回娘家，陈望道按月给她寄去生活费。没多久，张六妹去世。

对张六妹的亡故，陈望道是很难过的，他在1921年6月21日写给刘大白的公开信《婚制底罪恶底悲感》里说：

> 我近来的悲感，大半是为吾妹因婚事夭死。你晓得我底泪是不肯轻易流泻的，这次我竟几次啜泣呢！我满身浸着我也在其中的婚制底罪恶底悲感。我满欲立时诅咒彼扑灭彼；但我一时却耐不了苦，却泣了！

张六妹的死，让陈望道“满欲立时诅咒”“婚制底罪恶”，“扑灭”“婚制底罪恶”。几年后，陈望道在刊于1924年1月10日《东方》杂志第21卷纪念号上的《我的婚姻问题观》一文里，最后写道：

> 婚姻该以恋爱为基础，而且该以恋爱为限界。

这一句话，很可能是凝结了陈望道对婚姻生活的感悟，而不全是纯理性的研究所得。

生育节制讨论里的人本关怀

陈望道对妇女问题的关注，很重要的一个方面体现在对生育节制问题的关注。这个问题在20世纪20年代曾经搅动过几乎大半个中国思想界或知识界。陈望道在这一场讨论中，所作的论述，虽然不一定占了主导，但也是讨论中的一项重要成果。社会学家邓伟志把这些看作是陈望道先生的社会学造诣。故这本传记单列一个章节作叙述。

1922年，中国的知识界发生过一场有关生育节制问题的讨论。陈望道在这场讨论中所作的文章、所阐述的思想，是众声里的一个比较务实的声音，表达了对女性的人本主义关怀。这场讨论的直接起因是桑吉尔夫人在北京、上海的两次有关生育节制的公开演讲。玛格丽特·桑吉尔（Margaret Sanger，1883—1966）是美国节育运动先驱，当时中国人称之为“桑格夫人”，又译作“山额夫人”“山格夫人”“珊格尔夫人”等。

据陈江明先生2013年发表的论文《陈望道与早期民国生育节制运动》，北京的这次演讲，是胡适与蔡元培商妥后，向桑吉尔夫人发出邀请的。桑吉尔夫人于1922年4月14日或15日到达北京，下榻北京饭店。胡适到北京饭店拜会桑吉尔夫人，邀请她到北京大学演讲。

北京的这一场应该是桑吉尔夫人在中国本土做的第一次关于生育节制问题的演讲。时间是4月19日午后，地点在北大三院礼堂，演讲题目是《生育制裁的什么与怎样》。胡适担任翻译。演讲前一天，4月18日，北大《日刊》登出《美国山格夫人在北大讲演启事》。北大教授吴虞在演讲当天的日记中写道：“四时过大学三院，听美国女士山格夫人讲演生育裁制方法可行者……”演讲持续了两个小时之久，《晨报》记者形容：“听众千余人”“后至者多不得坐位，鹄立无倦容”。桑吉尔夫人的这篇演讲稿发表于4月25日的《晨报副镌》。

桑吉尔夫人这一次中国之行，做的第二场演讲，也是最后一次演讲，是4月30日下午，地点在上海陆家浜中华职业学校职工教育馆。《申报》5月1日刊文《山额夫人在沪之重要讲话》。《申报》刊文的这一天，桑吉尔夫人已乘坐海轮离开上海，前往英国伦敦参加国际产儿制限会议去了。

2020年6月11日澎湃新闻发文《百年前吹入中国的“节育”风：一位女性发声，一众男性讨论》，介绍了生育节制观念在美国产生的社会历史背景。19世纪末，工业化、城市化的迅猛发展给美国带来了社会结构和观念的转变。女性接受学校教育、进入社会生产体系，甚至投身社会改革的人数大幅上升，这些改变促使她们重新审视自身的社会角色，并要求更多的、与其变化中的社会角色相符的权利。恩格斯曾经说过：“妇女的解放，只有在妇女可以大量地、社会规模地参加生产，而家务劳动只占她们极少的工夫的时候，才有可能。”[①]除

① 《马克思恩格斯选集》（第四卷），人民出版社2012年版，第178—179页。

一众家务劳动外，生育无疑是占据女性大幅时间精力的关键项。在经历了以争取妇女选举权为主要目标的初期女权运动后，20世纪10年代起，一部分美国女权运动者开始追求更为自由的道德观，她们认为妇女解放重在女性拥有对自己身体的支配权。家中兄弟姐妹众多、护理专业出身的桑吉尔夫人，自1912年起就确信妇女解放的必要元素不在参政而在能够支配自身。同年，她因震惊于纽约贫民区婴儿的高出生率和产妇的高死亡率，有感于多子女者的痛苦，遂投身于节育事业。她1913年赴欧洲研习避孕知识，在欧洲学习期间创造了“节育”（Birth Control）一词。1914年回到美国后，桑吉尔创办提倡男女平等的激进杂志《叛逆妇人》（*The Woman Rebel*），散发《计划生育》（*Family Limitation*）的小册子，宣传避孕。1915年，在纽约组织全国节育联盟（National Birth Control League），并设分会于各要市。1916年，在纽约布鲁克林开办全美第一家节育诊所，开业不到10天即因被控“有伤风化”而遭逮捕，监禁30天。1921年，她创立美国节育联盟（American Birth Control League），以《节育评论》（*Birth Control Review*）为机关刊物。1927年，协助筹划了在瑞士日内瓦举行的第一次国际节育会议。她曾多次周游世界，宣传生育节制的思想和方法，著述亦颇丰。

桑吉尔夫人1922年4月在京沪两地的演讲，把她的生育节制观念和思想进行了比较系统的传播，引发了中国知识界的讨论。据澎湃新闻的这篇文章，桑吉尔夫人造访中国虽仅半个来月，但她的一篇讲演——《生育制裁的什么与怎样》、一篇著述——《生育制限的过去现在和将来》，在她来华期间就被转载于不少报纸杂志，几成经典。《学灯》（《时事新报》副刊）、《妇女评论》（《民国日报》副刊）、《妇女杂志》以及《家庭研究》等刊物也很快推出了有关节育问题的专号，“就节育问题的历史、原理、方法，及其与社会、道德、宗教、优生、医学、恋爱、妇女解放等问题的关系展开了广泛的讨论”。

陈望道在桑吉尔夫人访华前一年就已经关注到了生育节制问题。比如上一节里提到的《婚姻问题与人口问题》，发表在1921年9月21日《民国日报》副刊《妇女评论》第8期上。陈江明先生认为这是“新马尔萨斯主义在中国的传播史上的重要文献之一”。1922年4月19日，桑吉尔夫人在北大演讲的这一天，陈望道在《民国日报》的两个副刊《妇女评论》和《觉悟》上发表了三篇介绍桑吉尔夫人的文章。刊于《妇女评论》副刊的是《母性自决》和《母性自决先驱者桑格夫人底行旌》，刊于《觉悟》副刊的是《介绍桑格夫人》。在《母性自决》里，陈望道写道："母性自决的曙光所到，必有'产儿节制'的问题发生。而绝叫产儿节制的人们，必便是祝福母性自决的人们。"在《母性自决先驱者桑格夫人底行旌》一文里，陈望道对桑吉尔夫人在美国开展产儿节制运动以及此次访华前在日本的遭遇作了简略介绍，并表达了对桑吉尔夫人到来的满心期待。这两篇文章，表明陈望道对于发生在海外的事情，消息是灵通的，信息获得是通畅的，对信息的反应也是很敏锐的。

《民国日报》副刊《妇女评论》所出的生育节制专号，是由陈望道编辑的。这一期专号共刊登了8篇文章，其中撰著4篇、译文3篇、演讲记录1篇。译文和演讲记录主要介绍了生育节制的历史、原理、目的以及方法。4篇撰著则是：邵力子的《生育节制释疑》（署名"力子"）、曹聚仁的《生育节制运动在中国》（署名"聚仁"），以及陈望道的两篇文章《生育节制运动的感发》（署名"瑰琦"）、《生育节制问题》（署名"晓风"）。

陈望道关于生育节制的讨论，没有从人口、种族、国家等宏大的视角去阐发，而是着眼于女性的解放。桑吉尔夫人来华两次演讲，主要的内容是：将生育节制问题归结为"新社会哲学中的一个中心问题"，即人口问题；介绍盛行于西方各国上层社会的"小家庭"制，提倡通过节制生育，用集中的物力教养少量的子女，以此解决贫困、疾病及儿童教育等社会和家庭问题；主张"人种改良"，即优生。陈望道立论的基点是"母性自决"。他认为女性解放的两个基础是恋爱自由与母性自决。母性自决即是"对于几个人来做自己底儿女的事，女性也必然可以自己底意志决定"，也就是女性须握有生育节制的权利。这也是桑吉尔的一个主要思想。陈江明先生因此论定：陈望道非常准确地抓住了桑吉尔夫人生育节制的精髓。在1924年7月14日上海夏令讲学会的一次演讲中，陈望道作了更多的发挥："恋爱的结果，或者会有生育的事情。像过去现在的生育，女子不知吃了多少苦，男子也吃苦。所以我希望这个问题，应该普遍的研究。我的意思，是希望大家用了这种研究，能够造成'女子有生育与否的自由'的公论，不是一定要节制生育。"

《读书》杂志2022年第9期发表了马姝的文章《“桑格热”之后》，再次回顾了当年的这一场讨论。文章写道：当时的那场讨论，“讨论的方向基本对应着桑格思想中的四个方面来进行，即母性自决、性道德、人口和优生”；“在人口和优生问题上，参与讨论的人更多，争论也更为激烈。人口和优生并不只是一个纯然的个人生活规划方面的事务，它关系着社会整体的发展，在当时内外交困的时代背景之下，它还与帝国主义侵略、民族矛盾、国家的前途未来等问题夹杂在一起，成了一个事关‘存亡’的问题，它甚至主要不是一个关系女性自由的问题”；“这是一场主要由男性知识分子参与和主导的‘大讨论’，也是桑格夫人生育节制思想与当时的社会现实和中国特定的历史文化脉络相融合的过程。在这个过程中，与时代氛围更相契合的部分得到了更多的阐发。比如，在救亡压倒启蒙的风向之下，那些于救亡图存有益的部分如优生观念备受重视，那些带有启蒙意味的部分如母性自决、性解放就渐渐失去了‘市场’”。对照马姝的这篇文章，陈望道从女性解放的角度吸取桑吉尔夫人生育节制的思想，作出自己的阐述，虽然不占据讨论的主导，却是我们今天不能轻看的一个维度。这是陈望道在这场生育节制问题讨论中对中国社会思想启蒙的一个贡献。

作为一个早期的马克思主义者，陈望道固然主张社会制度的根本变革，但在一些社会问题比如妇女问题上，陈望道的意见又不同于当时其他一些社会主义者。他们认为妇女问题诸如参政问题、教育问题、婚姻问题、职业问题，最终的解决之道只有在社会生产关系根本改变之后才能实现。陈望道不同意这样来看问题，他认为，有些对于妇女来说是切身、迫切的问题，不必等到根本变革之后再去解决。他在1924年7月14日的上海夏令讲学会的演讲中就说，“对于妇女问题要彻底的，根本的解决，非‘革命’不可。但又不能因此，就把妇女问题不谈。有人说：‘好，你们既然说，妇女问题须革命后才得完全解决，那你们好不要讲妇女问题，尽管去干革命好了。’说这话的，或太聪明，或太不聪明了。我们不能说现在把妇女问题不管，等革命后再来解决，当然现在也要努力进行的。我以为现在的问题，应该现在就去解决”。这恐怕是比较务实的认识。或者也可以推测，陈望道是把一些妇女问题放在社会学的问题框架里求解决之道，而不是全部纳入政治经济革命的框架里——邓伟志以为陈望道有社会学的造诣，恐怕也是在这层意义上说的。这也可以看出陈望道对马克思主义的理解不是机械的。或者再扩大一点说，从思维心理学的角度来看，陈望道有良好的认知水平和思维品质，这也是他一生中面对学术、教育和社会问题时，能够守正持平地研判、分析的一个智力和非智力因素上的保障。这也是一个人的天分。

立达学园 · 新南社

陈望道对于文化艺术甚至近代科学，同样怀抱着浓厚的兴趣。

1922年，陈望道在《民国日报》副刊《觉悟》及《妇女评论》等上面发表的关于文化文艺的单篇文章以及文学作品，主要有《平民艺术和平民的艺术》、《文学与生活》、《茶话》（小说）、《从鸳鸯湖到白马湖》（长篇游记），以及《国学不宜于公众讲演——答曹聚仁君》《讨论文学的一封信——整理中国文学和普及文学常识》《“了”字底用法》等。1923年，陈望道在《民国日报》副刊《觉悟》和《艺术评论》等上面发表的关于文化文艺的单篇文章，主要有《对于白话文的讨论》（一、二、三）以及《文言白话和美丑问题》《方言可取的一例》《旧梦诗序——评刘大白的诗集》《谈新文化运动》《看了东方艺术研究会底春季习作展览会的感想》等。这一年里，陈望道还发表了《最近物理学概观》，这篇文章表明陈望道对物理科学的关注和所具有的科学修养。1924年，陈望道在《民国日报》的《觉悟》副刊、《时事新报》的《文学》副刊以及《小说月报》等上面发表的关于文化文艺的单篇文章，主要有《人类的行为与文艺描写的关系》《自称“研究新文学者”底文气谈》《美学纲要》《论辞格论底效用兼答江淹》《修辞学在中国的使命》《修辞随录》等多则。1925年，陈望道在《民国日报》的副刊《黎明周刊》上发表散文《毒火》等。1926年，陈望道在《民国日报》的副刊《黎明周刊》上发表散文《〈龙上梦痕〉序》等。陈望道的第一部美学著作《美学概论》，1927年由上海民智书局出版。

从上面所列的这些著述的篇目及其发表的年份看，1925年至1927年，陈望道关于文化文艺的文章数量明显减少，这段时间正是他做上海大学代理校长之时，看来繁忙的校务、学校办学的艰难，使陈望道不能把更多的时间和精力花在文化文艺研究上。

经亨颐离开浙江省立第一师范学校后，回上虞在白马湖畔创办了私立春晖中学。1919年12月，经亨颐受春晖中学出资人、上虞开明乡绅陈春澜的委托，起草创办春晖中学的计划书。经亨颐在《春晖中学计划书》里讲道：

> 余为倡人格教育、英才教育、劳动的教育之一人，即主张中学毕业生宜多式而不宜一式也。①

1922年9月10日，春晖中学首届学生入学。当年12月2日，春晖中学举行开学典礼。经亨颐在典礼上发言：

> 近年来奔走南北，有一种感触，觉得官立国立的学校，现在实不能算好，但要怎样才会办好呢？这条件回答是很难的。我第一希望社会能同情于春晖，第二希望校董能完全负责，第三希望有安心的教员，第四希望有满意的学生。这四种是学校办好的条件。官立的学校或不能如此希望，春晖却可此希望的。②

这段话里有经亨颐长期在“官立国立的学校”主持校务的沉痛体验，也饱含了他对私立春晖中学的无限希望。经亨颐为了避免外部势力插手而干扰学校，甚至没有向当时的政府去备案。

1922年和1923年，连续两年的暑假，陈望道都去白马湖畔的春晖中学访问。长篇游记《从鸳鸯湖到白马湖》就写于1922年7月下旬。1923年的暑期，春晖中学举办“白马湖夏季教育讲习会”，舒新城、黄炎培、陈望道和黎锦晖应邀去作了讲演。陈望道的演讲题目为《国语教授资料》，舒新城讲了《道尔顿制及青年的心理》，黄炎培的题目是《职业指导》，黎锦晖作了《国语正亮》的演

①② 转引自陈星：《人文白马湖》，方志出版社2004年版，第12页。

讲。当时已是春晖中学教师的丰子恺作了题为《音乐图画教授法》的演讲。

1920年1月到1930年7月、1935年8月到1938年7月，经亨颐一直担任春晖中学的校长一职。但据陈星《人文白马湖》一书的研究，经亨颐以全部心力在白马湖办学的时间，实际上只有1922年前和1923年初。其余时间里，实际掌握春晖中学实权的，应该另有其人。1924年末和1925年初，春晖中学的教师，如匡互生、丰子恺、朱自清、朱光潜、夏丏尊、刘薰宇等，因与春晖中学实际上的掌权人办学思想不合而相继辞职离校。

匡互生是1925年1月8日离开春晖中学的。

春晖中学的学生黄源后来在《“最使我感激、给我鼓励的”老师匡互生》一文里，回忆了匡互生离开春晖的情形：

> 全校师生挽留不住，匡先生走出校门，沿着湖边煤屑路前往驿亭火车站，同学们紧跟在他身后挥泪送行。①

匡互生1919年毕业于北京高等师范学校（北京师范大学前身）数理部。从上虞春晖中学到上海后，他于1925年初与陶载良、丰子恺、朱光潜等人在虹口老靶子路租用民房，办起了“立达中学”。当年夏天，学校在江湾觅得一块荒地新建校舍，校舍建成后，校名改作了“立达学园”（Li Da Academy）。这“立达”二字，取义《论语》中的“己欲立而立人，己欲达而达人”。他们的办学宗旨是“修养健全人格，实行互助生活，以改造社会，促进文化”。之所以叫学园而不叫学校，是因为匡互生认为，学生好比幼苗，这里就是他们自由发展、健康成长的园地。刘薰宇发表在《教育杂志》1925年第6期上的《立达中学校——它底创设现状和未来的计画》里写道：“Academy本来是柏拉图讲家的场所，他在自己的园地，和信仰他底学生自由地研究学问，探索真理，使他底学风影响到后世，成一种学派。我们自然不敢自比于这一位大哲，但在我们自己

① 黄源：《“最使我感激、给我鼓励的”老师匡互生》，载北京师范大学校史资料室编：《匡互生与立达学园》，北京师范大学出版社1985年版，第145页。

的园地和相信我们底青年自由研究，探索真理，互相以人格砥砺，建树一个优美的学风，这却是我们底宏愿。”黄源、魏风江等人特地从白马湖畔的春晖中学赶来入学立达学园。著名作家巴金晚年在一篇文章里称赞匡互生：他是“一位把毕生精力贡献给青年教育的好老师，一位有理想、有干劲、为国为民的教育家”。

陈望道参加了由匡互生、夏丏尊、丰子恺、陶载良、沈仲九、朱光潜等创设的“立达学会”（1926年8月，此时已被吸纳进立达学会的章锡琛，创办了开明书店，不久立达学会的部分同人夏丏尊、叶圣陶、刘薰宇、刘叔琴、王伯祥等先后加盟开明书店），也曾在立达学园里教学。在《立达季刊》第1卷第1期上，陈望道发表了《修辞学的中国文字观》。

1923年里，还有一个重要的事件是新南社的成立。陈望道也参与了此事。

1923年10月，柳亚子、叶楚伧、胡朴安、余十眉、邵力子、陈望道、曹聚仁、陈德征等8人，共同发起成立新南社。

在新南社里，社长是柳亚子；陈望道与邵力子、胡朴安同为编辑主任；叶楚伧、吴孟英、陈布雷任干事；胡朴安兼会计；余十眉做书记。廖仲恺、何香凝、朱季恂、沈定一，还有新文学家沈雁冰、教育家杨贤江等人，也是新南社的成员。

说起新南社，自然就得说一说新南社之前的南社了。1909年11月13日创建于苏州的南社，发起人是陈去病、高天梅和柳亚子三人。他们都是同盟会会员，是孙中山先生的忠实信徒。当初南社成员以同盟会会员为骨干，他们大都为知识界的革命激进分子，上海是他们那时的活动中心。南社最盛时成员达到1200余人。

1917年南社内部发生江西派和同光派之争，导致南社分化解体。这场争论发生在《民国日报》上。那时，成舍我任《民国日报》的副刊编辑，他经常发表朱鸳雏、闻野鹤等人的宋体诗。柳亚子对此大为不满，于是便著文批评。最初的文学论争到后来就成了意气用事的谩骂和人身攻击。柳亚子大怒，就在《民国日报》上刊出声明，宣布开除朱鸳雏的南社社籍。不满19岁的成舍我，年轻气盛，在柳亚子登载声明的当天，也草拟了一份文告发布于《申报》，号召南社社员“最好能一起驱逐柳亚子出社”。于是柳亚子在《南社丛刻》第20集中又宣布开除成舍我的社籍。这场争论大伤了南社元气，直接导致了南社的瓦解。这样才有了1923年在上海成立的新南社，以示与旧南社作彻底的分裂。柳亚子甚至抛弃了旧南社“以研究文学，提倡气节”的宗旨，转入新文化的大潮中。柳亚子在1930年著的《南社纪略》里引录了《新南社成立布告》里的话：“新南社的成立，是旧南社中一部分的旧朋友，和新文化运动中一部分的新朋友，联合起来，共同组织的”，“新南社的精神，是鼓吹三民主义，提倡民众文学，而归结到社会主义的实行。对于妇女问题、劳动问题，更情愿加以忠实的研究”。[①]《南社纪略》里还有这样几句话：“南社的成立，是以中国同盟会为依归的；新南社的成立，则以行将改组的中国国民党为依归，在契机上可说是很巧妙的了。”[②]新南社的成员中，邵力子以及骨干沈雁冰等当时都是中共党员，或许可以称新南社是江、浙、沪一带国共两党中文化人的一个合作。

陈望道对新南社和柳亚子是抱有热切希望的，他在1924年6月8日晚上致柳亚子的信里说：“亦因先生那篇新南社的宣言，使我对于先生的前途怀了无边的欣慕，因敢披襟为先生直言之……”陈望道在这封信里介绍沈雁冰、杨贤江等加入新南社，还介绍了叶天底加入，称叶天底是“我底得意学生”，“常在《艺术评论》上作文，系一少年画家”，“已嘱其入社”。陈望道在信里还介绍了吴怡怡、蔡慕晖入社。他称吴怡怡是“我所极敬爱的女友……系一画家兼文家”，蔡慕晖是“我所极敬畏的女友……系一研究欧美文学的青年文家”，“这两人于艺术及妇女问题都有卓见，为我平日最心服的两位友而兼师的女友”。陈望道在信里告诉柳亚子，暑期和她们见面时，“亦拟以入社相请，能成与否，尚未可必”。

在《我与我的世界》里，曹聚仁说：

> 南社首先揭出革命文学的旗帜，和同盟会的革命相呼应，……南社的

---

① 柳无忌编：《柳亚子文集·南社纪略》，上海人民出版社1983年版，第100页。

② 柳无忌编：《柳亚子文集·南社纪略》，上海人民出版社1983年版，第103页。

诗文，活泼淋漓，有少壮朝气，在暗示中华民族的更生。[①]

在回忆录里，曹聚仁也说了他所认为的南社的不足：

不过南社派的文学运动，自始至终，不曾走出浪漫主义一步。由南社文人走上政治舞台的朋友，也只有革命的情绪而无革命的技术，在破坏上尽了相当的力量，在建设上，却也显不出过人的本领来。汪精卫、胡汉民在南社都是第一等角色；他们的政治手腕，不仅不及共产党的主要人物，连政学系首领们都胜过他们多多了！这便是以诗的看待政治，而不是以散文的看待政治的过错。[②]

1936年，柳亚子致信曹聚仁，称：

南社是诗的，新南社是散文的。讲到文学运动，新南社好像已经走出浪漫主义的范围了吧！南社的代表人物，可以说是汪精卫；而新南社的代表人物，我们就可以举出廖仲恺来；汪是诗的，廖则是散文的。所以我说，无论如何，新南社对于南社，总是后来居上的。[③]

不过在柳亚子把汪精卫当作南社的代表人物这一点上，曹聚仁在他的回忆录里表示了不同意。

在曹聚仁看来，“浪漫主义原是理想主义的一型，一种黎明气息，活泼泼的；他们对于光明的向往，那么热烈，那么真挚，几乎可以说是超乎利害观念之上了”，所以“南社最好的代表人物”便该数苏曼殊了。

新南社的刊物《新南社社刊》仅仅编辑了一期就停刊了。新南社自1924年10月10日最后一次聚餐后，就沉寂了。

---

①② 曹聚仁：《我与我的世界》，人民出版社1983年版，第272页。

③ 曹聚仁：《我与我的世界》，人民出版社1983年版，第275页。

大江书铺

全民族抗战爆发之前，上海是中国最大的新闻和出版中心。现代报人曹聚仁晚年在他的回忆录里，这样记述他印象中的民国年间的上海新闻和出版业：

> 棋盘街，这一地名代表着中国出版界；一家小小印书馆，本来只是印刷商务上需要的种种文件，一发展起来，便成为出版界的霸王，几乎独占了全国大中小学校教本的三分之一，那是我们眼见的新事。望平街……却是中国新闻业的代名词。后来，不管若干报馆，在山东路、河南路、爱多亚路（今延安东路），或者虹口、闸北地区开业，说起来，总是属于望平街的，而必须运到望平街去批销才行。①

按照曹聚仁的记录，“望平街，这条顶短的街巷，从南京路经过两条马路，到了福州路，不过有百丈那么长，四丈那么宽”，但它却有着非凡的意义——

> 一部望平街的历史，正说明了资本主义的发展历程，代表着西风吹动以来的中国文化……从启蒙运动以来，每一个和政治动向有关的人物，没有不在望平街上留下他们的足迹；一部望平街变迁史，也正是一部现代中国政治史呢！
>
> ……
>
> 一部望平街的历史，又是一部中国新闻史……也是一部印刷机器发展史呢！②

而对于棋盘街上出版业的分布，以及后来的变迁，曹聚仁的记录是：

---

① 曹聚仁：《我与我的世界》，人民出版社1983年版，第349—350页。

② 曹聚仁：《我与我的世界》，人民出版社1983年版，第350页。

> 商务印书馆、中华书局这两家书业重镇，雄踞在河南路、福州路的转角上；在从前，我们应该从“商务”“中华”数起，往南再说到文明书局、群益书社、民智书局、扫叶山房、中华图书公司、神州国光社，作纵的伸展；后来呢，却沿着福州路作横的发展，从黎明书局算起，“开明”“大东”“北新”“世界”“科学”“生活”，一直到福州路西头，还有那家大规模的中国文化服务社。（正中书局在河南路上。）其他小型书店，如“光明”、“现代”、上海杂志公司、“春明”，不下五六十家。从前福州路上那些旧书店，一部分挤到小花园的角上，一部分西移至卡德路、北京路那一带去了。[①]

在现代新闻出版业这样发达的上海办杂志、开出版公司，也是天时地利人和，但同行竞争肯定也会更加激烈。

1928年下半年，陈望道在上海开了家大江书铺，编辑、出版、销售图书和杂志。这个时候，陈望道还在复旦大学等学校里教书。

陈望道办书铺和刊物，是要在“现在中国是在动，是在进向大时代去”[②]的背景下，写一点东西，发出自己的声音。

为了筹办书铺，从1928年1月起，陈望道与正在南洋的汪馥泉互通书信，讨论办书铺的经营方针以及名称等事项。汪馥泉是五四时期浙江公立甲种工业学校的学生，二人有师生之谊。这时汪馥泉正在印度尼西亚编《南洋日报》，陈望道希望汪馥泉能来跟他一起筹办书铺。

陈望道办这个书铺，在经营方面考虑得很多，甚至在资本筹集上想到过请朋友凑股份的办法。1928年1月31日，陈望道在写给汪馥泉的信里说：

---

① 曹聚仁：《棋盘街上的沧桑》，载曹聚仁、曹雷选编：《曹聚仁书话》，北京出版社1998年版，第181页。

② 陈望道：《致汪馥泉（四则）》，载焦扬主编：《陈望道文存全编》（第八卷），复旦大学出版社2021年版，第256页。

我的能力有限，你也知道，帮忙是没有不尽力的。现在国内已有小书店潮，像北新、开明、创造、亚东、泰东、光华不计，新开者亦有春野、新月、现代等几家。总要有一人像章锡琛样当作一件生意干，才能有出色。不知你意以为何如？[①]

这几句话表明陈望道虽然是一个书生，但还是有经济头脑的，同时也体现了陈望道对汪馥泉所寄予的期待。

陈望道1928年3月4日写给汪馥泉的信里，开头说："那时我于书店毫无把握，故于你的提议，只能说到那样程度的赞助。或者竟有打退堂鼓的分子参杂在内，很对你不起。"这或者可以说明办书店是汪馥泉给陈望道的提议。这封信里还谈到了经营图书的范围：

书店工作倾向，也已计及。我想最好范围略宽，为科学、思想、文艺的传播机关。

1928年6月2日，陈望道写给汪馥泉的信里，在历数了新近又开出来的如金屋、阳春、晓山等近十家书店后，谈到了集股的事：

我以为我们要在这小书店如毛的当中，有点特色，本钱似应大一点。不知你赞成不赞成别人凑点股。如果赞成，我们可以一万元开门。股本只要你赞成，这边就可以进行招。

这封信里，陈望道说到自己以前的一个学生现在经商，这次陪儿子来考大学，见了陈望道，与他的思想"似还能相通"，也愿意"附股"；"又傅东华亦说拟付数百元的股"。

---

① 陈望道：《致汪馥泉（四则）》，载焦扬主编：《陈望道文存全编》（第八卷），复旦大学出版社2021年版，第255页。

1928年8月4日，陈望道在写给汪馥泉的信里又说：

> 我的计划书铺，有一大方针，即经济条件与人同等，而以我们质上量上的努力竞胜它。
>
> 我以为，反此原则，一定要失败的。以一万办，即以资本博人信任；以钱换稿费，更明显是上述原则的应用。

除了讨论书店的开办事宜，陈望道还在与汪馥泉的往返书信中商讨了办杂志的事情。

1928年1月31日，陈望道在写给汪馥泉的信里谈及月刊、半月刊或周刊的选择：

> 杂志恐怕是月刊或半月刊好。周刊太费事。照现在的潮流，即是月刊，亦不必即要登长文。如日本的《文艺春秋》，虽是月刊，便差不多是没有一篇长文的，但销数几为全国冠。我想，不妨那样干，而且你亦似乎更长于那样的文字。

1928年3月4日，陈望道在写给汪馥泉的信说到了杂志的作者来源：

> 杂志方面，我也已略和几个健于做文译文——如新出著名作家茅盾，及傅东华等——商量，大抵可以集合十个人来作基本人，连你和我算在内。只要你回来，诸事便可进行。

1928年8月4日，陈望道在写给汪馥泉的信里讨论了杂志的经营和组稿：

> 办杂志起初必须贴钱，慢慢使它自立，书店并可揩油登广告。现今各杂志都出稿费，多者且在五元以上。就是创造社，现在也不能无费取得文稿，故亦皇皇登着招稿广告了。开明的《一般》，起初只以一百元包给立达

学会，就只学会有稿。现因干不下，亦已登有招稿广告了。

关于书店的名字，也有过多次讨论。1月31日的信里，陈望道说，“书店名字，我无定见。叫卖文社亦好，甚质直有味”。6月2日的信里，陈望道又对汪馥泉说：“店名觉得大江亦不好，最好另外想一个。以现在环境而论，你那名亦不能动人心神，亦得再想。我如想得好名，当再函商。”不过书店最终还是以“大江”命名。

1928年9月，大江书铺正式开业。按照曹聚仁的回忆，“书铺开在北河南路一处里巷中，房租也不贵”①。这是一家小型出版机构。俞宽宏2023年发表的《鲁迅、陈望道与大江书铺关系考论》则说：“最初的编辑部地点就在横浜路35弄的景云里4号，同鲁迅、周建人所住的景云里17、18号仅隔30余米。书店开办之初，虽然没有其最初设想的集资万元的雄厚实力，但相对于附近同时创办的第一线书店、乐群书店、春潮书店和复旦书局，运作资本已算是比较充裕。以陈望道在文化界的声望，他毫无疑问地成了大江书铺的领航人。”陈望道邀他在浙江省立第一师范学校时的学生施存统做编辑部主任。

据俞宽宏考证：“1929年6月，大江书铺开张9个月之后，‘颇负时誉’，原在景云里的‘房屋，不敷应用’，迁至狄思威路（今溧阳路）麦加里973号临街洋房营业。1929年下半年到1930年上半年是大江书铺业务最繁荣的一段时光，一方面通过扩股增资，书铺的经济实力有了大幅增长，另一方面因为1930年3月书铺设立批发所后搬到了上海五马路（今广东路）繁华的商业中心，营业更为方便。在此前后，大江书铺成立了大江书铺股份有限公司，媒体报道说，大江书铺‘自迁入五马路棋盘街，地点既佳，营业蒸蒸日上’。”

大江书铺出了不少有影响的书，譬如陈望道和施存统合译的、波格达诺夫著的《社会意识学大纲》，销量很不错。曹聚仁说他的行囊中，一直携带着这本书。书铺还出版了施存统译、波格达诺夫著的《经济科学大纲》，鲁迅译、卢那

① 曹聚仁：《大江书铺》，载曹聚仁著、曹雷选编：《曹聚仁书话》，北京出版社1998年版，第193页。

卡尔斯基著的《艺术论》，陈望道译、青野季吉著的《艺术简论》，“都是社会科学文艺的重要著作，销行得很不错”①。

据陈望道写于1976年9月的《关于鲁迅先生的片断回忆》一文，卢那卡尔斯基著的《艺术论》，当时是陈望道约请鲁迅翻译的，鲁迅说恐怕译不好，陈望道就说：“我们把它译出来，就是一个胜利。”鲁迅赞同陈望道的意见，于是承担了翻译任务。陈望道说：“书是由日文本转译的，他采取直译的方法，极其慎重、认真和精心。译本由大江书铺作为甲等书籍出版。”②

在曹聚仁的记忆里，大江书铺刊行的陆侃如、冯沅君合著的划时代著作《中国诗史》，沈端先（夏衍）所译的、高尔基的长篇小说《母亲》，谢六逸翻译的《日本近代小品文选》，茅盾所著的小说集《野蔷薇》，“也都获得读者的推许，销行三版以上”③。大江书铺出版的图书还有丁玲的小说《韦护》，傅东华的《两个青年的悲剧》，茅盾的《宿莽》，鲁迅翻译、法捷耶夫著的《毁灭》，等等。

但大江书铺的经营是不成功的。陈望道虽然希望“总要有一人像章锡琛样当作一件生意干”，但说归说，实际的工作还是不够的。所以曹聚仁后来说大江书铺，“白纸印黑字是一件事；销行开去又是一件事；能把客户的书账收回来又是一件事。并不要多少日子，那一万元资本却用完了，流动金实在太少了，……要支持下去就困难了”④。不久后，大江书铺出版的几种名著，譬如《中国诗史》《白屋说诗》等，其纸版、版权都转到章锡琛、夏丏尊所办的开明书店手中。陈望道他们在大江书铺播下的种子，让章锡琛他们的开明书店收成了。曹聚仁因此说：“书生开‘书店’，三年不成。”章锡琛、夏丏尊固然是书

① 曹聚仁：《大江书铺》，载曹聚仁著、曹雷选编：《曹聚仁书话》，北京出版社1998年版，第192页。

② 陈望道：《关于鲁迅先生的片断回忆》，载赵家璧等编：《编辑生涯忆鲁迅》，河北教育出版社2000年版，第255页。

③④ 曹聚仁：《大江书铺》，载曹聚仁著、曹雷选编：《曹聚仁书话》，北京出版社1998年版，第193页。

生，可开明书店办成了，大概是由于“章锡琛、夏丏尊都是绍兴人”[①]，得了绍兴人的“钱庄”的“传统”，“由钱庄而转入出版业，他们也是得风气之先的”[②]。曹聚仁还曾经用“开明型”这一词语，说开明书店的人“不仅是书生，而且是很精明的市侩——可也不是铜气很重的市侩，他们都懂得文化事业的意义，以及把握读者心理的技术。……市侩加书生，他们是实践的人”[③]。现代出版家张静庐写于1938年的《在出版界二十年》一书，就讲到过那时的小型出版机构的营销问题：

> 书店的营业是靠“放账”的，出版的书，委托各地贩卖书店代售，卖出还钞，很多的卖出了也不还钞，于是乎有了“账底”。这“账底”，也可以说是“千年不还，万年不赖”的长期欠账。一家书店要先有了一层“账底”，然后可以逢年逢节，在“账底”以外的欠款项内，收到了三五成已经卖掉了的书款。（自然，大资本的书店有了自己直接的分店支店，这痛苦就可以免掉了。）
>
> 出版一本书，在算盘上打起来，总可以赚钱的，而且赚得很不坏，那么为什么有很多很多的书店会倒闭会归并呢？为什么著作人自己掏腰包印行一本作品，到头连“造本”都捞不回来呢！这就是“账底”的关系。换一句话，就是说你要花上半年一年的精力，将赚来的钱来铺这“账底”，没有“账底”就没有人替你贩卖。就是有人替你贩卖，卖出之后还是不还你的钱。这“不还的钱”说来说去还是“账底”。[④]

这或许可以解释曹聚仁所说的“白纸印黑字是一件事；销行开去又是一件事；能把客户的书账收回来又是一件事”的个中原由。20世纪30年代在上海编

---

① 曹聚仁：《大江书铺》，载曹聚仁著、曹雷选编：《曹聚仁书话》，北京出版社1998年版，第192页。

② 曹聚仁：《开明书店》，载曹聚仁著、曹雷选编：《曹聚仁书话》，北京出版社1998年版，第198页。

③ 曹聚仁：《开明型》，载曹聚仁著、曹雷选编：《曹聚仁书话》，北京出版社1998年版，第203页。

④ 张静庐：《在出版界二十年》，江苏教育出版社2005年版，第63页。

《人间世》《宇宙风》等杂志、办过人间书屋的陶亢德，后来在回忆录里也说过同样的话：小出版社没有自己的分社，出的书必须请各地书店代销，代销处一般照书的定价七折给出版社，这不成大问题，成问题的是这个七折的书价也不容易收来，“代销处规矩些的，欠你一个时期，不规矩的简直卖去了书也不给你款”。小型出版社，家底薄，资金少，多数经不起这“长期欠款”的“账底”的拖累。

图书编辑、印刷、出版和销售的资金链断了，经济支撑不下去，大江书铺关门也就在所难免了。

导致大江书铺关门的另一层因素来自政治方面。大江书铺印行的一大部分书籍属于社会科学艺术类译著，都被当局查禁了，其中包括高尔基著、沈端先翻译的长篇小说《母亲》。大江书铺办的《大江月刊》，也只刊行了3期就停了。《大江月刊》第1期的出版日期是1928年10月15日。鲁迅编辑的《文艺研究》季刊，也在大江书铺出版，但因当局的查封，这份季刊也只出了一期。

从前面介绍的大江书铺编辑、出版、发行的部分图书书目，确可见这家书店的出版旨趣，也颇可展示书店编辑人的出书眼光和强大的组稿能力。譬如向鲁迅的组稿约稿，以及对鲁迅著译的文稿的编辑出版，一方面表明了鲁迅对大江书铺出版工作的支持，另一方面也表明了陈望道他们的约稿能力。

陈望道与鲁迅的交往，始于1920年8月他托周作人向鲁迅转交自己翻译的《共产党宣言》。这部译著，以及陈望道肯花力气完整翻译国外经典著作而非仅摘取片言只语便滔滔不绝所体现出来的良好学风，颇得鲁迅欣赏。这样，陈望道就与鲁迅开始了往来。1920年9月出版的《新青年》上刊登的鲁迅小说《风波》，就是陈望道负责编《新青年》杂志时向鲁迅约稿所得。陈望道和鲁迅的第一次见面，据俞宽宏考证，是在1926年8月底，当时鲁迅应林语堂邀约往厦门大学任教，途经上海，郑振铎出面设席宴请鲁迅，陈望道也参加了这次餐叙。有了前面所说的这些往来，陈望道在办大江书铺、编辑《大江月刊》时，自然也就得到了鲁迅很大的帮助。从《鲁迅日记》中可以见到，在办大江书铺的这几年里，陈望道的名字经常出现在鲁迅的日记里，有时也有汪馥泉的名字：

［1928年7月］二十二日　星期。晴，热。……下午陈望道、汪馥泉来。

［1928年9月］十五日　雨。下午陈望道来。……

［1928年9月］十六日　星期。雨，午望道来。……

［1928年9月］二十六日　晴。午后寄陈望道信并稿。……

［1928年10月］二十五日　晴。……陈望道来并交大江书店信及稿费十元。……

［1929年1月］三十日　昙。……夜望道来。……

［1929年2月］二日　晴。……晚陈望道、汪馥泉来。

［1929年2月］六日　晴。……午后望道来，未见。……下午……望道来。

［1929年2月］十六日　晴。……晚寄陈望道、汪馥泉信并译稿。……

［1929年5月］十一日　昙。下午雨。……望道来。……

［1929年7月］十二日　晴，热。……夜望道来。

［1929年11月］二十八日　晴。……下午望道来。……

［1930年1月］二日　昙。……下午望道来。……

［1930年1月］三十一日　晴。……午望道来并赠《社会意识学大纲》（二版）一本。……

［1930年2月］一日　晴。……大江书店招餐于新雅茶店，晚与雪峰同往，同席为傅东华、施复亮、汪馥泉、沈端先、冯三昧、陈望道、郭昭熙等。

［1930年2月］八日　昙。午后寄陈望道信并《文艺研究》例言草稿八条。……

［1930年4月］二日　晴。……晚望道来。

［1930年4月］四日　昙。……晚寄陈望道信。

［1930年4月］二十四日　昙。……寄望道信并稿。

［1930年4月］二十五日　昙。……夜阅《文艺研究》第一期原稿讫。

［1930年4月］二十六日　晴。午后寄望道信并稿。……晚望道

来。……

［1930年5月］三日　昙。……夜托望道转交胡弦信。收《文艺研究》第一期译文预支版税三十。

大江书铺存续的时间大约是5年，终受经济和政治的双重挤压（主要还是经营上的不善）而关门歇业。俞宽宏在《鲁迅、陈望道与大江书铺关系考论》里写道："1933年下半年，国民党对中国左翼文化运动的压迫更加严厉。9月，陈望道应邀到安徽大学教书，大江书铺一下子失去了主心骨，加之另一重要骨干施复亮长年不在上海，书铺缺少有能力的专业经营人才，图书销售不畅，内部矛盾由此产生，再也没有前期创业的激情。1933年12月，陆侃如的译著《金钱问题》（小仲马著）出版，成了大江书铺出版事业最后的辉煌"，"1934年5月20日，大江书铺召开了最后一次股东临时大会，标志着大江书铺正式停业。但实际上，此前一个月大江书铺作为一个经济实体就已歇业"。大江书铺的全部资产包括存书、外埠账款，以3000元的折价，一起盘给了章锡琛他们办的开明书店，"书铺原股东以减半持股的形式转持开明书店股份，大江书铺就此不复存在"。

大江书铺虽然关了门，但陈望道和书刊出版业的联络还是比较多的。新文学史家唐弢在1973年11月27日写给出版家范用的信里还说起自己的第一本杂文集《推背集》，先是由鲁迅介绍给生活书店，无果，再由黎烈文拿给良友，亦无果，最后还是由陈望道介绍到天马书店，于1936年3月出版，得稿费90元，"叫花子发大财"。

大江书铺存在的时间虽然不长，但是这家出版机构在存活的5年时间里编辑出版了近90部著作，其中有不少可以称作经典。在中国现代出版史上，有过不少流星一样划过夜空的小型出版社、杂志社，虽然它们存活的时间很短暂，却出版或刊载了不少后来成为经典的文化作品。我们如果写文学史或文化史，涉及历史上的作品时，是应该把初版这些作品的出版机构也著录上去的，这是文学史家或文化史家应该要有的文献意识或版本意识。大江书铺就是这样的一颗流星，在现代中国的出版史、文艺史、翻译史以及文化史上，都占有一席之地。借用苏东坡《后赤壁赋》里的句子，也可以叫作“江流有声”吧。这个“江”，是指陈望道、汪馥泉、施复亮他们办的大江书铺。

中华艺术大学

这些年里，陈望道著文译书，教书办学，经营出版社，主编杂志，常常是同时做着几件事，好像没有一刻能停歇下来。这应该得益于他强健的身体、充沛的精力，或许与他少小就习武练拳是有关系的。

1927年四一二反革命政变之后，田汉等主办了上海艺术大学。这是一所由中共地下组织开办的艺术大学。欧阳予倩主持上海艺术大学的剧科，徐悲鸿主持画科。但过了一年，上海艺术大学就被法巡捕房给查封了。于是，中共地下组织考虑筹建一所新的艺术院校。就在这个时候，办得很不景气的中华艺术大学被经办人放弃。中共地下组织就想接手这所学校。此时的中共已转入地下，由中共组织出面来办这样一所学校，可能性是比较小的，即使能办起来，也不利于学校的成长。这样，非中共党员而事实上又是左翼的陈望道，就被中共组织看中。地下党组织研究再三，决定请陈望道来做新的中华艺术大学的校长。

冯雪峰和夏衍被派去邀请陈望道。

五四时期，冯雪峰在浙江省立第一师范学校念书，夏衍在浙江公立甲种工业学校读书，所以二人都可算是陈望道的学生。冯雪峰还是义乌人，与陈望道是同乡。

陈望道说：“虽然离开了组织，但只要是党的工作，一定尽力去做。”这样，陈望道就出任新的中华艺术大学的校长了。

新的中华艺术大学正式成立于1929年。学校坐落在闸北区窦乐安路233号，是一幢坐北朝南、砖木结构的三层洋房。屋前有花园，外有围墙。三楼三底的楼房内，东西两边是长排的教室，中间则是一条通道。

中华艺术大学开设中国文学和西洋画两科。画家许幸之晚年回忆说：中国文学科占了楼上西边和楼下东边的教室，西洋画科占了楼上东边和楼下西边的教室。

夏衍担任学校的教务长兼中国文学科的主任，许幸之则任职西洋画科主任。在中国文学科任教的有彭康、朱镜我、冯乃超、洪灵菲、李铁声等。在西洋画科任教的有沈西苓、王一榴等。

据鲁迅的日记，他辞去广州的中山大学教职，来到上海是1927年10月3日。陈望道在任中华艺术大学校长时，鲁迅曾于1930年2月和3月间，两次应陈望道的邀请，来中华艺术大学演讲。2月21日，《鲁迅日记》写道："往艺术大学讲演半小时。"讲题为《绘画杂论》。3月9日，《鲁迅日记》记录："午后往中华艺术大学演讲一小时。"鲁迅2月21日在中华艺术大学所作《绘画杂论》的演讲里，批评中国市侩主义喜欢月份牌（一种旧式单幅挂历）上"病态的女性"，指出这是一种畸形的审美观，痛切剖析这类画的内容卑劣。讲演快结束时鲁迅说："今天我带来一幅中国五千年文化的结晶请大家欣赏欣赏。"正在学生们观望之际，他一手伸进长袍，把一卷纸从衣襟上方拿出，原来是一张病态十足的女人月份牌，引得全场哄堂大笑。鲁迅便在笑声和掌声中结束了他的演讲。

1930年3月2日，"左联"（中国左翼作家联盟的简称）的成立大会在中华艺术大学召开。这应该是得到了时任中华艺术大学校长陈望道的默许及配合。但陈望道没有加入"左联"。据说，在"左联"成立前夕，冯雪峰曾经讲过这样的话：叶圣陶、陈望道、郑振铎、傅东华，还是保持表面中立态度好，便于联系一些人，就不参加"左联"了。

鲁迅在1930年3月2日的日记中写道："往艺术大学参加左翼作家联盟成立会。"在中国左翼作家联盟的成立大会上，鲁迅作了简单的讲话，由于"左联"成立大会是秘密举行的，该讲话没有被记录。三四天后，冯雪峰根据记忆，结合平日与鲁迅谈话的有关内容，将鲁迅在会上的讲话整理成稿，即《对于左翼作家联盟的意见》一文，经鲁迅过目并修订了两处后，发表在鲁迅、冯雪峰编的1930年4月1日出版的《萌芽月刊》第1卷第4期上。这篇文章后来被鲁迅收录于他的杂文集《二心集》内。鲁迅在这篇文章里，特别强调文化创造得有"韧"性：

在文学战线上的人还要"韧"。所谓韧，就是不要像前清做八股文的

"敲门砖"似的办法。前清的八股文，原是"进学"做官的工具，只要能做"起承转合"，藉以进了"秀才举人"，便可丢掉八股文，一生中再也用不到它了，所以叫做"敲门砖"，犹之用一块砖敲门，门一敲进，砖就可抛弃了，不必再将它带在身边。这种办法，直到现在，也还有许多人在使用，我们常常看见有些人出了一二本诗集或小说集以后，他们便永远不见了，到那里去了呢？是因为出了一本或二本书，有了一点小名或大名，得到了教授或别的什么位置，功成名遂，不必再写诗写小说了，所以永远不见了。这样，所以在中国无论文学或科学都没有东西，然而在我们是要有东西的，因为这于我们有用。（卢那卡尔斯基是甚至主张保存俄国的农民美术，因为可以造出来卖给外国人，在经济上有帮助。我以为如果我们文学或科学上有东西拿得出去给别人，则甚至于脱离帝国主义的压迫的政治运动上也有帮助。）但要在文化上有成绩，则非韧不可。

陈望道虽然不是"左联"的成员，但他允许学校师生做一些有倾向性的社会活动。中华艺术大学的师生这类公开的倾向性很强的活动做得多了，也就引起了当局的注意。到了1930年，中华艺术大学就被当局给查封了，被查封的具体日期是5月24日。5月29日，也就是学校被查封的第五天，"左联"在中华艺术大学开了第二次大会。会上作出决议：五卅纪念日时，护校委员会将自行启封被当局查封的中华艺术大学，启封的当天，"左联"全体成员都将去参加这个行动。然而这个决议没有能够实行。

中国文学系·新闻系

前面已经讲过，陈望道在这几年里，几乎同时做着几件事。在复旦大学教书就是其一。1927年四一二反革命事变之后，上海大学也被当局关了门，陈望道便去了复旦大学中国文学系做系主任，同时担任实验中学校长。王伯祥1929年1月29日的日记，记载了陈望道请他去教沿革地理一事："散馆后郑振铎约我到新雅，谓陈望道将拉我担任沿革地理功课数小时。""馆"即商务印书馆，王伯祥和郑振铎当时在商务印书馆共事，“散馆”即下班后。“新雅”即新雅酒楼，位于北四川路虬江路口，那时他们经常去这里聚餐。不过王伯祥“力辞未往”，没有去复旦任课，他在日记中说：“久驰骤勒，必致竭蹶，精神身体不我许也。”

今天名气很大的复旦大学，在那个时候，还只是一所规模很小的私立大学。复旦大学的前身是马相伯1903年创建的震旦学院，1905年更名为复旦公学。“复旦”两字出自《尚书大传·虞夏传》中“日月光华，旦复旦兮”的名句。

马相伯（1840—1939），原名志德，又名建常，改名良，以字行，晚号华封先生，江苏丹徒人。1862年，入耶稣会，后获神学博士学位。1869年，升神父。1881年，任东京中国参赞、神户中国领事。1882年，任朝鲜国王顾问。当时同在朝鲜的袁世凯非常钦佩马相伯先生，想师从相伯先生而未能如愿。袁世凯做了总统后，又通过教育总长蔡元培邀请相伯先生主持北京大学。后因不满袁世凯称帝，马相伯离职，创办西山讲学社（辅仁大学前身），又办了培根女校。马相伯是在清末民初政治、外交、学术界都很有影响的著名文化人物和社会活动家。1887年马相伯奉派欧美，对法兰西学院的教学方式情有独钟，那时起，他就产生了创办新式大学的想法。1900年，马相伯将自己名下的祖传家产——位于松江、青浦等地的3300亩田产捐献给天主教会，作为创办中西大学堂的基金，并立下“捐献家产兴学字据”，规定这项产业只供中西大学堂建成后学生助学金使用。

1903年2月27日，受法国天主教耶稣会奖学基金的资助，当时已年过六十的马相伯在法国天主教区主教姚宗李、耶稣会会长丁绍明支持拨给的徐家汇天文台旧址（今蒲西路221号）创办震旦学院，自任监院（即院长），主持教务，编写教材，躬亲执教。马相伯宣布办学三信条：一是崇尚科学；二是注重文艺；三是不讲教理。校章宗旨为“广延通儒，培养译才”。“震旦”是古代印度对中国的称呼，翻译自梵文Cinisthana，在佛经中译作震旦。同时八卦中，“震”代表东方，“旦”的字形像太阳从地平线升起，因此“震旦”也意谓中华曙光。1903年2月27日，震旦学院举行开学典礼，收学生24名。马相伯发表演说，反对八股和科举制度，反对秦汉以来的“奴隶”“为人”之学，提倡“格物致知”“自立”之学。马相伯说：“欲革命救国，必自研究近代科学始；欲研究近代科学，必自通其语言文学始。有欲通其外国语言文学，以研究近代科学，而为革命救国之准备，请归我。”

根据韩大钧撰写的震旦校史，震旦学院开办当年，教会没有干涉校政，1904年后教会介入，在校政上发生争端。1905年初，教会发出通牒，以不派教师上课要挟，命令无病的马相伯去医院养病，还委任法国神父南从周取代马相伯为总教习，悉改旧章，导致全院132名学生有130名签名退学。几天后，叶仲裕、沈步洲、邵力子、于右任等7人组成震旦复校干事会，推举马相伯为会长，将震旦学院校牌及校具、图书、标本等全部搬出，暂存爱文义路某宅。马相伯旧交两江总督周馥，奏准拨银一万两作震旦复校经费，并拨给吴淞官地70亩为建校地基，暂借吴淞提督行辕为临时校址。马相伯又聘请社会名流严复、曾铸、萨镇冰、熊季廉、袁观澜、狄葆贤等28人为校董，协助募集震旦复校基金，共同管理学校。

1905年5月27日的《时报》刊登出两张广告。一是《徐家汇震旦学院》称：“震旦学院前因学生误会意旨解散，而本学堂及各教员于中国教育之前途，热心未懈，即院中书籍，标本等亦一切无恙”，现拟“商订学科规则，定期招生，于七八月间开办，先此广告”。二是《前震旦学院全体干事，中国教员、全体学生告白》宣布，震旦解散后，“一应器具暨书籍标本，早经迁出”，与教会毫无纠葛，“旧时院名，久已消灭，此后倘有就旧基重行建设者，无论袭用旧名与否，与旧时震旦丝毫无关”，“现暂借吴淞提辕，定7月下旬开学，更名复旦公学”。耶稣会仗势夺取了震旦书院，并将其纳入教会控制，人称“第二震旦”，而马相伯首创的震旦书院（第一震旦），只能引用《尚书大传·虞夏传》中“日月光华，旦复旦兮”的名句，改名复旦公学。今日复旦大学官方认定的校史就是从1905年建的复旦公学算起。

复旦公学建校后，马相伯任校长。此后六七年间，相伯先生的精力大半耗于复旦公学。

1911年至1912年间，复旦公学曾经因经费无来源、校址无着落而停办过。

1917年，复旦开始办理大学本科业务，改名为复旦大学。复旦升格为大学后，下设文、理、商三科以及预科和中学部。

李登辉在1917年至1936年间担任校长。1918年，李登辉先生去南洋集资15万元，在江湾买了块地。1920年冬动工建校舍，1922年落成。计有教室楼一座，名简公堂；办公楼一座，名奕柱堂；第一学生宿舍一座；教师宿舍一栋。这就是今天的复旦大学的基础。

1921年，复旦大学有学生482人，教职员34人。

1929年，复旦大学进行系科改组，增设新闻系、市政系、法律系、教育系，其时全校共有17个系，分属文、理、法、商四个学院。

1929年，新闻专业从中国文学系分出去独立建系，正是在陈望道做中国文学系系主任期间。早在1924年，陈望道在复旦大学中国文学系前身的国文部教书时就开过新闻学讲座，以后他又把这个讲座扩充为“新闻学组”，由他和邵力子讲授新闻学。有了陈望道等人打下的基础，到1929年复旦大学系科改组时，建新闻系也就水到渠成了。这是全国首创的新闻教育机构。这里既有陈望道的创辟之功，当然也有上海作为中国近代报业发祥地这样一个有利于新闻事业生长的背景。在民国初年和稍后的一段时间里，新闻记者这一行是被叫作“三教九流不入一流之流”的。民国著名报人陶菊隐在晚年写的回忆录《记者生活三十年——亲历民国重大事件》一书中称：“特别是担任采访的记者，竟有人视之为‘包打听’或造谣生事之徒。”陶菊隐说他跨进新闻界门槛的时候，就曾受到亲友长辈们的训斥：“什么事情都好干，为什么偏要干这一行！”[①]陶菊隐进入报业做记者是在1912年。此后十多年，中国仍然没有独立设置的新闻教育机构。陈望道在复旦开设新闻学讲座，对于提高新闻从业者的专业素养和文化素质，应该是有帮助的。

新闻专业独立建系后的第一任系主任是谢六逸。谢六逸，贵州人，早年东渡日本留学，专攻日本文学。他是作家、编辑家、翻译家。由于谢六逸是研究文学出身，潜移默化中，塑造了“作家型记者”的早期形象，复旦大学新闻系也开创了用文学类课程进行新闻教育的传统。建系之初，他就在系章中明确提出：“社会教育，有赖报章，然未受文艺陶冶之新闻记者，记事则枯燥无味，词

① 陶菊隐：《记者生活三十年——亲历民国重大事件》，中华书局2005年版，第22页。

章则迎合下流心理，与社会教育了无关系。本系之设，即在矫正斯弊，从事于文艺的新闻记者之养成，既示以正确之文艺观，复导以新闻编辑之轨则，庶几润泽报章，指导社会，言而有文，行而能远。”20世纪40年代后，陈望道也曾连续8年做过复旦大学新闻系主任。这是后话了。

陈望道在上海大学以及复旦大学教书的同时，一直没有停止对文法修辞的研究，但对这部修辞学著作，这一时期，他终究静不下心来把它完工。正如后来他在《修辞学发凡》的“初版后记”里表白的：“在这年头儿我没有兴头和耐心来写成这一部书。”讲义是写了，并在使用着，但此一时期还没能把它修改定稿为一部学术著作。

十年磨一书

前面说过，陈望道到上海后，先是住在邵力子家。邵力子那时在复旦大学做国文部（中国文学系的前身）主任，他聘陈望道去复旦大学教书，时间是从1920年的秋季新学期开始，教的课程是文法、修辞和作文法研究等。复旦大学原先设立国文部，负责教授全校学生的国文，但国文部本身不招收学生。1924年夏，国文部主任邵力子向复旦大学行政院提议改国文部为中国文学系。校行政院也以为有这样的必要。1925年秋，学校新宿舍落成，中国文学系也就在国文部的基础上正式成立，开始招收本学科的学生了。

修辞这门课，陈望道1920年就在复旦大学国文部开设了，在上海大学也教过。1920年9月，他开始动笔写修辞学课程讲义，讲义最初的油印本也早在1923年就面世了，但他迟迟不能把这部讲义修改定稿。这几年间，陈望道发表了多篇讨论修辞的论文，即使在不属于修辞学范围内的其他著作里，也有章节涉及。这或许可以说明，修辞学是陈望道学术兴趣的一个中心。而再往前追溯，更早时候，陈望道留学日本时期，就已留心这门学问了。

据郑子瑜《中国修辞学的变迁》介绍，陈望道在日本早稻田大学念书时，受到过那里的日本修辞学家的影响：

> 那时候日本三大修辞学家坪内逍遥、岛村泷太郎和五十岚力都在早大执教，他们的修辞学名著也都已经出版了，而且正用作课堂里的讲义（现在早大图书馆里还保存了他们当时所用的讲义）。五十岚力对学生作文修辞的指导添削，尤其用力。可以说，早稻田大学是修辞学者的摇篮。陈氏（引者按：指陈望道）在名师的认真指导之下，又熟读了先辈师长（如早大校长高田早苗）和当时教授们的修辞学名著，耳濡目染，自然对修辞学发生了浓厚的兴趣；他的修辞学的基础，也在这个时候奠定了。

陈望道回国后陆续写的修辞学论文，在以上章节里已列出了部分篇目。譬如前面谈到陈望道1922年在上海民智书局出版的《作文法讲义》时，也说到这部著作中有修辞学方面的内容。在这部著作的“文章底美质”这一章里，陈望道论述文章的美质有三：“第一要别人看明，第二要别人看了会感动，第三要别人看了有兴趣。”然后他把文章的“美质”分为“明晰”“遒劲”和“流畅”三类分别讨论。“明晰”和“遒劲”两类里，有一部分后来就发展成了《修辞学发凡》中的“消极修辞”；“遒劲”中的另一部分内容及“流畅”，后来就发展为《修辞学发凡》中的“积极修辞”。“选词”“造句”等章节里的部分内容，也为《修辞学发凡》所吸收。复旦大学中文系教授乐嗣炳在晚年写的《学习〈修辞学发凡〉，发展〈修辞学发凡〉》一文中回忆说：《作文法讲义》是陈望道修辞学研究的起点。[①]

陈望道的《美学概论》1926年由上海民智书局印行，该书的写作动机正如后来他自己所说的，是因为那时中国还没有一本简易明白的美学书可看。这是一部通俗读物，“多借重于各个专家底著述；不过都曾经过以我自己底见解和经验，别择别人底言语，而加以连贯”。在这部书里，陈望道借鉴了西方美学家（特别是立普斯等人）的思想，对“美的特殊性”“美的形式原理”及艺术的“制作和欣赏”作出了论述。这部书用较多的篇幅讨论了美的材料、美的形式。

① 参见乐嗣炳：《学习〈修辞学发凡〉，发展〈修辞学发凡〉》，载复旦大学语言研究室编：《〈修辞学发凡〉与中国修辞学》，复旦大学出版社1983年版，第48页。

其中，“美的形式”这一章所论述的“反复与齐一”“对称与均衡”“调和与对比”和“形式原理”等，给《修辞学发凡》的辞格论立下了美学基础。

1931年，世界书局出版了陈望道撰著的《因明学概略》一书。陈望道在书的“例言”里讲到写作这部书的缘由：“国内文人论事颇有人常引因明”，而国内还没有这方面的文字平易、说解简明的书可供阅读，“所以前年秋季，复旦有若干青年，要通晓一点此学门径，以为阅读及实习论辩文体之助的时候，我就每星期花了两个晚上的时间，替他们写出一本小册子来，做他们初步阅读的书”。因明学是佛教用来诠解哲学思想的形式方法。因明学不是西方文化中的逻辑学，但因明学中有逻辑思想。因明学是具体的论辩学问，所以它也含有理性逻辑内容。这部《因明学概略》与《修辞学发凡》中有关“消极修辞”的论述，也有着一些联系。

以上这些事例，实际上表明陈望道对《修辞学发凡》这部讲义的看重，事实上他也一直在做着修订这部讲义的准备工作。换个角度看，也可以说修辞学是横亘在陈望道心中的一个大问题，他几乎时时都在思考着这个问题，所以写其他学科的著作时，也就自然而然地会涉笔修辞学。

陈望道1920年秋季到复旦大学国文部教书时，就着手写这部讲义，1923年写成初稿，至1932年正式出版前，这部讲义的油印稿已印行过5次。乐嗣炳在《学习〈修辞学发凡〉，发展〈修辞学发凡〉》一文中回忆说：

> 五卅运动后，我应聘为上海大学教授，复旦大学中文系主任刘大白也兼任上大教授，1926—1927年间，我们三人几乎每星期聚谈一二次，话题主要是修辞学。1927年3月22日下午，望老和大白来我家谈论《修辞学发凡》第三稿的一些问题，直到深夜11点。

在同一篇文章里，乐嗣炳还说：

> 1930年他（引者按：指陈望道）送给我修辞学讲稿油印本，已是第五次改定本。

陈望道本人在《修辞学发凡》的“初版后记”里也说：

> 旧稿是我才来上海复旦大学教书时写的。曾蒙田汉、冯三昧、章铁民、熊昌翼诸先生拿去试教，又曾蒙许多国文教员拿去印证。邵力子先生又常有精当的批评。我自己也常从教学上和研究上留心。每逢发见例外，我就立即把稿子改了一遍。几年来不知已改了多少遍。

一部21万余字的著作，陈望道费了十年工夫，数易其稿，1920年落笔，至1932年方始定稿，并由大江书铺于1932年1月和8月分上、下两册公开出版（同年9月大江书铺出了合订本）。这里面固然有陈望道在《修辞学发凡》“初版后记”里说的“在这年头儿我没有兴头和耐心来写成这一部书”这个因素，但更重要的还是陈望道对学术作品精雕细刻的态度及背后所包含着的精益求精的学术精神。刘大白在为这部《修辞学发凡》初版本写的序里说及陈望道写作这部书的勤勉：

> 至于陈先生底著成此书，积十余年勤求探讨之功，这是我在这十余年中所目睹的。这十余年来，他底生活，是终年忙碌于教室讲台黑板粉笔间的生活。但是他一面忙碌着，一面就利用早上晚间以及星期的余暇，做这对于修辞学勤求探讨的工夫。往往为了处理一种辞格，搜求一个例证，整夜地不睡觉；有时候，从一种笔记书上发现了引用的可以做例证的一句或一段文字，因为要明白它底上下文，或者要证明著者所引的有没有错误，于是去根寻它所从出的原书。如果手头没有这种原书，他就向书肆或各处图书馆中去搜求；有可借处便借，没有可借处便只能买。要是此书是一部大部头的书，或者是在某种丛书中而不能抽买的，他也不惜重价，仅仅为了一个例证，而把全部书买了来。到了借无可借买无可买的时候，他还要向相识的友人，多方面地探询，一定要达到搜求到此书的目的为止。……此书在这十余年来，因为见解的进步，已经把稿子换了好几遍。最近一年

来，更因为要努力完成此书的缘故，把一切教室讲台黑板粉笔间的忙碌生活，都摆脱了；专心致志地从头整理写述此书的稿子……

陈望道在1924年6月8日晚上写给柳亚子的信里也说及自己撰著《修辞学发凡》一书时的状态："近编《修辞学发凡》，用功颇勤，每每彻夜不眠……"

《修辞学发凡》

《修辞学发凡》是陈望道在语言学研究方面的代表著作，是陈望道本人语言学研究的高峰作品，也是中国现代修辞学研究的一部力作。

陈望道研究修辞学有年，而最终能在1932年修改完成《修辞学发凡》，有一个写作的契机。那是1931年，陈望道在复旦大学教书，受牵连于左派学生运动，遭国民党当局的打压。这年2月，陈望道失去了复旦大学的教职，蛰居上海寓所，他花费1年多的时间，终于完成了对这部讲义的修改。

《修辞学发凡》前后印了多少版呢？宗廷虎、李金苓合著的《中国修辞学通史》（近现代卷）的统计是：《修辞学发凡》，上海大江书铺1932年1月、8月分上下册初版，同年9月出版合订本。1933年1月印刷第3版。1935年11月由上海开明书店（宗廷虎、李金苓合著的书里误写作"开明书局"）刊出第7版，1940年10月刊出第9版。1945年4月由重庆中国文化服务社出版修订再版，1946年5月刊出沪1版。20世纪50年代后，上海开明书店、新文艺出版社、上海人民出版社、上海文艺出版社、作家出版社上海编辑所、上海教育出版社等，又于1950年、1954年、1955年、1962年、1964年、1976年、1979年、1982年、1987年、1997年重印、再版达十余次［1980年上海人民出版社出版的《陈望道文集》（第二卷），亦将《修辞学发凡》收录其中］。20世纪末，复旦大学语言研究室在陈望道先生生前修订的1962年版和1976年版基础上再次进行修订，于1997年12月由上海教育出版社出版新的版本。[①]本书引用的《修辞学发

① 参见宗廷虎、李金苓：《中国修辞学通史》（近现代卷），吉林教育出版社2001年版，第403页。

凡》就是依据这一版本的重印本。

陈望道这部《修辞学发凡》并不是“横空出世”的。它的撰写，固然有所师承（如上一节所引的郑子瑜的话，便是一个证据），同时也有着现代中国修辞学研究和中学大学修辞学教育蓬勃兴起的学术和教育文化背景。宗廷虎、李金苓在合著的《中国修辞学通史》（近现代卷）里写道：在白话文还处在刚刚被大力提倡的时期，许多青年人不知道白话文应该怎么写、白话文修辞应该怎么作，“因此修辞学论著，特别是白话文修辞的论著逐渐增多，充分体现了社会对白话修辞学发展的迫切需求”——

> 现代修辞学于本世纪初（引者按：指20世纪纪初）一走上历史舞台，就是以教科书形式出现的，是为适应开设修辞学课程的需要而撰写的。五四运动之后，继承了这一传统。许多修辞学通论性著作，都注明是修辞学教科书。例如1925年问世的董鲁安的《修辞学讲义》、王易的《修辞学》等，均标明“高级中学参考用书”；张弓的《中国修辞学》，也注明系“南开中学讲稿”……曹冕的《修辞学》特别注明“本书虽为大学一年生而编，但高级中学，亦可体察学生程度，用作参考”。可见，这时的修辞学通论性著作已从中学教科书发展到大学教科书。这一时期在各大学讲授修辞学的学者，据何爵三记载：“黎锦熙、徐祖正在北京师大、女师大、燕大担任修辞学课程，……陈望道在复旦大学、朱瑶甫在厦门大学也开有修辞学课程，编有讲义。”另外，杨树达在清华大学也教了好几年修辞，陈介白、董鲁安、张弓、曹冕、徐梗生等人都分别在大学、中学开设过修辞课，郑业建讲授修辞学达十八年之久。①

转型期里的中国文化教育和社会，既然有对白话修辞学的迫切需求，这门学问也就应时而兴了。

在陈望道这部《修辞学发凡》出版前，国内已陆续出版过一些新派旧派的

① 宗廷虎、李金苓：《中国修辞学通史》（近现代卷），吉林教育出版社2001年版，第282—283页。

修辞学著作。新派的譬如1923年1月由商务印书馆出版的唐钺的《修辞格》，模仿英国的修辞学理论，是我国第一本全面探讨修辞格的专著。唐钺留学美国时读的是心理学，所以这部书吸取了西方心理学的一些论点。王易的两部著作，即1926年6月在商务印书馆出版的《修辞学》和1930年5月由上海神州国光社出版的《修辞学通诠》，则取经日本的修辞学理论。在中国的现代修辞学著作中，王易的这两部书，是最早以较多篇幅对修辞学理论作出论述的。王易就读于北京大学。陈介白的《修辞学》（1931年8月由上海开明书店印行）也是模仿的日本修辞学理论。陈介白在燕京大学念的本科。董鲁安毕业于北京高等师范学校（北京师范大学前身），他的《修辞学讲义》（上册），1925年11月由北平文化学社刊行，既取经欧美和日本的修辞学理论，又博取中国古代修辞理论，而且作出了新的突破。其他如张弓的《中国修辞学》（1926年6月由天津南开华英书局出版）、龚自知的《文章学初编》（1926年6月由商务印书馆出版）等，也都有可观之处。旧派的譬如唐钺1923年至1925年所写论文的结集《国故新探》，以现代的研究方法总结中国古代的修辞学经验。郑奠20世纪20年代在北京大学授课的讲义《中国修辞学研究法》，以及胡怀琛的《修辞学要略》（1923年由上海大东书局出版）、《修辞的方法》（1931年6月由世界书局出版）等著作也是有所发现的。正如何爵三的论文《中国修辞学上的几个根本问题》里所讲的："关于修辞学知识，中国历来'文评家'所论虽烦乱，且带上玄学色彩，但也有精到之处；而另一方面，外国修辞系统，十几年来随着其他文明，一齐介绍到中国来，两种不同根源的知识相碰，一定有新问题。"[①]所以现代中国的修辞学讨论和研究，为着解决语文上的种种问题而蓬蓬勃勃地发展起来。何爵三是北京师范大学国文系1930年的毕业生，他读大学三年级时就开始研究修辞学，并写成了《中国修辞学上的几个根本问题》这篇论文。

陈望道的《修辞学发凡》就是在修辞学研究蓬勃开展的背景中出现的。

宗廷虎、李金苓合著的《中国修辞学通史》（近现代卷）里讲过这样的话："陈氏（引者按：指陈望道）的体系既离不开前人，而又是在前人基础上的创造

① 何爵三：《中国修辞学上的几个根本问题》，载《努力学报》1929年第9期。

性发展。”这个话讲得很好。这部著作里还举了一个例子，即陈望道《修辞学发凡》建立的“消极修辞”和“积极修辞”两大分野体系，与王易等从岛村抱月那儿吸收来的体系有着较为密切的关系，但对后者加以改造和变化了，更合乎汉语言现象实际，也更条理清晰，易教易学。这本书还提到，早在1921年，云六刊于《教育杂志》第13卷第12期上的《国语修辞法述概》一文，就把文章修辞分成“平叙的——消极的修辞现象”与“修饰的——积极的修辞现象”两大类。宗廷虎、李金苓因此提问道：是他们都受到日本岛村抱月《新美辞学》的影响呢，还是《修辞学发凡》的观点受到云六文章的启示呢？这就有待后人考证了。

《修辞学发凡》分十二篇：第一篇“引言”，第二篇“说语辞的梗概”，第三篇“修辞的两大分野”，第四篇“消极修辞”，第五篇“积极修辞一”，第六篇“积极修辞二”，第七篇“积极修辞三”，第八篇“积极修辞四”，第九篇“积极修辞五”，第十篇“修辞现象的变化和统一”，第十一篇“文体或辞体”，第十二篇“结语”。其中，第一篇概述修辞现象和修辞学全貌，提出消极修辞和积极修辞的两大分野，指出修辞所可利用的语言文字的可能性和修辞所须适合的题旨和情境；第五篇到第八篇述说积极修辞中的辞格；第九篇述说积极修辞中的辞趣；最后一篇，述说修辞学的变迁、发展，提出修辞学研究应作的努力。

陈望道在《修辞学发凡》的“初版后记”里说：

> 本书几篇新稿系根据年来研究文艺理论、社会意识，以及其他一切关连学科所得，想将修辞学的经界略略画清，又将若干不切合实际的古来定见带便指破。

在这部著作的“一九七六年版重印前言”里，陈望道重复了“初版后记”里的话后，又说：

> 并想依据当时的修辞实际，把汉语文中的种种修辞方法、方式，以及运用这些方法、方式的原理、原则，加以系统地阐释；同时，也想对当时

社会上保守落后方面流行的一些偏见，如复古存文、机械模仿，以及以为文言文可以修辞，白话文不能修辞，等等，进行批判。

在这部著作的“一九六二年版重印前言”里，陈望道重复上述的意思后，补充了他写这部书的目的——

运用修辞理论为当时的文艺运动尽一臂之力。

这部《修辞学发凡》有两个非常大的特色，其中一个特色是材料丰富。据潘晓东《学习望老　继往开来》一文的统计：全书搜集了中国古往今来几百位作家的例句800多条，精选了100多位作家和学者的修辞理论170段。胡裕树撰写的一篇短文则说：《修辞学发凡》所引用的书约250部，单篇论文约170篇，方言、白话各种文体兼收并蓄。这部书的另一特色，即胡裕树文章里所称的“归纳系统，阐释详明”。“该书在大量语言材料的基础上，系统而详尽地分析归纳了汉语语文中种种修辞方式。在批判地继承前人成果的基础上，首先提出了‘消极修辞’和‘积极修辞’两大分野的理论，进而把积极修辞分为辞格、辞趣两种。辞格归纳为38格，每格又分若干式，全面概括了汉语语文中的修辞格式”。

关于《修辞学发凡》出版的意义，刘大白在这部初版写的序里讲道：

中国人说了几百万年的话，并且作了几千年的文，可是一竟并不曾知道有所谓有系统的文法。直到一八九八年，马建忠先生底《马氏文通》出来，才得有中国第一部有系统的古话文的文法书。……

中国人在说话的时候，修了几百年的辞，并且在作文的时候，也已经修了几千年的辞，可是一竟并不曾知道有所谓有系统的修辞学。直到一九三二年，陈望道先生底《修辞学发凡》出来，才得有中国第一部有系统的兼顾古话文今话文的修辞学书。

所以刘大白说："一九三二年（民国二十一年），将要和一八九八年（民国元年前十四年，清光绪二十四年）同成为中国文学史上最可纪念的一年了。因为一八九八年是中国第一部文法书出版的一年，而一九三二年是中国第一部修辞学书出版的一年。"

刘大白在这篇序里，简要回顾了陈望道《修辞学发凡》出版之前，中国古代和现代的部分讲修辞的文和书，然后稍作比较，以肯定《修辞学发凡》的系统性和原创性。

写这篇序时，刘大白卧病在床，他口授而由儿子炳震作记录。

研究中国修辞学史的学者称，《修辞学发凡》的出版，引发了我国语言学界的第一次"修辞热"，短短六七年间，先后有二十本左右的修辞学著作问世。不少修辞学著作，如徐梗生的《修辞学教程》、章衣萍的《修辞学讲话》等，都在扉页上注明《修辞学发凡》是写作时的重要参考书。20世纪50年代问世的周振甫的《通俗修辞讲话》、张煦侯的《现代汉语修辞》、吕景先的《修辞学习》、张剑声的《汉语积极修辞》等，或在辞格的体例上，或在辞格的分析上，都受到了《修辞学发凡》的影响。20世纪50年代末至60年代后期，台湾地区翻印了20世纪30年代的现代修辞学代表作，其中《修辞学发凡》为台湾学生书局首先翻印（为避开台当局检查，更名为《修辞学释例》）。20世纪70年代初，台湾"中央"大学徐芹庭撰写了《修辞学发微》(由台湾中华书局印行)，台湾师范大学学者蔡宗阳发表在《当代修辞学》2011年第1期上的论文《〈修辞学发凡〉对台湾修辞学界的影响》写道：《修辞学发微》"虽然是参阅陈望道、杨树达、陈介白所著修辞学专书，但以采用《修辞学发凡》的说法最多"。1975年，台湾师范大学黄庆萱的《修辞学》出版，由台北三民书局印行，颇为畅销。其内容探析弘扬《修辞学发凡》可谓最优，引用《修辞学发凡》的辞格而阐发理论也可谓最优。20世纪60年代中期，日本汉学家实藤惠秀教授说："《发凡》(引者按：指《修辞学发凡》）所提到的修辞论，有古有今，如果能够加以补充整理和评述，该有多大的意义！"新加坡的汉语修辞史学者郑子瑜几乎到了"言必称《发凡》"的程度，他受《修辞学发凡》的结语所给出的"史"的启示，发奋写出了《中国修辞学的变迁》一书，于1965年由早稻田大学出版。还有一条材料，或许可以说明这部《修辞学发凡》受读者欢迎的程度：陈望道在1944年写的《修辞学发凡》的“付印题记”中说：“本书曾在抗战前出过八版，抗战以来则在似乎出似乎不出的状况中搁置了好多年，各处旧书店把它当作绝版书卖，价格高到六七百元乃至千余元一本。”

当然，也有学者指出《修辞学发凡》的不足之处。譬如中华书局编审周振甫在《中国修辞学史》一书中说道：“《发凡》里不讲命意谋篇，只要求‘意义明确’，那末说了假话，也可以说得意义明确的，就把‘修辞立其诚’的要求抛弃了。在这点上，《发凡》似有所不足，《通诠》（引者按：指王易的《修辞学通诠》）是有这方面的修辞的。”周振甫这部书也不认可刘大白说的“直到一九三二年，陈望道先生底《修辞学发凡》出来，才得有中国第一部有系统的兼顾古话文今话文的修辞学书”的评语，认为中国修辞学一开始就把命意谋篇的修辞包括在修辞学里，“可是《发凡》里却缺乏讲命意谋篇的修辞，不完整。《文则》里有了这一部分，比《发凡》完整”。所以周振甫以为中国修辞学成立的标志是南宋陈骙著的《文则》，而不是刘大白说的陈望道的《修辞学发凡》。

再譬如，修辞学家、南京大学中文系教授王希杰在论文里，也指出过《修辞学发凡》里论述不够的地方，以及我们在承续现代中国的修辞学传统方面的偏差。在《汉语修辞学发展中的几个问题》一文里，王希杰以为《修辞学发凡》中“修辞同情境和题旨”这一节里，对“适应题旨情境”这条原则的论述是“笼统含混”的，也是不充分的，还有“认真地思索和讨论”的必要。①在《二十世纪汉语修辞学研究中的几个问题》一文里，王希杰以为现代中国的修辞学传统，除了陈望道这一路，还有延续马建忠《马氏文通》以来的吕叔湘的《中国文法要略》和吕叔湘、朱德熙合著的《语法修辞讲话》这一路。他提出：“《修辞学发凡》中没有涉及到的修辞现象，《马氏文通》中有所发现的，主要是同语法有关的修辞现象。因此，《马氏文通》的修辞学，也是中国现代修辞学

---

① 参见王希杰：《汉语修辞学发展中的几个问题》，载何伟棠主编：《王希杰修辞学论集》，广东高等教育出版社2000年版，第38页。

的一个传统”[1]，“这个修辞学传统比较重视语法在修辞方面的运用，比较注意同写作的结合，在语法学的修辞方面取得最重要的成功，也在促进整个修辞学的科学化方面起到了积极作用”[2]。但是，“现在写作中国现代修辞学历史的人，几乎都忽视了中国现代修辞学的这一独特的传统——从马建忠到吕叔湘、朱德熙。而把中国现代修辞学仅仅局限在陈望道的《修辞学发凡》的框架之中，这是似乎有些偏颇的，很不妥当的”[3]。

笔者之所以引录周振甫、王希杰两位先生的见解，原因是深感这些年来看到的一些学人传记，对传主的学术著述的评论几乎是一面倒的赞美而忽略了客观性。笔者不希望这本关于陈望道的小书，把陈望道的学术著述“神化”了。

---

① 王希杰：《二十世纪汉语修辞学研究中的几个问题》，载何伟棠主编：《王希杰修辞学论集》，广东高等教育出版社2000年版，第80页。

② 王希杰：《二十世纪汉语修辞学研究中的几个问题》，载何伟棠主编：《王希杰修辞学论集》，广东高等教育出版社2000年版，第81页。

③ 王希杰：《二十世纪汉语修辞学研究中的几个问题》，载何伟棠主编：《王希杰修辞学论集》，广东高等教育出版社2000年版，第80—81页。

第四章

新婚礼

“妇女问题研究·旧式婚姻”一节曾讲到陈望道接受了新的教育后，就与原来由父母包办的妻子张六妹分居了。1921年，张六妹郁郁而终。

陈望道从旧式婚姻里解脱出来后，不久，就与在杭州甲种女子职业专科学校里教美术的吴庶祜女士认识和恋爱，两人曾在上海北四川路的某里弄租房生活了一段日子，又分了手。这段生活，用我们今天常用的话来讲，就叫作“同居”。

在由《妇女评论》与《现代妇女》合并而成的《妇女周报》1923年第9号上，有一篇署名子荣的文章曾就结婚仪式发表这样的见解：“我以为这个仪式固然不必规定，而且还是不必有的；即使不废止，也应彻底改过才行。”这篇文章引述意大利密该耳思所著《性的伦理》中的有关思想后又说道：“相爱的男女的性行为的开始只应以恋爱自然的发展为准，不必一定在公布期日的某时刻；这就是说凡真实相爱而有互相厮守之诚意的男女（普通婚约者亦在内），其同居的时日尽可自由开始，无指定之必要。至于婚礼则当改为招待亲友的性质，在同居数月以至一年，或生了子女以后，均无不可，但决不可在同居以前，因为这只是告诉亲友他们已经结合，并不是先求许可才去结合。因此我对于普通的一切结婚仪式都很反对，觉得里边含有野蛮的遗习与卑猥的色彩。平常总是要人死了才吊丧，小孩生了才贺喜，唯独婚事要在事前大吹大擂的闹，真是荒谬极了。”

陈望道是同意这个主张的，他还多次表述了类似的立场。在1924年发表的《妇女问题》一文里，陈望道这样写道：

> 我以为男女真正以恋爱的结合，其开始共同生活的日子，尽可自由不必通知任何人，也无通知的必要。倘必要行婚礼，也应改为一种招待亲友的性质，过了几月，或一年，或竟生了子女以后都可以。这时男的可以介绍自己的朋友给女子，女的也可介绍许多自己的朋友给男子做朋友，大家互相谈谈，倒也不是绝无意味的事；但决不能在同居之前举行。
>
> 总之：男女的结合，不重在仪式的如何严肃，应全以恋爱为基础。无恋爱的结婚，总是奸淫，不管它是“百年偕老”，也不过是长期的奸淫；真正的恋爱婚姻，无论形式如何简便，总之是神圣的婚姻。所以我们不必管形式，只须问实质。

应该说，陈望道的主张，针对的是中国传统的婚姻中有“仪式”而无“爱情”这一面的，他的主张在当时具体的社会背景前，也未始没有积极的性伦理价值。

与吴庶祜女士分手后，陈望道又与杭州甲种女子职业专科学校附属小学的教员蔡葵结识。一段时间的恋爱后，两人于1930年结婚，建立了家庭。

蔡葵是浙江省东阳人，少年时代在东阳蔡宅镇小学读书，1912年至1916年在杭州甲种女子职业专科学校读书，然后就在附小教书。1920年到上海大同大学英文专修科学习，1922年至1926年，在金陵女子大学读书。毕业后，就到了上海，经陈望道的介绍，先后在陈望道做校长的上海大学和中华艺术大学教英文。

蔡葵出生在东阳的一个有名望的士绅家庭。父亲蔡济川也曾留学日本。陈望道和蔡葵结婚时，先在上海的报纸上刊登了一则自由结合的启事，然后同回义乌和东阳，在东阳蔡府举行了文明婚礼仪式。这场婚礼仪式在那时的东阳是很新鲜和轰动的，所以当时参加了婚礼仪式的小学生葛世大，60多年后还记忆犹新。他在1994年写的《陈望道的婚礼》里这样回忆道：

> 古老的乡村，古老的岁月，依然是生老病死，男婚女嫁，平常日子平常过。1929年（引者按：似为1930年）初秋，东阳县古老的蔡宅村却传出一桩很不平凡的婚嫁喜事：曾留学日本现已归隐乡里的士绅蔡济川老先生要嫁女了。女儿蔡慕晖（引者按：蔡葵，原名蔡慕晖）金陵大学（引者按：似为金陵女子大学）毕业，女婿义乌人陈望道，有名的学者。村人拘泥乡俗，认为男为婚，女是嫁，蔡女应去义乌陈家结亲成对，如今女婿来岳家成礼，既非入赘，便成了女婚男嫁啦。还听说办的文明结婚，新式得更是出奇。一时沸沸扬扬，传得十分热闹。好事者喜欢探询，怎不见蔡府弹絮置妆杀猪宰羊？莫非文明结婚就是凭一纸“明文”结婚？
>
> 蔡济川是蔡宅永宁完全小学的首席校董，和小学校长卜文先生是留日同学，相交莫逆，卜校长自然被邀请为陈、蔡的证婚人，于是文明结婚的消息也在小学内传了开来。……
>
> 婚礼在蔡府“乐顺堂”举行，60多年后的今日，凭小孩记性我还能粗略描述大概：堂屋正壁悬挂孙中山遗像，案上红烛鲜花映衬着两张彩色花纹的方纸，无疑是结婚证书。证婚人卜文校长、主婚人蔡校董笑容满面居中正站。新娘穿戴素净，不见装饰；新郎长袍马褂，头顶礼帽，并肩朝案而立。我们四个学生被安排伴立风琴左旁，肃然屏息。没有吹奏，不放鞭炮，气氛随之肃穆。倒是两厢和天井挤满看热闹的村人，男女老少叽叽喳喳像个戏场。婚礼如仪，十分简单。最后风琴为我们伴奏唱《春天的快乐》，歌罢献花，全过程不到一小时。①

婚礼结束后，新婚的陈望道、蔡葵和蔡葵父母亲以及兄弟姐妹，在张挂着大红灯笼的厅堂里，合影“全家福”。他们夫妻俩还赠送给永宁小学（现东阳市

---

① 葛世大：《陈望道的婚礼》，载《文汇报》1994年5月9日。

厦程里小学）一架风琴以示留念，这架风琴至今犹存。

大约是2004年的冬天，新华网浙江频道发了一条新闻：陈望道结婚请柬现东阳。这条新闻说：陈望道结婚请柬原先藏于东阳蔡宅村一村民家。请柬粉红色，四周波浪形，凸出一圈牡丹花，长16厘米，宽12厘米，纸质是民国时期的照相纸。请柬上的文字为大红色，非手工书写，上书“谨定于十九年九月十六号在浙江东阳蔡宅乐顺堂为小女慕晖与陈望道先生组织新家庭纪念招待，亲朋敬候”等字。据说，当时东阳不可能制作这样精美的请柬，应是在沪杭等地定制的。

这一年，陈望道年届四十，蔡葵比他小10岁，也有30岁了。

婚礼之后，陈望道和蔡葵再折回义乌县城。义乌县立初级中学校长就邀请陈望道去学校演讲。1930年9月21日，陈望道在故乡的这所学校里作了题为《东义两县风俗的批评》的演讲。

陈望道的演讲从女子装饰、男女社交以及卫生等三方面对东阳和义乌两地的风俗习惯的不文明提出批评并再生发开去。这篇演讲，由王世箴记录整理，刊印在1930年10月18日的《义乌县立初级中学校刊》第4期上。

蔡葵新婚后，继续在中华艺术大学教书，中华艺术大学被当局关门后，她就到了上海进德女子中学教书，并在陈望道的帮助下编辑《微音》月刊等。1932年，她又参与了基督新教文字工作协会的工作。正如邓明以教授所说的，陈望道、蔡葵两人在婚后更“体会到自由恋爱的美满与幸福”①。

救　亡

在前面的叙述中，考虑到行文的方便，没有介绍20世纪20年代末30年代初的社会背景和重大事件，以及在这时候陈望道的一些所为。这一节里将作集中的叙述。

1927年4月南京国民政府成立，国家的建设成为政府最关心的一个问题。

① 邓明以：《陈望道传》，复旦大学出版社2005年版，第127页。

正如日本学者家近亮子在她的著作《蒋介石与南京国民政府》里所指出的：完善法律、充实教育、发展交通网等等近代国家建设的设施，自南京国民政府成立，特别是从1932年到1937年抗日战争全面爆发之前这一段时期，都达到了一定的水准。

但中国当时所处的环境是很不好的。战争在逼近，尤其是日本虎视眈眈，把中国视作它的大陆扩张政策的主要目标。1931年9月18日，日本军国主义分子在中国东北境内发动九一八事变。

10天后，1931年9月28日，陈望道、袁殊等创办的《文艺新闻》第29号第2版，以"日本占领东三省屠杀中国民众！！！"为通栏标题，刊登《文化界的观察与意见》，这里面有陈望道的文章，同时也有鲁迅、夏丏尊、郁达夫、叶绍钧、郑伯奇、胡愈之等人的文章。

1932年1月21日《民国日报》上发表的《中华民族存亡问题之一——蒋介石在武岭学校讲演词·东北问题与对日方针》论及东北事变时中国之所以不宣战、不抵抗的原因："中国国防力薄弱之故"，"若再予以绝交宣战之口实，则以我国海陆空军备之不能咄嗟充实，必至沿海各地及长江流域，在三日内悉为敌人所蹂躏，全国政治、军事、交通、金融之脉络悉断"。蒋介石还引了孙文的话："中国若与日本绝交，日本在十天以内便可以亡中国"，主张不可轻率地给日本以口实。

1932年1月28日，日军制造借口大举进攻上海，一·二八事变爆发。上海的战略地位向来为日本所看重，在近代中国，日本籍侨民在上海的数量急剧增加，到20世纪30年代超过了英国在上海的侨民数量，日本也因此成为在上海侨民数量最多的国家。虹口四川北路、中州路、吴淞路、海宁路、乍浦路等地，都是当年日侨聚居的地方。取得对上海的控制，是日本军国主义者垂涎已久的。无论当时南京政府和上海守军如何一再克制、忍让，不予日本以任何机会可乘，日本军国主义者都已经铁定了心要发动战争，不惜制造借口挑起战事。

战事爆发于1932年1月28日午夜。日本海军第一遣外舰队司令盐泽幸一指挥海军陆战队分三路突袭上海闸北。日本军力计有海军陆战队1800余人，武装日侨4000余人，飞机40余架，装甲车数十辆，另有军舰23艘游弋在长江口外和黄浦江上。盐泽幸一本以为4个小时内就可以拿下上海，但他没料到驻守上海的蒋光鼐、蔡廷锴的第十九路军是一块“硬骨头”。十九路军奋起作殊死抵抗。在闸北、江湾、吴淞、曹家桥、浏河、八字桥一带，十九路军展开多次战役，给日军以重创。这一次战事，日军三次增兵，一个月内三易主帅（2月2日野村吉三郎接替盐泽幸一，14日野村又被植田谦吉替下，23日白川义则又将植田换下）。参加此次战役的日军总计达7.7万余人，中国军队参战人数约4.2万余人。十九路军和第五军伤亡1.4801万人，日军死伤共1.0254万人。[①]

战事发生后，1月30日，蒋介石发表《告全国将士电》，其中写道：“我十九路军将士既起而为忠勇之自卫，我全军革命将士处此国亡种灭、患迫燃眉之时，皆应为国家争人格，为民族求生存，为革命尽责任，抱宁为玉碎不为瓦全之决心，以与此破坏和平、蔑视信义之暴日相周旋”[②]，并表示自己“愿与诸将士誓同生死，尽我天职”[③]。2月14日，蒋介石命87师、88师和教导总队组成第五军，驰援十九路军。3月1日，日军偷袭浏河登陆，国军退守第二道防线。3月3日，日军占领真如、南翔后发表停战声明。同日，国际联盟议决中日双方下令停战。24日，在英领署举行正式停战会议。5月5日，《淞沪停战协定》签订。这个协定是国民党政府对日妥协退让政策的产物，规定中国不得在交战区驻兵，是对中国主权的出卖；规定日军可以留驻上海，为其日后发动全面侵华战争提供了条件。

淞沪抗战爆发后，2月3日，在上海的文化界知名人士包括陈望道在内计43人，就一·二八事变联名发表《上海文化界告世界书》。在这份《上海文化界告世界书》上签名的还有茅盾、鲁迅、叶圣陶、郁达夫、丁玲等。

2月8日，上海作家集会讨论组织“中国著作家抗日会”，陈望道任秘书长。这个团体中的其他重要成员还有戈公振、胡秋原、王亚南、叶绍钧、郁达夫等。“中国著作家抗日会”成立后，开展了慰问淞沪抗战前线将士、筹集经济物品、主持出版刊物等一系列工作。

---

① 参见李新总编：《中华民国史（第八卷）》（上册），中华书局2011年版，第43页。

②③ 李新总编：《中华民国史（第八卷）》（上册），中华书局2011年版，第44页。

左翼文艺

左翼文艺出现的一个社会背景，可能与国民党的“训政”有关。

孙中山曾将中国革命与建设的秩序规划为军政、训政、宪政三个时期。1914年7月，他在手书的《中华革命党总章》中说：“本党进行秩序分作三时期：一、军政时期，此期以积极武力，扫除一切障碍，而奠定民国基础。二、训政时期，此期以文明治理，督率国民建设地方自治。三、宪政时期，此期俟地方自治完备之后，乃由国民选举代表，组织宪法委员会，创制宪法；宪法颁布之日，即为革命成功之时。”

1928年6月，蒋介石率国民革命军打下北京、天津，国民党舆论机关就声称：“此即结束军政，开始训政之时也。”1929年6月，国民党召开三届二中全会，会上作出《训政时期之规定案》的决议，明确“训政时期规定为六年，至民国二十四年完成”。早在上一年北平被国民革命军打下后的第二天，在巴黎的胡汉民、孙科等就曾联名致电谭延闿、蒋介石、阎锡山、冯玉祥、李宗仁等军政实力派人物，提出《训政大纲草案》，提议改组国民政府为五院制的政府，“以实现五权之治”。胡汉民等在《训政大纲草案》中提出了以下原则：第一，以党统一，以党训政，培植宪政深厚之基；第二，本党重心，必求完固，党应担发动训政之责，政府应担实行训政之全责；第三，以五权制度作训政之规模，期五权宪政最后之完成。1928年9月3日，胡汉民等回到上海，向国民党中央提交了一份《训政大纲说明书》，在“说明书”中，他们提出了训政时期以国民党“驾驭”国民政府的基本原则和实施纲领。

蒋介石尽管对胡汉民有所戒忌，但对这一政治方略是能够接受的。他们的区别在于，胡汉民在“说明书”中声言他的这些主张不是“一党专政”，而是孙中山的“以党治国”论，并在《训政大纲说明书》中用一段话说明“以党治国”和“一党专政”的界线。而蒋介石则公开表示他要实行“一党专政”。

“一党专政”之下，对新闻舆论和出版，当局肯定是会加以控制的。方汉奇主编的《中国新闻事业通史》（第二卷）记录，国民政府成立后，当局依靠官方新闻网络，垄断新闻的发布权和评论权，控制全国的舆论，“阐明党义，宣扬国策”；还制定了新闻法规，控制公民的言论和出版自由。在1929年至1934年间，当局制定的与新闻有关的法规计有《宣传品审查条例》《出版法》《出版法实施细则》《宣传品审查标准》《新闻检查标准》《修正重要都市新闻检查办法》《指导全国广播电台播送节目办法》《图书杂志审查办法》和《危害民国紧急治罪法》等。有学者称这些法大多属于“恶法”。除此之外，当局还实施严格的书报检查制度。1929年，当局在各地设邮件检查所，实行邮电检查；1931年，在南京、上海、北平、天津等重要城市设立“新闻检查所”；1934年，专门成立了“中央宣传委员会图书杂志审查委员会”；1935年，成立中央新闻检查处，一再强化它的出版审查制度。①张静庐在1938年写的一部回忆录里讲过他创办的专门社会科学书店——上海联合书店，这是一家“只有一年历史的小书店，总共出版不到三十几种新书，内中还有一部分是新闻学一类的冷门货”，但在1930年秋季，就收到了当局的查禁训令，有17种社会科学书被查禁。②黄源晚年写的《鲁迅先生二三事》一文也讲到过一个例子：“一九三四年《文学》二卷一号新年号里，左翼和进步作家的文章首当其冲都被抽去，出版脱期。”③只有茅盾用还未被发觉的“惕若”的化名写的一篇书评漏网。陈望道就是《文学》杂志的编委之一。现代出版家赵家璧在晚年写的《编选“中国新文学大系”（小说二集）——对审查会的斗争》里说过：“仅一九三四年四月（引者按：应是2月）一次，上海被查禁的文艺书籍（引者按：以文艺书籍为主，也含有一些社会科学类的书籍）就多达一百四十九种。五月，反动当局又成立了臭名昭著的‘图书杂志审查委员会’，对所有出版物强迫进行原稿审查。……鲁迅是首当其冲的。……用鲁迅署名的书大批被禁，用其他笔名发表在日报刊物上的文章，也被乱砍乱删。”④1934年2月的这一次查禁，是由国民党中央宣传委员会发出的

① 参见方汉奇主编：《中国新闻事业通史》（第二卷），中国人民大学出版社1996年版，第397—400页。

② 参见张静庐：《在出版界二十年》，江苏教育出版社2005年版，第95页。

③ 黄源：《鲁迅先生二三事》，载《文汇月刊》1981年第8期。

④ 赵家璧：《编选“中国新文学大系”（小说二集）——对审查会的斗争》，《山东师院学报》1977年第5期。

密令，被查禁的149种图书，几乎囊括了著名左翼作家的重要著作，其中包括鲁迅、郭沫若、陈望道、茅盾、夏衍、巴金、丁玲、田汉等作家的作品；涉及25家出版机构，包括商务印书馆、中华书局、北新书局、亚东书局、光华书局、大江书铺、开明书店等。这当然招致出版界的强烈反对。开明书店的章锡琛联合25家同业，两次向国民党上海市党部请愿，并由他和夏丏尊联名给蔡元培、邵力子写信，要求立即解除禁令。[①]当局这才于1934年3月20日发布《禁书分档处理的批文》，把这149种图书分作5档处理，而最后实际上可以重新发售的图书不过只有37种。5档图书是这样划分的：一是“先后查禁有案之书目”，包括《田汉戏曲集》一集、蒋光慈的《光慈遗集》、巴金的《萌芽》、郭沫若的《幼年时代》、潘汉年的《离婚》等；二是“应禁止发售之书目”，包括丁玲的《夜会》和《一个人的诞生》、鲁迅的《二心集》和《伪自由书》、陈望道的译作《苏俄文学理论》、冯雪峰的《文学评论》等；三是“暂缓发售之书目”，包括周起应（引者注：即周扬）的译作《新俄文学中的男女》、丁玲的《一个女人》、胡也频的《一幕悲剧的写实》、柔石的译作《浮士德与城》等；四是“暂缓执行查禁之书目”，包括田汉的《檀泰琪儿之死》、胡也频的《诗稿》、茅盾的《路》和《蚀》、阿英编的《新文艺描写辞典正续编》和《青年创作辞典》、陈望道的译作《社会意识学大纲》等；五是“应删改之书目”，包括郭沫若的《创造十年》、田汉的《咖啡店之一夜》、阿英的《劳动的音乐》，还有茅盾的几部著名小说《子夜》《春蚕》和《虹》等。这些书之所以被禁，当局都有说明理由。譬如：丁玲《一个人的诞生》被禁止发售的理由是“内共小说四篇。皆系描写共产党员生活之穷困，环境之恶劣，然犹奋斗不绝”；鲁迅《伪自由书》被禁的理由是“内共有杂感文四十余篇，多讥评攻讦政府当局之处，以《伪自由书》为书名，其意亦在诋毁当局”；田汉《咖啡店一夜》“内有《午饭之前》一剧，描写工人生活”，“颇含斗争意识，应删去”。1934年9月25日的《中华日报》上发表过一则消息，说是“中央宣传委员会图书杂志审查委员会”4个月来，“审查各种杂志书籍五百余种之多，平均每日每一工作人员审查字在10万以上。审

① 参见章士敭：《章锡琛与开明书店》，《出版史料》2003年第3期。

查手续异常迅速，虽洋洋巨著，至多不过二天”。据中国第二历史档案馆资料，民国时期禁书近5000种（包括1939年日本侵略者编的两部《禁止图书目录》所含的1841种查禁图书）。

蒋介石1931年5月在国民会议开幕词里提出了他的法西斯政治理论。这主要的根由可能是20世纪30年代，墨索里尼统治下的意大利和希特勒统治下的德国实力增长很快，所以法西斯理论就引起了蒋介石的注意。蒋介石1934年发起“新生活运动”，强力推行“礼、义、廉、耻”，尊孔读经。这看起来是回到中国的传统，但恐怕是在他的法西斯政治理论框架指导下的一项举措。蒋介石在《新生活运动之要义》中说：“按照法西斯主义，组织、精神和活动都须军事化……在家庭、工厂和政府机关，每个人的活动必须和军队中一样……换句话说，必须有服从、牺牲、严格、清洁、准确、勤奋、保密……大家在一起必须坚定地、勇敢地为团体和国家作出牺牲。”蒋介石把中国传统的儒家思想和西方世界的法西斯政治理论结合在了一起。

这样的背景下，左翼文艺家面临的社会环境就严酷得多了。当时许多左翼作家、倾向于左翼或对当局政策持批评立场的文化人被抓捕和暗杀。譬如：青年作家柔石、殷夫、胡也频、李伟森、冯铿被当局于1931年2月7日杀害于上海龙华；左翼作家丁玲、潘梓年于1933年5月14日被捕，青年诗人应修人遇害；中国民权保障同盟副会长兼总干事杨杏佛1933年6月18日被当局暗杀于上海；上海《申报》总经理史量才1934年11月13日被当局枪杀于沪杭道上……

1933年2月，日本左翼作家小林多喜二死于日本法西斯势力的酷刑下。消息传入中国，郁达夫、茅盾、叶绍钧、陈望道、洪深、鲁迅、杜衡、田汉、丁玲等9人，于5月15日发起《为横死之小林遗族募捐启》。启事写道：

> 日本新兴文学作家小林多喜二君，自九一八事变后，即为日本国内反对侵略中国之一人。……小林君生前著有《蟹工船》，中国早有译本。我著作界同人当亦久闻其为人。现在听得了小林因为反对本国的军阀而遭毒手，想亦同深愤慨。小林故后遗族生活艰难，我们因此发起募捐慰恤小林君家族，表示中国著作界对小林君之敬意。

1933年3月14日，是马克思逝世50周年纪念日，上海学者在八仙桥举行纪念会。蔡元培、陈望道等到会演讲，介绍马克思的学说和成就。据说陈望道那天出门去演讲没有带家里的钥匙——他是做了若遭不测不回家的打算的。当时的纪念会场里，有很多当局派来监视的特务，但陈望道仍表现得从容不迫。

左翼作家丁玲、潘梓年被当局逮捕，应修人当场遇难后，中国左翼作家联盟于6月10日发表《反对白色恐怖宣言》，发出“我们的作家是怎么被绑？怎样跌死？我们将怎样去营救？怎样去保障？”的诘问。蔡元培、杨杏佛、洪深、邹韬奋、林语堂、叶圣陶、郁达夫、陈望道、李公朴、沈从文、柳亚子、夏丏尊、黎烈文、赵家璧、施蛰存等40多人联名致电南京国民政府，要求释放丁玲、潘梓年，或移交法庭办理。文化界还特地组织“文化界丁潘营救会”，以做营救声援的工作。联名致电的这40多人里，还包括了陈望道的夫人蔡葵。

1933年7月1日，大型文艺刊物《文学》创刊。《文学》的前身是1921年由茅盾、郑振铎、叶圣陶等人办的《小说月报》，但其在1932年一·二八事变时与商务印书馆编译所同毁，以后一直未能恢复。1933年5月间，郑振铎自北平来到上海，提议将《小说月报》更名为《文学》，得到了鲁迅、茅盾、胡愈之和“左联”的支持。黄源后来回忆说，之所以选择他任《文学》编辑，有以下两条原因：一是《文学》可以充分利用“左联”成员和左翼作家的文稿；二是任编辑的不能是“左联”成员，因为国民党对“左联”成员一律予以封杀，而黄源恰好不是“左联”成员。黄源在晚年写的《左联与〈文学〉》中说：

> 《文学》编委会的名单为九人：郁达夫、茅盾、胡愈之、洪深、陈望道、徐调孚、傅东华、叶绍钧、郑振铎。鲁迅不露名。郑振铎仍要回北京燕京大学任教，《文学》杂志的编务由傅东华主持，黄源为编校，发行则由胡愈之与生活书店接洽。①

① 黄源：《左联与〈文学〉》，《新文学史料》1980年1月。

《文学》创刊号上，发表了陈望道的《关于文学之诸问题》。1933年9月16日出版的《文学》终刊号上，则发表有他翻译的冈泽秀虎著的《果戈里和杜思退也夫斯基》。

陈望道自1931年离开复旦大学后，就从事上海文化界的抗日救亡和左翼文艺活动。1933年暑假，大江书铺关门歇业，省立安徽大学教授兼中文系主任、文学院院长周予同聘请陈望道去那里接替方光焘教授讲授“普罗文学”这门课。周予同（1898—1981），原名毓懋，又名周蘧，字豫桐、予同，笔名天行，浙江瑞安人。1916年，周予同考取北京高等师范学校（北京师范大学前身）国文部，专长于经学研究。周予同后来又与陈望道成了复旦大学的同事。“普罗文学”即无产阶级文学，“普罗”是普罗列塔利亚（法语prolétariat、英语proletariat的音译）的略称。“普罗文学”是20世纪二三十年代中国知识阶层的习惯用语。

陈望道在当局是“挂上号”的，所以即便他离开上海到了安徽大学教书，也还是被当局盯着。他的课上常有身着军服的陌生人来听讲，陈望道一见有军人来课上监听，就赶快改用英语讲课。半年后，终究因为安徽当局控制太严，陈望道没法再教下去，第二年年初又回到了上海。

陈望道到安徽大学教书和离开安徽大学的这两年，是安徽大学经费最缺的两年。安徽大学的校史记载，1933年、1934年安徽大学财政十分紧张，每年36万元经费被鄂豫皖三省“剿匪”总司令部砍去11%，而省财政资金被挪作军费，省财政也拨不出钱给学校。有一段时间，安徽大学连工资都发不出来，全校职员月薪统统打八折发给，但教员薪金不打折。1933年秋，学校几个月领不到经费，职员薪金欠发，学校多方想办法也只能给教授先发一半的薪金。

在那个“一党专政”的“训政”时期，中国的左翼文艺家表现出超乎寻常的勇气和道义。

正如北京师范大学文学院教授王富仁在《关于左翼文学的几个问题》一文中所说的：

20世纪30年代的左翼文学不是主流的意识形态，在当时的社会上不是

> 一种话语霸权。在中国的话语霸权必须伴随两个东西，第一，它必须和政治权力直接结合；第二，它必须和经济的权力结合。任何一个独立的知识分子，当他的话语和当时的政治权力、经济权力没法发生直接的结合的时候，这种话语是构不成话语霸权的。……左翼文学在当时不是主流话语，不是主流的意识形态，也不是主流的文学，更不是一种话语霸权。它仅仅是一种话语形式。[①]

左翼文艺家是当时社会上活跃的知识分子，“他们的生活是不安定的。在当时的社会中，由于新文学发展规模的限制以及中国文化的落后，从事写作的人是最不安定的群体”[②]。陈望道一直在大学教书，但本质上他更是属于这个左翼文化人群体的，是社会上活跃的知识分子。他所教的大学，比如上海大学、中华艺术大学，都是有中共组织这个背景的，而复旦大学在那时还是规模较小的私立大学，这些大学都处于当时中国教育的主流体制之外。那时候的中国大学，除非有较强的政府背景，譬如部分国立大学，或者是教会所办的大学，教授才可能有比较高的薪水，才可能生活优裕，成为社会贤达。而陈望道在前述几所大学执教，就算他做了系主任、做了校长，就算他著译了不少书，生活也还是不稳定的。陈振新、朱良玉撰写的《父亲，我们怀念您!》就讲到过陈望道生活的清苦：

> 父亲的一生生活很清苦，母亲生前常提及他解放前的寒酸相：一个头戴旧礼帽、终年穿件旧长衫的穷教授。[③]

陈望道出现在当局办的一些报纸里的形象也是不佳的：爱抽美丽牌香烟，常穿一件破大衣。

陈望道过着清苦的生活，而坚持着对黑暗社会的批判，坚决不与黑暗势力

①② 王富仁：《关于左翼文学的几个问题》，《中国现代文学研究丛刊》2002年第1期。

③ 陈振新、朱良玉：《父亲，我们怀念您!》，载复旦大学语言文学研究所编：《陈望道先生诞辰一百周年纪念文集》，学林出版社1992年版，第171页。

同流合污。

大众语

陈望道曾经和夏丏尊、叶圣陶、宋云彬合编了《开明国文讲义》。这部教材共三册，第一、二两册注重介绍文章的类别和写作的技术，第三册注重讲述文学史。学生读了这三册书，“可以得到关于国文科的全部知识”。这部普通中学初中阶段教材，是供给1932年2月筹设的开明中学讲义社的函授学员使用的。1933年7月，开明中学讲义社注册登记为上海私立开明函授学校。开明书店把早有筹划的函授学校正式开办出来，起因是1932年淞沪抗战中，学校教育被战火波及，包括中学生在内的大量学生失学。开明书店同人遂开设函授学校即开明中学讲义社，为失学青少年提供完成中学学业的机会。包括这部《开明国文讲义》在内的14种讲义，即为教学之用而编写出版。这14种讲义里还有林语堂等编的《开明英文讲义》三册，刘薰宇等编的《开明算术讲义》《开明代数讲义》《开明几何讲义》，丰子恺编的《开明图画讲义》《开明音乐讲义》，等等。《开明国文讲义》最初以“散装”形式随教学进度发给函授学员，后来讲义出齐，便于1934年11月集合为《开明国文讲义》三册交由开明书店出版发行。

《开明国文讲义》编著的切用之处，可举叶圣陶在编辑例言中所写的例子来说明：“在第一、二两册里，每隔开几篇选文有一篇关于文法的讲话。文法完了之后，接着讲修辞。这两部分注重理解和实用，竭力避免机械的术语和过细的分析，务使读者修习之后，对于语言、文字的规律具有扼要的概念，并且养成正确地、精当地发表的习惯。”“在第一、二两册里，每隔开四篇选文有一篇文话，用谈话式的体裁，述说关于文章的写作、欣赏种种方面的项目，比较其他寻常的‘读书法’‘作文法’来，又活泼，又精密，读了自然会发生兴味，得到实益。在第三册里，每隔开三篇选文有一篇文学史话，注重文学的时代和社会的背景，并不琐屑地作对于文家和文篇的叙述，不像一般文学史那样枯燥呆板，读了自然会穷源知委，明了大概。文话、文学史话又和选文互相照应：前者阐发后者，后者印证前者。”开明函授学校的开办时间大约为2年，但这套教材后来有不少曾再版。叶圣陶在开明函授学校停办十年后，还撰文推荐这套教材。在《开明中学讲义》一文里，叶圣陶说他们十年前办函授学校，编写中学各科教材时，就考虑到了函授讲义不同于寻常课本或讲义的特点。这套教材在编述和方法的指导上，“第一求其明确，第二求其有效，文字又求其生动活泼……宛如面听讲师的讲授，而且是循循善诱”。叶圣陶文章里还说，“全部讲义完成，我们自己相信，这中间的确寄托着一个优良的中等学校”。笔者在孔夫子旧书网上看到过这部教材1940年开明书店的重印本，还在书店里看到过经济日报出版社2000年6月重印的《开明国文讲义》、人民文学出版社2011年10月重印的上下两册的《开明国文讲义》。《中华读书报》2017年6月14日发表人民教育出版社中学语文编辑室编辑刘真福的文章，分析这部《开明国文讲义》的编写特点和在中国近百年教科书史上的价值，称誉其为“国民时代函授课本的范例”。可见这部教材经受了时间的考验，为社会所接受。

20世纪30年代初期，朱家骅做教育部部长，他是力主部编义务教育教科书的，但终究竞争不过民间教科书。[①]确实，像《开明国文讲义》，它的编者，有的是著名作家、翻译家、教育家，有的做过大学中国文学系教授，有的是名编辑，他们的联袂编写，堪称我国中学语文教材编写史上一次难得的盛举。这样合编出来的教材，再加上开明书店营销得力，不占有市场也是不太可能了，部编教材落败也就难免。国民政府教育部依据部审教材制度，把非官方所编教材纳入国家教材体系。开明书店的中小学教科书，通过教育部的审查，在整个国家的教材体系里，与商务印书馆、中华书局的教科书鼎足而三。

陈望道与夏丏尊、叶圣陶、宋云彬一起编著《开明国文讲义》，一方面，说明他对国文教育的关心和研究有素；另一方面，也可以说明陈望道和夏丏尊等开明书店同人之间的关系密切。1934年6月，开明书店出版夏丏尊、叶圣陶合著的《文心》，陈望道是这部书的作序者之一（另一位作序者是朱自清），他能够体会到这部专门训练中学生读写能力的特殊教材的匠心。这也可以解释陈望

① 参见田正平、肖朗主编：《世纪之理想——中国近代义务教育研究》，浙江教育出版社2000年版，第340页。

道等人合办的大江书铺关门后，为什么将所出版图书及资产盘给开明书店——不仅仅是缘于开明书店实力雄厚，这中间应该还有陈望道和开明书店同人之间志趣相投这一层因素。

1934年5月4日，汪懋祖在南京的《时代公论》第110号上发表文章《禁习文言与强令读经》，主张中小学生学文言和读经：小学学习文言，初中读《孟子》，高中读《论语》《大学》和《中庸》等。6月1日，汪懋祖又在《时代公论》第114号上发表《中小学文言运动》。同日，许梦因在《中央日报》发表《文言复兴之自然性与必然性》，后来还在《时代公论》第117号上发表《告白话派青年》。中国的开明的文化界人士，对这种读经和复返文言文的主张，给予了批评。1934年《独立评论》第109号发表了任叔永①的文章《为全国小学生请命》，1934年《独立评论》第109号、1935年《独立评论》第146号先后发表了胡适的《所谓"中小学文言运动"》和《我们今日还不配读经》。胡适在《所谓"中小学文言运动"》一文里分析批评了汪懋祖、许梦因的文言主张之后，正面提出自己的意见：

> 我深信白话文学是必然能继长增高的发展的，我也深信白话在社会上的地位是一天会比一天抬高的。在那第一流的白话文学完全奠定标准国语之前，顽固的反对总是时时会有的。对付这种顽固的反对，不能全靠政府的"再革一下命"，——虽然那也可以加速教育工具的进步，——必须还靠第一流白话文学的增多。②

至于汪、许倡导的读经，胡适同意傅斯年发表在《大公报》上的讨论学校读经的论文中的观点："六经虽在专门家手中也是半懂半不懂的东西，一旦拿来给儿童，教者不是浑沌混过，便要自欺欺人。这样的效用，究竟是有益于儿童的理智呢，或是他们的人格？"所以，胡适说：

---

① 任叔永，即任鸿隽，生于1886年，卒于1961年，化学家，早年参加同盟会，曾留学日本、美国，是中国科学社的创始人之一。

② 胡适：《所谓"中小学文言运动"》，《独立评论》1934年第109号。

> 在今日妄谈读经，或提倡中小学读经，都是无知之谈，不值得通人的一笑。①

汪懋祖、许梦因的这几篇文章，在北平，受到了钱玄同、胡适等当年五四新文化运动中著名人物的批评；在上海，则引发了上海左翼文化人的反驳。

曹聚仁《我与我的世界》称：

> 一九三四年夏天，一个下午，我们（包括陈望道、叶圣陶、陈子展、徐懋庸、乐嗣炳、夏丏尊和我）七个人，在上海福州路印度咖喱饭店，有一个小的讨论会。我们讨论的课题，针对着当时汪懋祖的“读经运动”与许梦因的“提倡文言”而来……我们认为白话文运动还不够彻底，因为我们所写的白话文还只是士大夫阶层所能接受，和一般大众无关，也不是大众所能接受。同时，我们所写的，也和大众口语差了一大截；我们只是大众的代言人，并不是由大众自己来动手写的。因此，大家就提出了大众语的口号，并决定了几个要语，先由我们七个人轮流在《申报·自由谈》上发表意见，我们的主张，大致是相同的；至于个人如何发挥，彼此都没受什么拘束的。事先，由我们商得了《自由谈》主编张梓生兄的同意，撇开《自由谈》地位来刊载这一课题的论文；那几个月的《自由谈》就成为大众语的讲坛。当时，由抽签得了顺序，陈子展兄得了头签，笔者第二，以下陈、叶、徐、乐、夏诸先生这么接连下去……

陈望道1975年口述、邓明以记录的《谈大众语运动》则说：

> 一九三四年，国民党反动派加紧了反革命文化“围剿”。当时的复古思潮很厉害。汪懋祖在南京提倡文言复兴，反对白话文，吴研因起来反击汪

---

① 胡适：《我们今日还不配读经》，《独立评论》1935年第146号。

> 的文言复古。消息传到上海，一天，乐嗣炳来看我，告诉我说：汪在那里反对白话文。我就对他说，我们要保白话文，如果从正面来保是保不住的，必须也来反对白话文，就是嫌白话文还不够白。他们从右的方面反，我们从左的方面反，这是一种策略。只有我们也去攻白话文，这样他们自然就会来保白话文了。我们决定邀集一些人在一起商量商量。第一次聚会的地点是当时的“一品香”茶馆。应邀来的有胡愈之、夏丏尊、傅东华、叶绍钧、黎锦晖、马宗融、陈子展、曹聚仁、王人路、黎烈文（《申报》副刊《自由谈》主编），加上我和乐嗣炳共十二人。会上，大家一致决定采用“大众语”这个比白话还新的名称。

曹聚仁的回忆和陈望道的回忆，出入比较大。一是参加这次聚会的人数不同，曹聚仁说是“七个人”，陈望道说是“十二人”。二是聚会地点不同，曹聚仁说是“福州路印度咖喱饭店”，陈望道则说是“一品香”茶馆。三是对白话文的评价和提倡“大众语”的动机所作的叙述不同。曹聚仁的回忆里，大家都“认为白话文运动还不够彻底，因为我们所写的白话文还只是士大夫阶层所能接受，和一般大众无关，也不是大众所能接受。同时，我们所写的，也和大众口语差了一大截；我们只是大众的代言人，并不是由大众自己来动手写的。因此，大家就提出了大众语的口号”。而陈望道的回忆里则是要“保白话文”，须采用迂回策略，即从“左的方面”去反对白话文，故意说白话文的不好，以求得白话文的生存空间。事实只有一个，那么该以谁的回忆为准呢？也许当年的当事人，各自在当时的理解就有不同？当然也可以作这样的解释，即陈望道回忆的是第一次聚会，而曹聚仁讲的则是另一次聚会。我姑且把曹聚仁和陈望道的回忆都作转录。

这些发起人不仅自己写稿，还向各处约稿。陈望道写信给安徽大学的周予同等同人，约请他们写稿。陈望道在信中说：“回到上海，几乎窒塞死了；……弟近鉴于复古气味极重，如不努力，连以前我们曾经拼命争得的一点白话，也将不保。已约了十几人，作比白话稍进一步的文学运动。……倘蒙各位同事，务乞遥为声援，敬当为无数青年百拜以谢。若更奋发，一同列名，尤为欢喜。”

陈望道在信中特意说明这次讨论与左翼无关。曹聚仁约来了吴稚晖的稿子，稿件用毛边纸书写，长一丈二尺余，四千多字。曹聚仁说，陈望道看到这稿子，高兴得跳起来。吴稚晖的稿子，先是发表在《自由谈》上，接着《社会日报》《文学月刊》也先后刊登了。鲁迅也应约写了《门外文谈》，计十二节，在《自由谈》上逐日连载。

参加了这场讨论的上海报刊主要是《申报》的副刊《自由谈》。此外，《申报》的其他副刊，如《读书问答》《本埠增刊》和《电影专刊》等也有发文。《中华日报》的副刊《动向》、《大晚报》的副刊《火炬》，以及《社会日报》《大美晚报》《文学月刊》《新生周刊》等都发表过讨论文章。或者可以说这也是那时媒体关注度高的一个主题吧。

这一次的讨论，原是由汪懋祖、许梦因两人发表在《时代公论》上的几篇文章引起的，但很快讨论的中心就转向了白话文与大众语的关系、大众语的建设以及“方言”“国语”和文字记号改革等问题上来了。

1934年，陈望道先后在《自由谈》上发表了《关于大众语文学的建设》《怎样做到大众语的“普遍”——三路并进》，在《文学》上发表了《所谓一字传神》《大众语论》，在《连环》周刊上发表了《建立大众语文学》，在《中学生》上发表了《这一次文言和白话的论战》，在《太白》上发表了《方言的记录》《文学和大众语》等十多篇论文，对大众语的建立提出许多建设性意见。

陈望道在《这一次文言和白话的论战》一文中，对大众语的讨论有如下形容：

> 这一次文言和白话的论战，从汪懋祖先生五月初在《时代公论》上发难以来，已经继续了三个多月。论战的范围，从教育扩大到文学、电影，从各个日报的副刊扩大到周刊、月刊。场面的广阔，论战的热烈，发展的快速，参加论战的人数的众多，都是五四时代那次论战以后的第一次。
>
> 现在的阵营共有三个，就是大众语，文言文，（旧）白话文。大众语派主张纯白，文言文派主张纯文，旧白话文派，尤其是现在流行的语录体派，主张不文不白。主张不文不白的这一派现在是左右受攻，大众语派攻它的

> “文”一部分，文言文派攻它的“白”一部分。究竟哪一部分被攻倒，要看将来大众语和文言文的两方面哪一方面占优胜。①

胡适也参加了大众语的讨论，他在讨论中针对一些人把大众语跟白话文相对立的倾向，表达了自己的看法：“大众语不是在白话之外的一种特别语言文字。大众语只是一种技术，一种本领，只是那能够把白话做到最大多数人懂得的本领。”他在写于1934年9月4日的《大众语在那儿》一文里说：

> 现在许多空谈大众语的人，自己就不会说大众的话，不会做大众的文，偏要怪白话不大众化，这真是不会写字怪笔秃了。白话本来是大众的话，决没有不可以回到大众去的道理。时下文人做的文字所以不能大众化，只是因为他们从来就没有想到大众的存在。因为他们心里眼里全没有大众，所以他们乱用文言的成语套语，滥用许多不曾分析过的新名词；文法是不中不西的，语气是不文不白的；翻译是硬译，做文章是懒做。他们本来就没有学会说白话，做白话，怪不得白话到了他们的手里就不肯听他们的指挥了。这样嘴里有大众而心里从来不肯体贴大众的人，就是真肯“到民间去”，他们也学不会说大众话的。②

因此，胡适认为，“提倡大众语的人，都应该先训练自己做一种最大多数人看得懂，听得懂的文章。‘看得懂’是为识字的大众着想的；‘听得懂’是为不识字的大众着想的。我们如果真有心做大众语的文章，最好的训练是时时想象自己站在无线电发音机面前，向那绝大多数的农村老百姓说话，要字字句句他们都听得懂。用一个字，不要忘了大众；造一句句子，不要忘了大众；说一个比喻，不要忘了大众。这样训练的结果，自然是大众语了”。胡适的这个看法是很有见地的。鲁迅的看法和胡适的也相近相似。鲁迅在《答曹聚仁先生信》及

① 陈望道：《这一次文言和白话的论战》，《中学生》1934年第47期。
② 胡适：《大众语在那儿》，载《胡适论学近著》（第一集），山东人民出版社1998年版，第430页。

《门外文谈》（十一）里就认为，提倡大众语，应该做“更浅显的白话文”，而关键在于作者须是“大众中的一个人”，“才可以做大众的事业”。

对这场有关大众语的讨论，一般的文化教育史著论都给出了一个标准的肯定评语。《视界》主编李陀的一篇评论《汪曾祺与现代汉语写作——兼谈毛文体》里有这样一段话：

> 现代汉语的实际发展当然没有沿着“大众语”的方向延伸，历史为现代汉语的流变做了另外一种设计。如果以今天的立场对大众语运动做一些后设的批评，我以为有一点应该特别提出讨论，那就是在整个“大众语”论战中，论者往往都把新旧语言的冲突、替代与在特定话语场当中发生的文学话语之间的斗争混为一谈。而五四之后发展起来的新文学运动和白话文运动，恰恰一个属话语领域，另一个则大致是语言领域。新文学运动对于传统的文言写作来说，既是一场话语的激烈冲突（科学民主对孔孟之道的批判），又是一场空前未有的语言变革（白话文对文言文的颠覆），这两者错综在一起，却不是一回事，只是由于某种历史机缘，它们碰了头。麻烦的是，这种错综还渗透到白话文运动之中，在新式白话和旧式白话之间也存在着类似的情形。大众语运动的推动者后来对汉语的发展采取那样激进和极端的态度，恐怕都与此有关。①

李陀的这篇论文，分析了20世纪30年代大众语运动中一部分论者的看法，也可算一家之言吧，至少表达出了另一个方面的意见。

关于中国近代以来的历次语文运动，语文学家周有光教授有一个总的说明，可参看。周有光教授的这篇文章题为《中国语文的现代化》。在文章中，周有光教授说：

> 清末以来，中国语文经历了国语运动、白话文运动、注音字母运动、

① 李陀：《汪曾祺与现代汉语写作——兼谈毛文体》，《花城》1998年第5期。

国语罗马字运动、大众语运动等等，这一系列运动的要求可以归纳为四个方面：语言的共同化、文体的口语化、文字的简便化和表音的字母化。①

《太白》与“科学小品”

上一节里讲到，陈望道在大众语的讨论里，在《太白》半月刊上发表了《方言的记录》《文学和大众语》等论文。这本《太白》半月刊是在1934年9月新面世的，陈望道是主要的创办人。

这场大众语讨论，到当年8月达到高潮，陈望道等人提议创办“一个以小品文为特色的刊物，着力提倡大众语运动”。这样，就有了这份《太白》半月刊的面世。茅盾在《我走过的道路》里回忆道，关于刊名，陈望道请鲁迅等人来商议，主张刊物取名《太白》，并解释说：一是“太白是白而又白，比白话文还要白的意思”；二是“太白二字笔划少，符合简化的原则”；三是“太白星在黎明前出现时，名启明星，表示天快亮了”。②据陈望道写于1976年9月的《关于鲁迅先生的片断回忆》一文，鲁迅对陈望道说：“我赞成用‘太白’。”对“太白”的含义，鲁迅又说：“这几层意思，我都赞成，但不必对外界讲。”陈望道还同鲁迅商定：杂志的刊头不请人题字，而就从字帖中掇取“太”“白”两字。③《鲁迅日记》1934年9月4日的记录中有一条：“晚望道招饮于东亚酒店……同席十一人。”这一次宴集，主题就是讨论《太白》的办刊事宜。

《太白》的编委，署名的有艾寒松、傅东华、郑振铎、朱自清、黎烈文、陈望道、徐调孚、徐懋庸、曹聚仁、叶绍钧、郁达夫。鲁迅也是《太白》的编委，但根据他本人的要求，没有在刊物编委名单上署名。《太白》的特约撰稿人，列出名字的有艾芜、巴金、冰心、方光焘、丰子恺、沉樱、杜重远、风子、洪深、

① 周有光：《中国语文的现代化》，《人民日报》2003年1月24日。

② 参见茅盾：《我走过的道路》（中册），人民文学出版社1984年版，第159页。

③ 参见陈望道：《关于鲁迅先生的片断回忆》，载赵家璧等编：《编辑生涯忆鲁迅》，河北教育出版社2000年版，第256—257页。

金仲华、靳以、邹韬奋、朱光潜、赵元任、老舍、周予同、夏丏尊、陈子展、夏征农、陈守实、吴文祺、叶籁士等68人。

刘为民在他的著作《科学与现代中国文学》一书里说，“在鲁迅、茅盾等人支持下，由当年译介《资本论》名重一时的陈望道创办《太白》，倡导科普”。“鲁迅、茅盾等人支持”，诚然；“倡导科普”，讲得也对。但完整的《资本论》汉译本不是出自陈望道，那是郭大力、王亚南合译的。这三大卷第一次从德文版翻译的《资本论》全译本，在1938年秋季由读书生活出版社出版，这是中国首次出版的《资本论》全译本。陈望道则是第一个把《共产党宣言》完整译成中文的人。刘为民显然张冠李戴了。

“科学小品”是《太白》的一个主要专栏。对是谁首先在中国撰写“科学小品”，是哪个文化出版机构首先在中国给予刊布、出版和传播，学术界的认识是有一个过程的。

科普作家叶永烈曾在文章里说，高士其告诉他“科学小品”最先在陈望道的《太白》半月刊上出现，这个说法后又经过了陈望道的确认。叶永烈在这篇《〈太白〉与科学小品》里说，1962年4月20日，他拜访了住在北京西直门外的著名科普作家高士其。当时，叶永烈正在研究“科学小品”及其起源。高士其很明确地告诉他，“科学小品”最早出现在1934年陈望道主编的《太白》半月刊上，但是否系陈望道最早提出这一名词，高士其表示不得而知，建议叶永烈请教陈望道。于是叶永烈就给当时任复旦大学校长的陈望道写了一封信，信里附上叶本人的《科学小品探源》一文初稿。①1962年12月9日，陈望道回了信，信里说：

> 中国刊物上登载科学小品确是从《太白》半月刊开始。《太白》半月刊自始就以刊行科学性进步性的小品文为自己的任务，以与当时的论语派，以所谓幽默小品为反动派服务的邪气抗衡的。至于“科学小品”一词究竟是谁最先提出，我也已经记不清楚，可能是我提出，而得到《太白》编委

① 参见叶永烈：《〈太白〉与科学小品》，《温州日报》2004年10月10日。

诸同志同意，并得到撰稿的诸科学家同意的。当时为《太白》撰稿的科学家也许比我更记得清楚。

这封信原载广东科技出版社1978年10月出版的《知识之花》第一辑，后来被收录于上海人民出版社1979年10月出版的《陈望道文集》（第一卷）。这样，叶永烈从高士其先生的告知和陈望道先生的复信中确认："科学小品"是从《太白》半月刊开始的。这一说法，此后相沿成习，成为解释"科学小品"在现代中国起源的一个结论。

但这个结论，姜建在2022年9月商务印书馆出版的《开明派文化与文学》这部专著里，重新作了探讨。这部专著的第五章第三节"开明派与科学小品运动"，梳理和考辨现代中国的文化教育出版史料和科普史料，得出了如下结论：

第一，匡互生撰写和发表于立达学会所办、开明书店出版的《一般》1926年9月创刊号及随后的10月号上的《趣味丰富的秋的天象》，"拉开了开明派同人探索科学教育读物小品化的序幕"；

第二，匡互生的这篇作品以及这样的写法，"代表了立达学会或者说《一般》同人的追求"；

第三，随着1930年开明书店创办《中学生》杂志，"对科学教育读物小品化的追求……成为开明派的有意识的集体行为了"。

姜建的探讨，对"科学小品"作了溯源，拓展了我们对中国现代科普史的认识视野。

如果我们把对现代中国出版史的认识视野再扩大一些，则可知，在开明书店、开明同人以及《太白》半月刊之外，商务印书馆也已经有意识地在做科普读物的编写和出版了。这里可举商务印书馆《自然界》杂志为例。这本杂志1926年1月1日出版创刊号，由杜亚泉运作创办、鲁迅三弟周建人主编。曾经在商务印书馆工作的北京师范大学教授王天一后来在《为商务印书馆寿》一文里说，《自然界》"作为商务唯一的科学性杂志，也是我国最早的科普期刊之一”[1]。这本杂志第5卷第10号的总目录中，出现了“趣味科学及杂项”一栏，贾祖璋翻译的《法布尔昆虫之书》被归在这个栏目内。贾祖璋后来写《丏尊师和开明书店的科学读物》时，称“‘趣味科学’可以说是‘科学小品’或‘科普文章’的原始名称”。《自然界》第7卷第1号还推出“风俗科学”专栏。周慧梅撰著、研究出版社2024年1月出版的《热风之外：周建人的生平与志业》一书以为：“或许周建人设立该栏是想推动科学语言的灵动性。”“科学语言的灵动性”正是科普读物或“科学小品”的一个核心要素。周慧梅在书中还说到，《太白》半月刊的“科学小品”，“用趣味的语言来诠释科学常识，激发大众对科学的兴趣，这一出发点恰与周建人主编《自然界》主张的‘科学中国化’有异曲同工之处”。周建人的大哥鲁迅，在1925年3月29日写给徐旭生的信里就说过这样的话：“单为在校的青年计，可看的书报实在太缺乏了，我觉得至少还该有一种通俗的科学杂志，要浅显而且有趣的。可惜中国现在的科学家不大做文章，有做的，也过于高深，于是就很枯燥。现在要Brehm的讲动物生活，Fabre的讲昆虫故事似的有趣，并且插许多图画的；但这非有一个大书店担任即不能印。至于作文者，我以为只要科学家肯放低手眼，再看看文艺书，就够了。”鲁迅的这封信原刊于1925年4月3日《猛进》周刊第5期，后收录于1926年6月北新书局出版的《华盖集》。鲁迅讲科普读物要“浅显而且有趣”，作文者要兼有“科学”和“文艺”的素养，这也正是主编《自然界》的周建人、开明书店、开明同人以及《太白》半月刊所追求的科普读物和“科普小品”的理想品质。我们也有理由推测，鲁迅在这封信里的关于科普读物的看法，对周建人应该也是有一定影响的。周慧梅的这部著作，还论及中央大学校长罗家伦、化学系教授张江树、史地系教授张其昀等在“中国科学化运动”中的情况，他们先后于1932年、1933年发表文章，关注“用什么样的语言讲述科学常识”这个问题。张其昀1933年在《科学的中国》第1卷第1期上发表《“科学”与“科学化”》，文章写道：“中国科学化运动一个目的，也就是希望科学家注重本国文字，注意于

[1] 王天一：《为商务印书馆寿》，载蔡元培等：《商务印书馆九十年——我和商务印书馆》，商务印书馆1987年版，第446页。

修辞达意，希望能从此产生许多极其漂亮、极有力量的科学文字，唤起国民，使注意于各种科学问题。”由此可见，要求科学读物注重修辞达意、漂亮有力的本国文字，以语言灵动有趣的科普读物向社会普及科学知识和科学思想，或许在当时已经有了“时代氛围”或“时代精神”。开明书店、开明同人以及《太白》半月刊，商务印书馆《自然界》以及鲁迅、中央大学学者，等等，共同酝酿了这样一个“时代氛围”或“时代精神”。

综合叶永烈、姜建和周慧梅的研究，笔者以为：对科学教育读物小品化的追求可以追溯到商务印书馆《自然界》，可以追溯到匡互生，可以追溯到“开明派”（包括开明书店及其同人在内）；“科学小品”这一名称或者名词或者概念的提出，则始于陈望道创办的《太白》半月刊，《太白》半月刊做了据实而命名的工作。

陈望道在《太白》上开辟“科学小品”专栏，说明了他所具有的近世科学的素养以及作为作家、学者的文学素养。陈望道在之江大学学过数学，留学日本时在东京物理夜校也修过数学、物理学等自然科学学科；陈望道英文、日文的功底也厚实；1923年，他还在《民国日报》副刊《觉悟》上发表过书评文章《最近物理学概观》。以这样的知识储备为背景，再加以文学家的身份，陈望道在《太白》半月刊上专门辟出“科学小品”专栏，也就不是令人感到突兀的事了。

《太白》半月刊在创刊号上的“科学小品”专栏内，发表了克士（鲁迅之弟周建人）的《白果树》、贾祖璋的《萤火虫》、薰宇（刘薰宇）的《半间楼闲话》、顾均正的《昨天在那里》四篇科学小品。此外，还发表了柳湜的文章《论科学小品》，文章写道：“所谓科学小品并不反对‘大品’的科学文体的存在，但同时它自己也仍有它独立存在的价值。科学小品文是科学与小品文在大众的实践生活的关联中去联姻的。目前大众需要科学知识，科学要求大众化。而大众实践的生活不许可有长闲的时间去从事科学研究，去读大本头的科学书。”柳湜在文里打比方道：“这譬如一个苦力需要烟草，但财力只能使他零支的购买，他没有整盒整条的购买力。于是，烟纸店中就有开盒零买的供给。”柳湜的意思是说：大部头的科学专著是“整盒整条”的香烟，而科学小品是“开盒零买”的“零支”的香烟，于是财力有限的“苦力”也买得起。一般的老百姓，没有受到过高深的专门教育，读不懂大部头的科学专著，但是报刊上的科学小品可以提供给他们一些知识。

柳湜在文章中还就所谓的小品文只能言情不能说理的讲法作了分析。他认为，这就像把科学文体看作只应“谨严”，“不必轻松、明快一样”，都是不全面。“小品文的内容，不仅可以统一言情与说理，而且是可以无所不包的”。其“特性是重在片断的缩写，不宜将主题混杂”，而“科学文的谨严性”，也“不是摆出森冷的面孔，而是明晰、缜密，逻辑上的谨严并不反对显豁与趣味”。柳湜还批评“科学文字的拙劣，常常成为与大众隔离的条件。而小品文，在实质上却是一种最富轻松，明快与趣味的文体，可以调和科学上艰深的理解”。

柳湜的《论科学小品》一文还说：“小品文如果与科学结婚，不仅小品文吸取了有生命的内容，同时科学也取得了艺术的表达手段，艺术的大众科学作品于是才能诞生。”在这篇文章里，柳湜具体讨论了“科学小品”的创作方法：选材“只要与大众生活密切的保持关联，无论就自然现象或社会现象中，拣取一小片来描写都可以”，语言应“放弃科学家的语言，极力采用大众常用的语汇”，“还应加上一点幽默，尽量采取各式各样的形式”。

值得留意的还有一点，即在柳湜这儿，“科学”不仅指自然科学，也包括了社会科学：“我希望自然科学家和社会科学家与小品作家切实的取得合作，或者索性大家都来尝试地干一下。”有了这样的认识，《太白》半月刊“科学小品”栏目内所刊发的文章，也就有了社会科学领域的内容了。据姜建统计，“科学小品”栏目内属于社会科学领域的作品，接近总数的20%。

叶永烈说，《太白》创刊号上发表的柳湜的《论科学小品》一文，“是最早的关于科学小品创作的理论文章”①。从文献学的角度来看，文献出处的注明也是不可或缺的，换句话说，这篇最早的关于“科学小品”创作的理论文章，是在《太白》半月刊的创刊号上出现的。办杂志，创刊号上刊登的文章，通常是约稿的占了多数。因为这一期杂志是这本杂志的首次亮相，既要给读者一个深刻的印象，争取更多的市场份额，也要能够体现杂志的旨趣。《太白》创刊号上

① 叶永烈：《〈太白〉与科学小品》，《温州日报》2004年10月10日。

有这篇关于“科学小品”的理论文章，可以推测这和陈望道的约稿有关。结合姜建的研究，笔者对叶永烈的这个说法，稍稍作一个限定，即柳湜发表在1934年9月《太白》创刊号上的《论科学小品》，是“科学小品”这一概念被正式提出后最早的关于“科学小品”创作的理论文章。

刘为民在《科学与现代中国文学》一书里说，《太白》半月刊两年间共发表科学小品40篇。叶永烈《〈太白〉与科学小品》一文则说，《太白》共出版了24期，至1935年9月5日停刊，每期都刊有科学小品，总共66篇。叶永烈又说，1935年8月生活书店出版了《越想越糊涂》，书的扉页上醒目地标明“科学小品选”，收集了艾思奇、克士、顾均正、贾祖璋、薰宇、柳湜等12人的40篇科学小品。这些科学小品，原先都在《太白》上发表过，可以说是“《太白》科学小品选”。刘为民“40篇”的这个数据是不是来自“《太白》科学小品选”的《越想越糊涂》一书的载文数目呢？

《太白》半月刊上发表的科学小品，内容涵盖了动物学、植物学、生理学、心理学、天文学、物理学、数学、逻辑学和科学哲学等，每篇不长，最长的也不过三千来字。贾祖璋和克士在《太白》上发表了大量生物科学小品，作品的内容专业且系统，表述则通俗有趣。顾均正和刘薰宇发表在《太白》上的科学小品，及时介绍最新的科学理论，广泛涉猎自然学科知识。他们是《太白》“科学小品”专栏的主要作者。

贾祖璋的“生物素描”系列，依次写了《萤火虫》《螽斯》《蜻蛉》《蟹》《雉》《水仙》《啄木鸟》《鲫鱼》《蜉蝣》《龟》《金鱼》和《蚯蚓》等。克士在《太白》上发表了《白果树》《记湖州人卖蛟》《讲狗》《乌米饭》《桂花树和树上的生物》《关于蜈蚣》《谈谈头发》《蚤的生活》和《研究自然不用书》等。刘为民说周建人的科学小品“笔调温和细腻，富有乡土色彩和民俗风味”，而“贾祖璋的文笔更为生动、有趣”。周建人是自学成才的，他在生物学方面有建树，先后翻译了《遗传论》《性与遗传》《生物进化论》《物种起源》（与人合译）等书，其中《物种起源》后来被商务印书馆列入“汉译世界学术名著”丛书。贾祖璋自浙江省立第一师范学校毕业后，22岁起开始科普创作，也可以说是自学成才。

数学是抽象的，而刘薰宇的总题为《半间楼闲话》的科学小品，能把抽象的事物讲得生动形象。刘为民在他的著作里称："刘薰宇在这方面作出了不少值得我们回顾、珍惜的努力。"刘薰宇五四时期考入北京高等师范学校数理部，后留学法国巴黎大学攻读数学。数学家谷超豪曾说刘薰宇的科普著作《数学的园地》，使他对数学愈发地感兴趣。顾均正的《昨天在那里》等科学小品，生动风趣地介绍了相对论、量子论等。顾均正是现代中国最早写科幻小说的人之一。

植物学家蔡希陶是陈望道夫人蔡葵的弟弟，文理兼通。蔡希陶当时在云南边陲进行科学考察，他描述西南少数民族风情的散文，虽说是发表在《太白》的"风俗志"栏目内，但正如刘为民说的，把扑朔迷离的传奇习俗与严谨认真的科学考证结合在一起，是蔡希陶的这些作品的最突出的特点。这些文章，虽不在"科学小品"专栏内，但也有那样一种科学的精神。按刘为民的研究，这与《太白》倡导"科学小品"尊重科学的思想态度与原则立场相关。

刘为民在《科学与现代中国文学》一书里说：

> 就当时国内外的形势说来，由于受国际共产主义运动的影响并伴随着民族矛盾和阶级斗争的日益激化，作为思想文化旗帜的"赛先生"不可与五四时期同日而语。此时在鲁迅、茅盾等人支持下，由当年译介《资本论》（引者按：应为《共产党宣言》）名重一时的陈望道创办《太白》，倡导科普，这是考察左翼文艺运动实在不应疏忽的一个意味深远的历史现象。在茅盾看来，30年代由《太白》杂志大力倡导"科学小品"，不仅"是用故事的形式演述科学的知识"，他当时还以为是一种大众化的"阶梯"，因而是"非常切要的"。①

他还说：

> 《太白》……与五四时期《新青年》张扬"赛先生"作为思想旗帜不

① 刘为民：《科学与现代中国文学》，安徽教育出版社2000年版，第160页。

同，而主要表现为科学知识层面的大众化普及和思想启蒙。因此可以说30年代自然科学的主体特征更加鲜明突出，在表现形式上则追求文学的自觉和审美倾向、情感趣味上的大众化效应。[①]

此说甚是。

姜建在《开明派文化与文学》里写道：

站在历史的高度来审视科学小品的起源和发展，……无论是开明派从青少年教育出发而开展的科学教育读物的小品化，还是《太白》从教育大众化出发的意在普及科学的科学小品运动，都反映了那一代人的共同努力。[②]

此说亦中正圆融。

《太白》·鲁迅·其他

前面已说过，《太白》是受到鲁迅支持的。虽然鲁迅没有出现在署名的编委名单里，但在《太白》半月刊存世的两年间，他在此发表了22篇杂文和随笔。

1934年9月20日出版的《太白》第1卷第1期，打头的文章就是署名“公汗”的《不知肉味和不知水味》。“公汗”即鲁迅的笔名。鲁迅后期杂文的代表作《中国人失掉自信力了吗》也是化名“公汗”，刊于1934年10月20日出版的《太白》第1卷第3期。在这篇名文里，鲁迅写道：

从公开的文字上看起来：两年以前，我们总自夸着“地大物博”，是事实；不久就不再自夸了，只希望着国联，也是事实；现在是既不夸自己，

---

① 刘为民：《科学与现代中国文学》，安徽教育出版社2000年版，第178页。

② 姜建：《开明派文化与文学》，商务印书馆2022年版，第281—282页。

也不信国联，改为一味求神拜佛，怀古伤今了——却也是事实。

于是有人慨叹曰：中国人失掉自信力了。

如果单据这一点现象而论，自信其实是早就失掉了的。先前信“地”，信“物”，后来信“国联”，都没有相信过“自己”。假使这也算一种“信”，那也只能说中国人曾经有过“他信力”，自从对国联失望之后，便把这他信力都失掉了。

失掉了他信力，就会疑，一个转身，也许能够只相信了自己，倒是一条新生路，但不幸的是逐渐玄虚起来了。信“地”和“物”，还是切实的东西，国联就渺茫，不过这还可以令人不久就省悟到依赖它的不可靠。一到求神拜佛，可就玄虚之至了，有益或是有害，一时就找不出分明的结果来，它可以令人更长久的麻醉着自己。

中国人现在是在发展着“自欺力”。

“自欺”也并非现在的新东西，现在只不过日见其明显，笼罩了一切罢了。然而，在这笼罩之下，我们有并不失掉自信力的中国人在。

我们从古以来，就有埋头苦干的人，有拼命硬干的人，有为民请命的人，有舍身求法的人，……虽是等于为帝王将相作家谱的所谓“正史”，也往往掩不住他们的光耀，这就是中国的脊梁。

这一类的人们，就是现在也何尝少呢？他们有确信，不自欺；他们在前仆后继的战斗，不过一面总在被摧残，被抹杀，消灭于黑暗中，不能为大家所知道罢了。说中国人失掉了自信力，用以指一部分人则可，倘若加于全体，那简直是诬蔑。

要论中国人，必须不被搽在表面的自欺欺人的脂粉所诓骗，却看看他的筋骨和脊梁。自信力的有无，状元宰相的文章是不足为据的，要自己去看地底下。

鲁迅在《太白》上发文，是对《太白》的支持，而《太白》也给鲁迅提供了表达思想的场所。所以鲁迅在1935年2月14日致吴渤的信里这样说：

> 杂志上也很难说话，现唯《太白》《读书生活》《新生》三种，尚可观，而被压迫也最甚。

杂志上很难说话，是因当局书报的检查制度，所以《太白》等这三家杂志，对鲁迅来说就更珍贵了。但这三家杂志也深受压力。鲁迅的这篇《中国人失掉自信力了吗》最初刊发在《太白》上时，文中凡是对于求神拜佛略有不敬之处，都被删除，后来收录《且介亭杂文》出版时，才补足全文。鲁迅对此嘲讽道："可见这时我们的'上峰'正在主张求神拜佛。"

《太白》还倡导在刊物上使用民间的"手头字"。民间的"手头字"固然可以给汉字简化工作做些参考，但"手头字"并不能全部进入通行的规范的汉字字库。《太白》第1卷第11期上刊出的《推行手头字缘起》说："现在我们决定把'手头字'铸成铜模浇出铅字来，拿来排印书本。先选出手头常用的三百个字来作为第一期推行的字汇，以后再逐渐加添，直到'手头字'跟印刷体一样为止。"列名这则"缘起"的虽然有林汉达、陈望道、曹聚仁、陶行知、郭沫若等200人，以及小朋友社、文学社、现代杂志社、读书生活社等15个团体，声势不可谓不大，但学术究竟不能与"造势"混为一谈。哪些"手头字"可进入规范的通行的汉字字库，哪些不能进入，这得经过研究的。《太白》的做法，与当时在北平也正在做简体字谱的语言文字学家钱玄同比起来，或许是有点草率了。当然，《太白》力主简化汉字，用意是好的。《太白》半月刊当时选用的这三百个"手头字"，是由乐嗣炳提供给陈望道的。

《太白》半月刊自1934年9月出版第1卷第1期，至1935年9月，前后共出了两卷二十四期，就停刊了，只存续一年时间。关于《太白》的停刊，曹聚仁在《我与我的世界》里说的原因是："《太白》《文学》和《世界文库》，乃是生活书店在文学运动中的三种新书刊。郑振铎兄主编《世界文库》，傅东华兄主编《文学》（月刊），陈望道师主编《太白》，声势相当浩大，即是说可以和商务、中华争一日之长。生活当局，原指定陈师、懋庸和我三人同编，陈师要想独主其成，我们当然站在一边。《太白》终于被生活当局所停止掉，和陈兄这一措施有关；老实说，在编辑能力上，陈师比懋庸兄差得很远（陈师拉了夏征农兄助编，夏兄也感到气压很低）。”然后曹聚仁又谈了陈望道的性格，说陈望道是“粘滞性的学人，细密是很细密的，却缺少大刀阔斧的魄力”，“他大概最怕得罪了别人，结果呢，几乎每个人都给得罪了”，“陈师之于《太白》半月刊也是如此。……他既不要我和徐懋庸兄做他的助编，帮他集稿的夏征农兄更是不敢有所表见。这份刊物，办得平平稳稳，却缺少活力，也没有什么光芒。它既不能如邹韬奋兄的《生活》周刊那样富有战斗性，却也算不得学术性的刊物。这样，便使书店老板厌倦下来；销数日益不振，只办了一年半便停刊了”。曹聚仁这话是他的个人说辞，恐怕还得有旁证，姑且录此，聊备一说吧。

《太白》存活的年头很短，这本刊物从传播学的角度来看也许有它的缺陷，但是《太白》首先使用“科学小品”这个名称、名词或概念，并以此命名科普文章专栏，这在现代中国的科学文化史、科学普及史和科学传播史上，是有一席之地的。叶永烈讲道：“自从《太白》半月刊提倡科学小品以后，当时的《读书生活》《中学生》《妇女生活》《通俗文化》等杂志，也纷纷响应，开始刊登科学小品，开明书店、中华书局、商务印书馆等三家出版社开始出版科学小品集。”[①]《太白》立了“科学小品”这个名目后，“科学小品这名字逐渐为广大读者所熟悉，科学小品的作者队伍逐渐扩大，科学小品也逐渐成为中国文坛上一种独立的文学体裁。我国早期的科学小品作家主要有高士其、周建人、董纯才、顾均正、贾祖璋。他们是我国科学文艺园地的第一批拓荒者”[②]。叶永烈的这个评价，若能与姜建对以开明书店为核心的开明派同人的科普读物小品化的努力所作的研究结论相结合，那么，对开明派和《太白》杂志推动科学小品的意义的表述，应该就比较客观和全面了。科普作家高士其在晚年写的《我对〈太白〉半月刊的感想》一文里说：

> 一九三五年春天，我在上海静安寺路亨昌里二十号李公朴家二楼书房里休息的时候，看到搁在书桌上一本杂志《太白》半月刊，陈望道先生主编的。我翻了一遍，其中有柳湜先生写的《论科学小品文》以及周建人

①② 叶永烈：《〈太白〉与科学小品》，《温州日报》2004年10月10日。

> （克士）、贾祖璋、顾均正写的科学小品。我读了之后心情激动，浮想联翩。①

高士其当时看到的应是《太白》半月刊的创刊号。这一年，高士其在《读书生活》半月刊上发表了他的第一篇科学小品——《细菌的衣食住行》。这或许是《太白》创刊号给他带来的影响吧。

陈望道主编的《太白》半月刊，使科普小品的创作者多了一个发表的园地，给科普小品的阅读者增添了阅读的材料，在科普小品的创作和科普小品的阅读之间搭建起了一座连接的大桥，也直接促进了现代中国科普小品和科普小品作者的茁壮成长，比较多地传播了科学意识和科学知识的种子。

《太白》杂志上的“掂斤簸两”专栏，也深得鲁迅的欣赏。新文学史家唐弢在写于1977年9月的《“编辑”三事》一文里回忆道：“一九三五年一月，《太白》半月刊出版到第一卷第八期，在新年号里增设一个用来填补空白的专栏，栏名《掂斤簸两》，分散插在正文的后面。”鲁迅对唐弢说：

> 我一向反对刊物的文章排得太满，密密麻麻，看了使人有压窄之感，不舒畅。不过正文后面留下许多空白，也确实很可惜。《掂斤簸两》好，排得小些，和正文区别开来，必要时加上花边。既像花饰，又批评了坏现象，这能使刊物活泼起来。②

徐懋庸在1935年秋天写的《〈太白〉的停刊》一文里说道：“但在陈望道先生独力奋斗之下，这刊物在这困难的一年中，毕竟还成就了许多可贵的工作。手头字的采用和推行便是其一。其二则是编成了《小品文与漫画》这特辑，将小品文和漫画的综合知识提供给读者。”③

---

① 高士其：《我对〈太白〉半月刊的感想》，《新民晚报》1983年9月9日。

② 唐弢：《“编辑”三事》，载赵家璧等编：《编辑生涯忆鲁迅》，河北教育出版社2000年版，第199页。

③ 徐懋庸：《〈太白〉的停刊》，《芒种》1935年第2卷第1期。

许杰在刊于1983年9月21日《新民晚报》上的《我也想起了〈太白〉》里说："战斗的小品文的正宗，不应该忘记鲁迅的投枪与匕首，但同样也不能忘记当年《太白》的功绩。可惜在今天，这战斗的小品文的文风与其声势，还没有在文坛上恢复过来，这火势仍旧是低抑的。想到这里，我又怀念起陈望道先生当年在《太白》上所开创的作为'补白'的栏目——《掂斤簸两》和它的内容来。"[①]许杰曾经与陈望道在安徽大学共事过。

陈望道翻译的《伦理学底根本问题》于1936年12月在中华书局出版，但这部书的约稿时间是在1934年初，陈望道1934年3月23日写给中华书局编辑周伯棣的信里拟定"年底以前交稿"。他在这封信里说明这部著作的翻译所依据的原著版本系日本岩波书店的"哲学丛书"第九种。周伯棣给出的稿费是千字4元，他就这一标准问询陈望道的意见，陈望道回复说："稿费我在商务无论选文译稿，每千字都作五元算，即所谓AAA者也。中华既普通都是每千字三元，则四元已属破格，岂复有求?"日文本这部书"原文有十六万，译成中文可打八折，大约只有十三万"。这也是陈望道致周伯棣这封信里说的。若以千字4元计算，中文13万字，则这部译著的稿费也有520元了。很少看到陈望道提及自己的稿费收入，因此这封信所含的资料，对了解陈望道的生活也就颇具价值了。魏京伯在1939年6月发表在《鲁迅风》第16期的《海派与京派产生的背景》一文里说：抗战爆发前，上海作家可分四等，头等作家住房一幢，生活费每月需二百元，稿费每千字四元五元；二等作家，住前楼亭子间外，还有一会客室，生活费每月一百六十元，稿费每千字可卖三元四元；三等作家，住前楼与一亭子间，生活费每月一百二十元，稿费每千字可卖二元三元；四等作家，只要住一个亭子间，每月生活费八十元，稿子每千字为一元二元。魏京伯这段记述，可供我们参考。推想起来，陈望道的著述，每千字可卖四元五元，应该可列入头等作家，但他实际的物质生活水平，可能在二等三等之间。

陈望道在1935年1月18日写给中华书局编辑舒新城的一封信里，解释了书稿不能按时完成的原因："又适兼编《太白》，接人待物之间化去时间超乎预料，

---

①许杰：《我也想起了〈太白〉》，《新民晚报》1983年9月21日。

致不能如期交稿。”[①]从中可以看出陈望道编辑《太白》半月刊所耗费的时间和精力之巨，也可以看出陈望道办刊物的认真和用心。

① 陈望道：《陈望道手稿集》（上册），复旦大学出版社2021年版，第39页。

第五章

从上海到桂林

陈望道公开出版《修辞学发凡》之后，仍然继续着修辞学研究。这期间他的重要的修辞学论文有发表于1935年6月出版的《中学生》上的《关于修辞》和发表于1935年7月出版的《文学百题》上的《语言学和修辞学对于文学批评的关系》等。《关于修辞》是一篇很短的论文，大约1200字，主要提出了“就意修辞”的论点，即根据所要表达的意思调整语词。有学者认为“就意修辞”论集中反映了陈望道的修辞观，是他对《修辞学发凡》里基本思想所作的进一步理论说明，是他对《修辞学发凡》中的题旨情境适应论的进一步发展。

陈望道自从1920年春天到上海之后，至全民族抗战爆发后的1940年秋天，他的政治、文化和教育活动的范围，基本都在上海，中间离沪工作的时间不多，比较主要的一次是前面讲到的应周予同教授之邀，到位于安庆的安徽大学教书，还有就是这一节里要说到的去广西桂林教书。

陈望道去桂林所任教的学校，当时名叫“广西省立师范专科学校”，也就是今天广西师范大学的前身。

广西省立师范专科学校创办于1932年10月。第一任校长是杨东莼。杨东莼（1900—1979），原名岂匏，湖南醴陵人。他的学术专长在哲学和史学领域。1923年入党，不久后脱党。1927年赴日本留学，从事著译。1930年回国。他被誉为“三四十年代中国八大史学家之一”。2005年，他的著作《中国学术史讲话》被江苏教育出版社重印。杨东莼是左翼学者，他治理广西省立师范专科学校时，不受广西当局所欢迎，后来他就下了台，1934年4月改由罗尔棻做校长，当年10月又换了郭任吾做校长。到1935年的秋天，学校的实际主持人已经是陈此生了。

陈此生（1900—1981），广西贵县人，1920年从复旦大学肄业，1933年参加了左翼作家联盟。尽管也是左翼人士，但陈此生与当时统治广西的桂系领导人白崇禧的老师、广西教育厅厅长李任仁是知交，再则陈此生在广西又有人望，所以广西当局就让他来做教务长。

陈此生做了教务长后，向各地的知名学者遍致函件，邀请他们来学校任教，所以1935年前后，有不少学者前来教书。林志仪在晚年写的回忆文章《陈望道先生在桂林——忆雁山往事》一文里提及，此时的广西省立师范专科学校里，“一时人文荟萃，弦歌相诵，不仅使名园生色，也使整个桂林山城活跃起来”①。鲁迅也收到过邀请函，但他没有去，而是给陈此生回了一封信，署名“心印”。人民文学出版社出版的《鲁迅书信》，给“心印”加的注解是：“过去熟人通信时，往往用此签署，含有‘知名不具’的意思。”鲁迅在信里说：

> 蒙诸位不弃，叫我赴桂林教书，可游名区，又得厚币，不胜感荷。但我不登讲坛，已历七年，其间一味悠悠忽忽，学问毫无增加，体力却日见衰退。倘再误人子弟，纵令听讲者曲与原谅，自己实不胜汗颜，所以对于远来厚意，只能诚恳的致谢了。
>
> 桂林荸荠，亦早闻雷名，惜无福身临其境，一尝佳味，不得已，也只好以上海小马蹄（此地称荸荠如此）代之耳。

鲁迅这封信写于1935年6月17日，信写得很诚恳，也颇幽默风趣。

陈望道收到邀请信后，就与他的弟弟陈致道，学生夏征农、祝秀侠和杨潮

① 林志仪：《陈望道先生在桂林——忆雁山往事》，《新文学史料》1989年第3期。

（羊枣）等四人，动身去桂林了。夫人蔡葵没有同往，是因为她正接受公费在美国哥伦比亚大学留学深造。这个时候，陈望道主编的《太白》半月刊也被停刊了。

陈此生原先并不认识陈望道，是当时在广州中山大学做教授的何思敬向他推荐了陈望道。

陈望道一行人一路辗转颠簸，到达桂林，已是身心疲惫。这一趟远路，一年后陈望道在写给陈此生夫人盛此君的信里还说起，说他那时到桂林后，疲倦不堪，"竟实足有半月不还魂"。

广西省立师范专科学校坐落在桂林南郊的雁山。林志仪《陈望道先生在桂林——忆雁山往事》一文谈及了雁山的风景："作为广西师专校址的雁山公园，原是清代临桂乡绅唐子实的别墅，后为两广总督岑春煊购得。进入民国后，岑又捐献归公。因岑为广西西林县人，故该园又名西林公园。园中有山，有洞，有溪流、湖泊，有涵通楼、梅厅、水榭、棋亭等古典建筑，有参天的相思树，有冷艳的梅林……整个构筑被视为'大观园'的一角。徜徉其间，颇能引人遐思。"

陈望道1935年秋天来到学校，做中文科的主任，给学生开设中国文法和修辞学课程，并做这方面的研究。

按照林志仪《陈望道先生在桂林——忆雁山往事》的回忆，学校为邓初民、陈望道等教授"特地建造了两座具有民族风格的楼房"：

> 这两座楼房全为木质结构，油漆红色，仅有离地数尺的一层楼面，实为平房，楼中间为一宽敞的客厅，两边有住房数间，均为两室套间，前后窗棂装上明亮的玻璃，四周走廊绕以绿色的栏杆，典雅而朴素。陈望道等教授住的楼房建在山麓的绿树丛中，地势颇高，面对明净的碧云湖。湖滨为一石铺路径，路旁长有两株浓荫蔽日的相思树，每当秋风乍起，红豆散落之时，便有那些多情的男女来此觅取红豆，以寄相思。

陈望道住进去后，就趣称那所楼房为"红豆院"。

陈望道到校后不久，1935年9月上旬，学校举行了一次盛大的开学典礼，欢迎新聘的教师和新入学的学生。在开学典礼上，据温致义和林志仪合写的《陈望道先生在桂林》一文所描写的，“望道先生身着酱色长衫，温文庄重”，“他以清亮的浙江口音”作了演讲，演讲的题目是《怎样负起文化运动的责任》。[①]这篇演讲中，交织着五四知识分子的启蒙意识和左翼文化人的政治倾向。譬如他说：

> 我们常说反封建，我们并不见得会有“封建”这个东西走出来给我们反对。而实际上，有许多实实在在的封建的东西，我们都不知道。我们常常都见许多人，开口说“工农”，但是当我们提倡手头字的时候，他们都会来反对；文言文是充满封建意识的，文言文中的动词，名词，代名词……都会有非常浓厚的封建色彩，他们都会叫“好”。譬如封建时代皇帝的坟墓叫“陵”，他们也会把孙中山先生的坟墓叫“陵”；皇帝死了抬出去安葬叫做“奉安”，他们也会把孙中山先生安葬跟着叫“奉安”。

这段文字的主旋律是“启蒙”，但对当局的批判则更多的是出于一种政治倾向。这篇演讲中的“封建”一词，指的是中国传统的宗法社会里的伦理思想和道德规范，以及中国传统社会的政治制度，而不是“封建”一词的本义。

陈望道还说：

> 在男女关系方面，过去是很注重片面的道德的，无论什么事情，男子不对的也罢，总要把罪归于女子。现在的女子虽然从闺房中解放了出来，但在日常生活里面，依旧把男女分开，在人们的头脑中都还明明有一个无形的很黑暗的闺房存在。……又如小飞燕、东渡兰前几天演的《平贵回窑》这出戏，内容是说薛平贵出门十八年回来后，就先设法去试探在家守生寡

① 参见温致义、林志仪：《陈望道先生在桂林》，载复旦大学语言文学研究所编：《陈望道先生诞辰一百周年纪念文集》，学林出版社1992年版，第61页。

的妻子是否贞节，如果有可疑的形迹，定要一刀两段地将她杀死。这种宣扬片面道德的东西，有许多人看了，还不住地叫“好”。我们试问，如果要讲贞操的话，是不是单单女子该讲贞操？

那么应该怎样去反封建呢？陈望道概括道：

我们说反封建，就必须从这类具体事物上去看去反，不要笼笼统统地观察，否则许多封建的东西，摆在我们的面前都不认识，还说什么反封建？

陈望道的这次演讲，后来就刊登在当年秋天由广西省立师范专科学校中文科部分师生创办的《月牙》校刊上。这份校刊是经由教务长陈此生、中文科主任陈望道的倡议而办起来的，主编是夏征农。《月牙》为16开铅印本，每期发稿约8万字。创刊号是11月16日出版的，刊登了陈大文的《最近的中日关系》、马哲民的《为什么要研究社会科学》等文章。12月16日出版的第2期上，就刊登了陈望道的这篇演讲，还有农康的《最近日本的危机》、一知（夏征农）的《为什么要研究文学》等。在1936年年初“新年号”《月牙》上，刊发了《一年来的国际政治》《一年来的中国政治》《一年来的中国经济》《一年来的中日问题》《一年来的文坛》等一组年度回望的文章。上述这些文章表明，这份校刊，既辅导学生学业，也开阔学生眼界；既探讨学科专业，也有一种国际眼光和怀抱世界与社会的人文关怀。《月牙》也发表师生的戏剧、诗歌和小说等文艺作品。一所大学里，有了校刊，学术和文化等方面的生气就会平添许多。

陈望道还指导学生创办了一份壁报，壁报由陈望道命名为“普罗密修士壁报”。普罗密修士是希腊神话中造福于人类之神。他从天上盗取火种带到人间，给人类以光明和智慧，传授人们多种技艺。他因此触怒了天神宙斯，而被缚在高加索山崖。神鹰每天啄食他的内脏，他受尽折磨而不屈。陈望道之所以给壁报取这个名称，是希望广西省立师范专科学校的同学都能像普罗密修士那样，为真理、正义，为人类的幸福而奋斗。陈望道倡议同学们在壁报上开展“关于中国社会性质问题”的讨论。讨论持续了将近两个学期，据称，在广西省立师范专科学校甚至整个广西都产生了影响。最后校方出来阻止了论战的继续展开。

在陈望道提议并在陈此生的支持下，广西省立师范专科学校师生组织了广西师专剧团，剧团先后举行了两次盛大的公演。1936年1月，广西师专剧团在第三高中礼堂进行了第一次话剧公演，演出的是日本菊池宽的《父归》和中国欧阳予倩的《屏风后》两部独幕剧。祝秀侠为导演。第一次公演后，陈望道邀请戏剧家沈西苓来广西师专任教。沈西苓（1904—1940），原名沈学诚，笔名叶沉，浙江德清人。1913年随家迁居杭州，于浙江省立甲种工业学校毕业后考取官费生，留学日本。在日本结识戏剧家秋田雨雀等人，从而在艺术上有所升华。1924年，在日本筑地小剧场做实习美工，1928年回国。1930年2月和许幸之等人发起组织我国第一个左翼美术团体——时代美术社。3月，与鲁迅等人联名发起并组织成立中国左翼作家联盟。1931年进入电影界。沈西苓还是我国戏剧运动的倡导者之一。他从日本回国后，与夏衍、冯乃超、郑伯奇等人组织艺术剧组，演出《炭坑夫》《西线无战事》等剧。1936年4月春假期间，剧团第二次公演。4月5日，《桂林日报》以整版刊登《师专剧团第二次公演特刊》，名列导演团的是沈西苓、祝秀侠和陈望道。演出的剧目是苏联脱烈泰耶夫的《怒吼吧，中国!》和沙俄时代果戈里的《巡按》（今译《钦差大臣》）。

广西师专剧团的活动，成为广西话剧活动的起点。依据林志仪在《陈望道先生在桂林——忆雁山往事》一文中的回忆，在闭塞保守的桂林，经过陈望道他们的开垦，话剧这一当时中国的新兴艺术，“才开始在桂林这片荒芜的土地上传播和成长起来”。

据温致义和林志仪合写的《陈望道先生在桂林》一文，陈望道在广西师专讲授修辞学和中国文法两门课程，教材是他著作的《修辞学发凡》和他新编的《中国文法讲义》。但他上课并没有照本宣科，而是根据多年的研究，联系学术界讨论的一些问题，阐述个人心得，讲得生动、有趣。譬如，关于“打”字的用法，他举出刘半农搜集以“打”字作词头的词语，结果越搜集越多，达到八百多个，解不胜解的例子。陈望道向同学们指点：关键的问题是刘半农的研究方法不对，只有罗列杂纂，没有综合分析，所以他只能作出这些词的用处的说明，而不能说明这些词的用法。陈望道归纳了“打”字的三种主要用法——作动词用、作机动词用、作动词的添衬用，寻找出了“打”字作为词头的用法的规律。陈望道的书桌和书架上摆满了古今中外的书刊，小书房的板壁上还粘满了小纸条。这些小纸条记录的全是他在日常生活或阅读中随时发现的语言材料。陈望道还给学生们看了他所做的阅读卡片，告诉学生们使用卡片做学问的方法。这使他的学生深感“终身享用不尽”。

在桂林，陈望道和学生们相处得十分融洽愉快。那时，广西师专爱好文艺的几个学生每周借《桂林日报》一个版面的二分之一左右办了个《文艺周刊》，由陈迩冬同学主编，林志仪等同学为基本撰稿人，他们在上面发表新诗、散文、短篇小说、文艺短评和翻译作品。陈望道知道后，表示十分支持。《文艺周刊》出了几期后，主编陈迩冬和林志仪等几个基本撰稿人举行了一次野餐，陈望道也被邀请参加。温致义和林志仪合写的《陈望道先生在桂林》里讲道：

> 野餐费来自稿费公积金，肉菜从良丰圩上买来，由一位同学掌勺，两位同学作助手。
>
> 用餐时，同学们随意饮酒、吃菜、交谈、欢笑，野趣盎然。望道先生也很有兴致，虽不善饮，但对我们浅斟的敬酒，都尽量干杯，还带着微醺告诉我们他在杭州一师和安徽大学教书时的新旧思想斗争，也谈到当时上海文化界的情况和一些趣闻，我们都感到很新鲜，很有启发。

陈望道到桂林教书时，九一八事变和一·二八事变已先后发生。日本不断入侵我国，民族危机日益加深。

南京国民政府成立后，蒋介石和中央政府在形式上实现了对全国的领导，但实质上对一些地方仍然是鞭长莫及的。在那些地方，起作用的是地方实力派。这些地方实力派手中握有重兵，随时都可以武装起事。这是令蒋介石大为头痛的事。譬如，广东、广西事实上的军政大权分别握在陈济棠（粤系领导人）和李宗仁、白崇禧（桂系领导人）的手里。虽说民谚有所谓“两广一家亲”，但广东、广西在历史上也是打打和和。而反蒋一事，则多属同谋。1936年5月12日，胡汉民因脑溢血病故。胡汉民是广东番禺人，国民党元老，也是当时国民党内部反蒋的核心人物。胡汉民一死，两广地方实力派差不多就失掉了反蒋的大旗。于是蒋介石就动手，打算各个击破，瓦解两广。粤系领导人陈济棠认为与其坐以待毙，不如先发制人。他联络李宗仁等人，以“抗日救国”号召反蒋。盖当时蒋介石的对日方针是“攘外必先安内”，即先统一国内，“恢复民族活力”，而后对抗“帝国主义的联合进攻”。所以对日本的侵略，蒋介石一直避免作正面抵抗。6月1日，两广军政首脑组织的西南政务委员会和国民党西南执行部呈文国民党中央和国民政府，吁请抗日。6月2日，通电全国。6月4日，陈济棠、李宗仁、白崇禧等西南将领数十人发出通电，表示支持6月2日的通电，并成立军事委员会和抗日救国军，陈济棠任委员长兼总司令，李宗仁为副司令。

关于“两广事变”的发生背景等，历史学家有不同的说法。但事变的结局只有一个：这次两广联盟的反蒋行动被蒋介石以分化瓦解的策略攻破。7月13日，国民党五届二中全会通过西南问题决议，撤销西南政务委员会和国民党西南执行部；任命余汉谋为广东绥靖主任，李宗仁为广西绥靖主任，白崇禧为副主任，免去陈济棠本兼各职。陈济棠遂离开广州去了香港。李宗仁、白崇禧则致电南京国民政府，表示接受任命。但不久蒋介石又改变主意，电令白崇禧出洋考察，调李宗仁到南京军委会任职。李、白复电“殊难遵命”。蒋介石于是改任白崇禧为浙江省主席，李宗仁为军委常委，黄绍竑出任广西绥靖主任，负责处理桂局善后事宜。李、白仍表示难以从命。蒋随即调集40余万“中央军”南下，桂系领导人也不甘示弱，立刻集中了10多万人马。一场恶战在即。但此时舆论大哗，大敌当前，全国人民都强烈反对再打内战。蒋介石只好收回成命。8月12日蒋介石飞抵广州，向广西发出和平信号。8月17日李宗仁也飞到广州。两人终于坐下来会谈，达成了多项和平协议，包括接纳李、白抗日救国的建议；日军如再进逼，由蒋领导全面抗战，广西立即出兵参加抗战，桂军到时将全部改编成“中央军”；广西结束半独立于中央的状态，在广西境内中央政府可以实行征兵；等等。至此，“两广事变”遂告和平解决。这个事件，两广合谋，则称“两广事变”，而若单指广西境内时，则称“六一运动”。

关于“两广事变”，固然有种种说法，但桂系集团的首领都受过现代教育，在国民党集团内部，桂系主张抗日的态度一直是很坚决的，也做了实际上的准备。1931年，日本发动九一八事变后不久，桂系就发出了“抵御外侮”的呼声。1932年3月，桂系提出“建设广西，复兴中国”方针和“三自三寓”政策，“三自”即自卫、自治、自给，“三寓”即寓兵于团（民团）、寓将于学、寓征于募。依据这个政策，1934年3月27日，又公布《广西建设纲领》，确立政治、经济、军事、文化四大建设的纲领，进行政治、经济、军事、文化等方面的改革和建设，以增强广西的实力。1935年1月，广西省政府公布《广西民团条例》。“焦土抗战”理论也是桂系领导人先提出来的。抗日战争中，广西部队的战斗力之强悍，在全国都可以算是一等一的，是“杂牌军”中的王牌部队。抗战时期，广西全省只有1200多万人，却有130多万人出省抗战，而根据国民政府1945年的评估，起码有250万到300万广西人参加了抗战。有一则掌故饶有意味，或可作旁证。历史文献学大家张宗祥先生在抗战爆发后辗转流亡，1938年秋天至桂林，落脚铁峰山下。有人问桂林山水如何，宗祥先生说：“翻转钉鞋底朝天，即桂林矣。桂林山硬、水硬、人更硬。”

陈此生在《我的自述》里回忆了广西的“六一运动”：

> 1936年4月间，李任仁（引者按：时任广西教育厅厅长）使人通知我，现正酝酿粤、桂、湘三省联盟，成立抗日反蒋政府，要我到南宁一行。我到南宁不久，作为救国会的代表何思敬、杜君慧、杨东莼等先后来了，十九路军的头目李济深、蔡廷锴也来了。分配给我的工作是起草文件。
>
> ……
>
> 所谓“六一运动”揭开后，何键临津退缩，陈济棠不过数日便被余汉谋推翻，李、白孤立彷徨了一个时候，终以力量微弱而不得不向蒋介石妥协。李济深和蔡廷锴为了此事大不高兴，愤慨离开南宁。
>
> 所谓“六一运动”，完全依靠地方军阀如刘湘、龙云、阎锡山等的互相勾结，……而这些军阀，又皆是看风使舵的角色，其转瞬消灭是当然的。

“六一运动”固然结束了，但广西民间被激发出来的一股“民气”却不是一下子就能收场的。尤其是桂林的广西师专，学生运动因此而愈演愈烈，桂系领导人就把广西师专合并进了位于南宁的广西大学内，组成文法学院。广西师专的部分师生由桂林迁往南宁，陈望道也离开了雁山的“红豆院”，到了南宁，继续做并校后的中文系系主任。但广西大学到底不同于广西师专，它由广西当局直接控制，左翼教授也就难成气候了。

回到上海·拉丁化新文字·文法革新

1937年卢沟桥事变爆发，全民族抗战开始。陈望道也离开南宁的广西大学，回到了上海。

这里先回头补叙20世纪二三十年代的汉字拉丁化问题。

1921年，旅苏的瞿秋白受苏联远东地区少数民族的拉丁化文字改革运动影响，研究了中国历史上的各种文字改革方案，写成《拉丁化中国字》的草稿。1927年后，瞿秋白再度到苏联，与在苏联的吴玉章、林伯渠、萧三等人继续研究文字改革方案。1929年完成了《中国拉丁化字母方案》，在莫斯科出版。《中国拉丁化字母方案》的出版，引起苏联学术团体的注意。1930年5月23日，苏联语言学家龙果夫在“中国问题研究所”会议上，作了关于《中国拉丁化字母方案》的报告。会议原则上同意这个方案。1931年，瞿秋白回国后，吴玉章、林伯渠、萧三、王湘宝、龙果夫等继续以瞿秋白的方案为基础，拟制了《中国汉字拉丁化的原则和规则》。1931年9月26日，在符拉迪沃斯托克召开中国文字拉丁化第一次代表大会。大会通过了《中国汉字拉丁化的原则和规则》和1932年内以拉丁化字母完全化除远东华工的文盲的决议案。会后，对旅苏的10万华工进行了扫盲和普及教育的工作。仅在符拉迪沃斯托克一地，3个月一期的识字班就有30多个。

1933年8月12日，中外出版公司出版的《国际每日文选》转载焦风译的文章《中国语书法之拉丁化》，第一次向国内介绍了苏联远东拉丁化新文字运动的情况。1935年12月，文化界人士蔡元培、鲁迅、郭沫若、茅盾等688人提出《我们对于推行新文字的意见》。陈望道也列名这份意见书。意见书中说：

中国已经到了生死关头，我们必须教育大众，组织起来解决困难。但这教育大众的工作，开始就遇着一个绝大难关。这个难关就是方块汉字，方块汉字难认、难识、难学。……中国大众所需要的新文字是拼音的新文字。这种新文字，现在已经出现了。当初是在海参崴的华侨，制造了拉丁化新文字，实验结果很好。他们的经验学理的结晶，便是北方话新文字方案。……我们觉得这种新文字值得向全国介绍。我们深望大家一齐来研究它，推行它，使它成为推进大众和民族解放运动的重要工具。

意见书中还提出了推行新文字的六项具体建议。

据倪海曙统计：从1934年8月到1937年8月，三年中各地成立的拉丁化团体，有成立年月可查考的，至少有70个以上；从1934年4月到1937年5月，出版了书籍61种，约12万册；从1934年8月到1937年8月，有36种新文字刊物创刊。

这是全民族抗战后陈望道在上海做汉字拉丁化工作的一个背景。

1937年11月至1938年11月，倪海曙等人在上海的40所难民收容所、3万难民中进行扫盲实验。陈鹤琴、陈望道也都支持了这一工作。

但陈望道做得更多的还是研究工作。1938年4月17日，陈望道在《文汇报》的副刊《世纪风》上发表《纪念拉丁化的解禁》（署名齐明）。在文章中，陈望道以为“汉字的作用，也颇伟大”。他认为“语言文字是一种最重要的团结工具”，他说：

历来可能用这工具团结的，顶多不过是百分之二十。余下的百分之八十，都还处在口口相传的所谓“口传”原始状态中，……对于这“百分之八十”问题，固然有过很多解决的方案，如所谓白话文运动，所谓大众语运动，如所谓注音符号运动，如所谓罗马字运动，多多少少都可以说跟这问题有关，而所谓拉丁化运动，至少也是其中极重要的一个。

5月，陈望道在《华美周刊》上连续发表《拉丁化北音方案对读小记》和

《拉丁化北音方案对读补记》，把中国近三百年来的几种主要的拼音方案——如利玛窦和金尼阁的汉语拼音方案，注音字母，国语罗马字等——与北方话拉丁化新文字方案作了比较研究。同年，陈望道在《每日译报》上创办了一份《语文周刊》，并任主编。当年6月，他研制的《拉丁化汉字拼音表》交由开明书店付印面世。

1939年2月，国民政府教育部在陪都重庆召开了全国教育会议。上海语文教育学会给全国教育会议寄去了一份提案《请试验拉丁化以期早日扫除文盲案》。上海语文教育学会是由上海各大学语文教授组建的组织。这份提案的起草人是陈望道。同年7月，倪海曙起草的总结新文字推行工作经验并作前瞻的《拉丁化中国字运动新纲领草案》，由陈望道修改定稿。

1939年11月3日至12日，陈鹤琴、陈望道等以上海语文教育学会的名义，在上海大新公司的五楼，举办了大规模的中国语文展览会。展览会分七个陈列室：汉字形体演变材料陈列在第一室，方言和少数民族语文材料陈列在第二室和第三室，汉字学著作陈列在第四室，第五室陈列的是书写工具，第六室陈列的是盲人及聋哑人教育材料，汉语拼音运动材料（包括注音字母、国语罗马字和拉丁化新字的各种资料等）则陈列于第七室。陈望道撰写的《中国拼音文字的演进》成为这一次展览会的会刊之一。陈望道后来在刊于1940年1月《长风月刊》第1卷第1期上的《语文运动的回顾和展望》（署名雪帆）一文中回忆这次中国语文展览会，说："有人说，上海这次的语文展览会是空前的，我以为这次展览得到各界的齐心协助和各界的一律关心，才是空前的。"

汉字需不需要拉丁化？这近百年来的汉语言文字的实践已经作出明确的说明了。但这并不表示陈望道他们所作的汉字拉丁化的努力就是无效劳动，一个显例就是：1958年2月11日经由第一届全国人民代表大会第五次会议正式批准的《汉语拼音方案》，就吸取了以往各种拉丁字母式拼音方案，特别是国语罗马字和拉丁化新文字拼音方案的优点。这是吴玉章在一届人大五次会议上作的《关于当前文字改革工作和汉语拼音方案的报告》里所讲到的。

1938年秋冬，陈望道在上海发起关于中国文法革新的讨论。他先是在主编的《语文周刊》上发表了《谈动词和形容词的分别》等研究中国文法的论文，然后约请傅东华撰写了《一个国文法新体系的提议》，刊于1938年10月26日出版的《语文周刊》第16期。又约了金兆梓撰写《炒冷饭》，刊于11月16日出版的《语文周刊》第19期。然后，陈望道本人又撰写了长篇论文《〈一提议〉和〈炒冷饭〉读后感》，分三次连载于《语文周刊》第20期、第21期和第22期，这三期分别于1938年11月23日、12月4日和12月11日出版。这样，1938年开始的中国文法革新的讨论，就以词类区分为中心，而逐渐扩展到文法体系的问题上来了。

陈望道的这篇长文《〈一提议〉和〈炒冷饭〉读后感》分为四节，分别是"中国文法体系的建成""《马氏文通》的研究对象、方法、目的及各方面对于它的批评""《马氏文通》出版后的中国文法界"和"最近的形势和本刊的两个提案"。陈望道发起这场讨论，初衷应该是在承认《马氏文通》的历史贡献的前提下对它的机械模仿的方法表示不满，他希望通过商讨来融合各种"持见"，从而解决文法"缔造上种种基本问题"，革新中国文法的研究方法。

讨论起于1938年，结束于1941年。讨论结束后，陈望道将讨论文章汇编为《中国文法革新论丛》一书，1943年由重庆文聿出版社出版。这个时候，陈望道已在重庆的复旦大学做教授了。《中国文法革新论丛》在20世纪50年代中期还重印过。陈望道主编的这部《中国文法革新论丛》，不算"序言""后记"，计收文章35篇，其中有一篇为陈望道的《〈评黎锦熙的新著国语文法〉书后》。说起黎锦熙的《新著国语文法》，我这儿且引史有为教授论文《迎接新世纪：语法研究的百年反思》中的一段评语："黎锦熙的《新著国语文法》（1924）是在新文化运动中最有影响的文法革新产品。它虽然在模仿或独立研究方面还没有完全跳出《马氏文通》的模式，但却能提出'论理的次序'和'文学的次序'的新观念。前者是指语义结构，相同的语义结构图解也相似，也即其语义关系相似。后者则指'语文习惯上移动变更的次序'，它是实际表现出来的次序，并非就是论理的次序，由此就产生出'变式句''省略句'以及'兼格句'。二者合起来就是相当于现今的深层结构和表层结构的关系。这应当说是非常难能可贵的创新。至今我们还没有发现此说直接来自外国，而国外也还未找到有早于黎锦熙的相同观点。遗憾的是当时和以后的许多人都对此没有给予足够的重视，直到近年才有学者认真地发掘并公正评价。”[①]这个话讲得很好，识者不可不知。

这次讨论的一个收获是，陈望道吸取西方结构主义思想和方法，从汉语实际出发，创立了汉语词类区分的功能论学说。在汉语语法研究上最先明确提出以功能来划分词类的就是陈望道先生。在文法革新的讨论中，陈望道说，“当今文法的思潮已经从意义和形变的注重转向到function的注重。function这个字，……代表着因素和因素间的互相依赖互相对应的交互关系。它在文法学中也可以称为‘功能’。……我们不妨就注重这种‘功能’来研究来讨论我们的文法”。而明确提出汉语词类划分当以功能为中心的见解、纲领性地说明了功能理论的，则当推他在这次讨论中写成的《文法的研究》这篇重要论文。

陈望道在这次讨论中还有一篇刊于1940年3月《学术》第2辑上的《文法革新问题答客问》。笔者不具体讨论这篇论文的论点、论据和方法，仅引录他在这篇文章中的一些对于学术或其他方面都颇具意味的话，以结束这一节：

> 研究学问也不应当把定论看作唯一有价值的东西。单记定论，准定只会守成，不会缔造，甚至对于定论也许单止知其然而不知其所以然。倘想缔造，必须还会发现问题，又会运用灵活方法解决问题。

> 我们要像我们中国的古代名家所谓“摹略万物之然，论求群言之比；以名举实，以辞抒意，以说出故”，从事实缔造学说，拿事实证验学说，“以类取，以类予；有诸己，不非诸人；无诸己，不求诸人”（《墨子·小取篇》）。

> 我们谈文法革新，一面固然要医治旧制的病，一面也要保持旧制的健康。而且可说就为保持旧制的健康，才求去病除痛的方案。因此一面有革新，一面也定有所继承。我们希望对于《马氏文通》有所破，并非想就此

---

① 史有为：《迎接新世纪：语法研究的百年反思》，《语言教学与研究》2000年第1期。对黎著的这个新认识，最早可能是由廖序东、张拱贵在为商务印书馆1985年重印的黎锦熙《新著国语文法》写的序里提出来的。这篇重印序后来又收录于《廖序东语言学论文集》，由商务印书馆在2004年10月出版。

抹杀《文通》，不过想借此寻求我们所以立。

> 我对于别人的提案（引者按：此处指提出了文法革新研究方法的论文）最有研究兴趣。……对于别人的方案，我常假定是由真知灼见出来的，每放一案在前，凝想该案构设的来由，吟味该案蕴蓄的精华，如对名画，如读名文，如和知心朋友会谈，决不漏过丝忽，也决不以自己的方案去校量别人的方案。

上面引录的这几段话，说得很平实，考诸陈望道的语文著论，或许可以看成是他平生学术研究的“夫子自道”吧。

嘉陵江畔

前文讲到陈望道1938年在上海发起的关于中国文法革新的讨论，结束于1941年的重庆。这个时候，陈望道已在迁至重庆的复旦大学做教授了。

上海是中国也是远东最大的城市。1937年8月13日，日军进攻上海，淞沪会战爆发。至当年11月11日，日军进至苏州河岸，南市及浦东国军担任掩护任务的部队奉令撤出阵地。当日，上海市市长俞鸿钧致书市民，沉痛宣告远东第一大都市——上海沦陷。上海沦陷后，上海租界并未被日军占领。直至1941年12月8日珍珠港事变爆发，日军才侵占上海租界。在此前的这几年里，上海租界成为著名的“孤岛”，也成为中国文化人士坚持抗战的根据地。

1940年秋天，陈望道从上海取道香港转至大后方重庆。自1931年2月他离开复旦大学后，再次入复旦教书。

全民族抗战爆发后，国民政府教育部指示上海的复旦大学、大同大学、大夏大学和光华大学效法平津的大学迁往内地。那时北平和天津两地的北京大学、清华大学、北京师范大学、南开大学等高校，已组成临时联合大学内迁。复旦、大同、大夏和光华这四校都是老上海的私立大学。最终，大同、光华因故退出，复旦、大夏组成联大，遵照教育部令分作二部。联大第一部以复旦为主体，由复旦副校长吴南轩负责，大夏吴泽霖任教务长，迁往江西庐山；第二部以大夏为主体，由大夏的副校长欧元怀负责，复旦的章益为教务长，迁往贵阳。南京陷落后，九江也濒临危境。当年12月，联大第一部师生500余人乘招商局快轮到达重庆，遂留在重庆，校址起初设在菜园坝。1938年2月，复旦确定以重庆北碚对岸的下坝（陈望道后来建议改名“夏坝”）为新的校址，就近借黄桷镇寺庙为教室、煤栈余屋为学生宿舍。2月25日，联大第三次行政会议决定：自1938年3月开始，取消复旦大夏联大，两校各自在重庆、贵阳建校。这个决定当时就报经教育部批准了。这样，战时的复旦大学就在重庆复校了。内迁重庆的学生事实上不过占复旦全校的三分之一，留在上海的学生，就由复旦原校长李登辉出面租赁临时校舍，继续念书，校名暂称“复旦大学沪校”，经费以学费充用。但“复旦大学沪校”起初没有得到教育部的认可。1938年6月初，吴南轩由重庆抵上海，与李登辉商定，改校名为“复旦大学上海补习部”（招生时仍用“复旦大学”名义），获得教育部同意。

前面讲过，复旦大学原先是一所私立学校。即使1928年始，复旦大学在国民政府立案，它私立的办学性质也仍旧没有改变，学校每年70%—80%的办学经费来自学费。全民族抗战爆发后，战区学生的经济来源断绝，学费收入告罄，学校的办学经费也就没有了着落。1939年、1940年，重庆的校方两次谋求改为国立，由政府来接管，但对改制后的一些问题，复旦在重庆的校董和包括原校长李登辉在内的上海校董，未能达成一致意见，改制的事就一再搁置。后来重庆的校董先斩后奏，不经上海的校董同意，就向国民政府申请将复旦改为国立。1941年11月，国民政府行政院第541次会议决议：同意复旦改为国立。于是原先私立性质的复旦大学就在1942年元旦正式成为国立复旦大学。复旦大学改成国立后，原有董事会随即取消，由教务、训导、总务三长协助校长开展校务。2月5日，吴南轩就任校长。第二年2月23日，吴南轩离任，章益担任校长。

陈望道1940年到重庆后，复旦大学的教务长孙寒冰教授刚于当年5月27日死于日军飞机的轰炸下。当时学校的教学和管理都比较混乱，校长吴南轩就请陈望道出任训导长，帮助校方办好复旦大学。陈望道后来称，他权衡再三后，同意做这个训导长，但提出了三个条件：“一、不受训，根据规定，凡接受训导长职务的都要受训；二、只做半年；三、自己愿意怎样做就怎样做。”[①]当然，陈望道也说道，事实上在一些情况下也“未能尽如诺言要怎样做就怎样做”[②]。这也是可以理解的，陈望道固然是左翼人士，但在这个职位上，于复杂的社会政治环境里，也不能不讲究策略。可惜后来，有人抓住这一点，不及其余，在1951年知识分子思想改造运动中，迟迟不让他过关。

陈望道到复旦大学教书的当年9月，复旦大学新闻系系主任程沧波去了香港办报，系主任一职就由陈望道代理。1942年9月起，陈望道继任系主任，一直做到了1950年7月。

程沧波是在1938年9月继谢六逸之后任职复旦大学新闻系系主任的，那时他还在做国民党中央日报社社长。程沧波是个很有办报思想的人，他主持《中央日报》时，对这份国民党中央机关报进行了“民间化”的改造工作。程沧波后来回顾和总结他办《中央日报》的特点，不无几分得意地认为，就在于“不是盛气凌人，或是借政治势力对其他方面压迫，而是以极礼貌亲和的方式与全国思想界周旋，用盛情与友谊对全国舆论界联系”。现代报人张慧剑主编南京《朝报》副刊时，曾以《水浒》三十六天罡星为南京新闻界做点将录，评张恨水为“及时雨宋江”，意谓有大哥风范，乃群雄之首；评张友鸾为“智多星吴用”；评自己为“花和尚鲁智深”；评徐君武为“青面兽杨志”，批注曰“空学一身武艺，却无识家，只落得天桥卖刀”；评南京晚报社社长张友鹤为“扑天雕李应”，批注曰“小虽小，俺也是一庄之主”。中央日报社社长程沧波则被评为“大刀关胜”，批注曰“架子不错”。程沧波原先也是在复旦读的书。

前面讲过，陈望道1924年在复旦大学国文部教书时就开过“新闻学讲座”，以后他又把这个讲座扩充为“新闻学组”，由他和邵力子讲授新闻学。所以陈望道可以说是复旦新闻专业的创始元老，加之又有办报办刊办出版社的经历，因此由他来做系主任，是可以压得住新闻系的阵脚的，或者也可以说是“本色当行”吧。

陈望道虽接掌复旦大学新闻系系主任一职，但文法研究始终萦绕于他心间。

①② 邓明以：《陈望道传》，复旦大学出版社2005年版，第192页。

叶圣陶1940年9月10日的日记记载了这天收到陈望道的快信，叶圣陶写道："下午四时接望道快信，甚欣然。书中言本学期任教于复旦，近研究文法，大有兴趣，嘱代为搜集有关文法之各种材料。"战乱时得到老友信息，叶圣陶深感欣慰。当时叶圣陶刚于8月5日写辞职书给武汉大学校长王星拱，辞去国文系教授一职。武汉大学时在乐山办学。此前，这年4月，顾颉刚受四川省教育厅厅长郭子杰所托，邀叶圣陶"往教厅所办之教育科学馆任审查中小学国文教材之事"。5月中旬，教育厅礼聘叶圣陶为省立教育科学馆专门委员，月薪"实得二百卅元"。叶圣陶9月10日接到陈望道信，当天即写回信给陈望道，并在日记里记录了复信的主要内容是"告以近况，并请助余为义，以推进本省之国文教学"。

新闻馆

复旦迁到重庆后，校址几经变化，最终落脚于重庆北碚对岸的下坝，陈望道后来建议改名为"夏坝"。

那时在重庆复旦念书的李敏，晚年写了一篇散文《难忘夏坝》，描写了自己记忆里的夏坝：

> 夏坝是位于黄桷镇与东阳镇之间的一块平地，背靠琼玉山，面临嘉陵江。清晨，经常可以听到从江边传来纤夫与急流搏斗的号子声。从群山中奔流出来的嘉陵江，在这里舒展开来，碧波映照着山色，看了使人神清气爽。尤其是秋天，江水澄净如碧玉，不时有满载红橘的木船驶来，红绿相映，构成了一幅色彩绚丽的图画。校园北边，是一片郁郁葱葱的桑林，穿过桑林，向前再走一段崎岖的山路，便是风景胜地北温泉。①

复旦大学新闻系的新闻馆，就建在夏坝校园的西北角。

① 李敏：《难忘夏坝》，《复旦大学校刊》1980年9月8日。

复旦新闻系建立后，经多年建设，开设的课程大致可分为四类：第一类是基本工具的训练，如本国文学、英文、第二外国语、心理学、统计学，及其他的自然科学与社会科学，均在必修之列；第二类是专门知识的教学，包括报学概论、编辑、采访、报馆组织、管理、广告发行、照相绘画、印刷等理论与实验方面的内容；第三类为辅导知识之旁助，包括新闻记者应有的政治、社会、法律、经济、历史、地理、外交等知识；第四类是写作技术之训练，如评论练习、通讯写作、速记术、校对术等。

陈望道在正式担任复旦大学新闻系系主任的第二年，即1943年，提出了"好学力行"四字作为系铭。这个系铭涵盖了"学"与"行"，即理论与实践两个基本方面。

1943年3月1日，新闻系恢复了原建于1931年、后因全民族抗战爆发而停办的复新通讯社，陈望道兼任社长。通讯社设编辑、采访和总务三部，学生任编辑、记者，教师作指导。每五天发油印新闻稿一次，免费供各报刊选用。

为"充实教学的设备与内容，使有志新闻事业的青年更能学以致用"①，陈望道打算筹建一座新闻馆，他在重庆发起募捐活动，在邵力子等许多校友的帮助下，不到半年就募得150多万元。建筑图纸是复旦土木系师生义务设计的，在重庆开营造厂的两位复旦校友以低廉的造价中标，负责工程建筑。1944年9月1日记者节，在夏坝校园西北角举行了新闻馆奠基典礼。1945年3月即全部建成。4月5日上午，陪都新闻界和教育界人士萧同兹、王芸生、潘梓年、周钦岳、胡秋原等，同复旦新闻系的全体师生，以及全校其他各系的师生代表近500人，出席了新闻馆揭幕典礼，邵力子夫人傅学文为新闻馆剪彩。国民党元老于右任特为发来《新闻自由万岁！》的演讲词。《新华日报》也发来《为新闻自由而奋斗》的贺电。新闻馆顺利建成，而陈望道则因劳累过度抱病卧床一个月。

新闻馆馆门上张贴着对联"复旦新闻馆，天下记者家"。新闻馆面积约400

---

① 陈望道：《新闻馆与新闻教育问题》，载焦扬主编：《陈望道文存全编》（第七卷），复旦大学出版社2021年版，第155页。

平方米，为西式平房，拥有大、中、小9间房间，内设实习教室、会议室、图书室、资料室、办公室、广播收音室、编辑室、印刷室等，还有一台当时在重庆极为少见的美国RCA牌短波大型电子管收音机，供同学锻炼记录或速记之用。

陈望道在题为《新闻馆与新闻教育问题》的致辞里说：

> 现在中国新闻教育机关急须解决的问题似乎有两个：一个是如何充实教学的设备与内容，使有志新闻事业的青年更能学以致用；二是如何与新闻事业机关取得更密切之联系，使学与用更不至于脱节。筹建新闻馆，便是想尝试解决第一个问题的一部分，以为解决第二个问题的基础。

据当时新闻系师生的回忆，陈望道主持下的新闻系，教授中有欧美新闻学派代表赵敏恒，也有国民党中央委员、人称“诸葛亮”的祝秀侠，还有《星岛日报》特派员王研石、塔斯社记者舒宗侨……国民党元老于右任、邵力子、叶楚伧等也被请来授课；史学家顾颉刚也给新闻系学生上课，为记者寻根问祖，说司马迁是中国新闻记者的老祖宗，希望大家也能像司马迁那样秉笔直书；戈宝权也被邀请来作“苏联新闻事业”的报告；历史系教授周谷城被请来讲英国报纸分析的课程；美国新闻代表团还来新闻系讲言论自由、信仰自由、免于匮乏及免于恐惧自由等四大自由。特别是被人们称为“浑身是消息”的赵敏恒，他的课，等于是新闻发布会。

复旦的民主活动中，新闻系每周一次的“新闻晚会”最有名。“新闻晚会”上，大家讨论时政，评议哲学，研究学理，人人自由发言，影响很大。校长章益是C.C系的，曾提出“新闻晚会太那个了……”，陈望道说：“出了事情，我负责!”

据许有成在复旦校刊上撰写的一篇文章，那部在当时的重庆也极为少见的美国RCA牌短波大型电子管收音机，几乎酿成一起轩然大波。原来，复旦新闻系的同学们不时使用这台设备在新闻馆里收听延安的广播，有些解放区的新闻也不胫而走，甚至从学校传到社会上。这事被人告了密，蒋介石震怒，下令彻查此事。1945年11月25日，教育部部长朱家骅突然接到蒋介石给他的电令，电令内容如下：

> 据报复旦大学奸伪分子利用复旦新闻馆内装设之无线电收音机，近日已用XNCR呼号收听延安广播。此收音机管理系由陈望道指定讲师李光诒、助教杨师曾，指导复兴（新）通讯社杜栖梧应用，故近日凡延安一切广播之荒谬谣言，均能于当日传播全校等情，希注意防制。

朱家骅收到蒋介石电令后，立即致函章益校长，嘱其严加注意查办，信中说：

> 顷奉主席十一月廿五日府军信字第773号代电云："据报复旦大学奸伪分子利用复旦新闻馆内装设之无线电收音机，近日已用XNCR呼号收听延安广播。……（略，见前）……希注意防制"，用特密函奉达，务请台端严加注意查办，并予防制，仍盼将处理情形示告为荷。

校长章益是国民党的中央监委，也是国民党内一位化解棘手问题的高手。过了些时日，他写了一份报告："案奉钧部卅四年十二月八日高字第六二〇九一号密令敬悉：窃本校新闻馆内装设之无线电收音机，原以校内白昼无电力供应，仅晚间可以收听，于延安晚间广播之时间内（每日下午六至七时）早经予以规定，以收播音乐为限，藉资防制。刻下该项收音机扩声器损坏，于修复前，每晚于六时至七时之间，将收音室封闭。理合具文呈复，仰祈鉴核。谨呈教育部部长朱家骅。"章益以"事出有因，查无实据"的报告，算是把这事给应付了过去。

复旦新闻系的一位学生（署名T.S）在《我们的系主任陈望道先生》（刊于《1946年前复旦的新闻系》）一文里，这样写当时在重庆的陈望道：

> 陈望道先生老是穿着那么一件深色长袍，只是为了季候才在质料上有

一些改变。

他已经五十多岁了，而他说“我是年轻的”。的确，他对工作永远不感到倦息。他走着老是像赶路。虽然步伐那么平稳，你总觉得他一点也不悠闲，好像也在思考。你和他点头，他的回答也是那么淡淡的。你将说他不令人乐于亲近，而你去到他屋子里讨论“的、哩、吗、了”，他会高兴地给你谈上三四个钟头，还会递给你一支香烟的……

……他说话的时候义乌的土音很重。他的话又常常诙谐的。可是只要你听懂了，你就会哭。因为他不是和你开玩笑，那里面包含着多少人类的苦难与真理。他参加同学们集会中的讨论，老是把自己看作群众“平等”的一个。他不作结论，而只把大家引到问题解决的“路口”。

他说：“不做则已……”新闻馆就是这样成功的。他在重庆一家茶馆里吃着烧饼，那是应该吃午饭的时候。他说：“这样经济了时间，也经济了力。”因为他马上还要去赶一个约会。他晚上睡在一个朋友家里臭虫很多的床上，他疲倦了一直睡到天明。

……“路是走出来的”。他在那里走着，而他不向你呼喊：“你们来，到我这里来！”他知道只要开辟了路，你们是会来的，他沉默着，沉默就是最好的语言。

复旦大学的校史馆里，存放着复旦大学新闻系学生关于陈望道在重庆的一些回忆。

葛克雄回忆道：

在夏坝课堂上，他曾对我们说过去茶馆、戏院的事情。“从前写《发凡》时，遇到了障碍，便停笔不强写，坐上电车从西到东或自南到北压马路，一面看马路两边的商店招牌，一面听乘客的谈话，往往意外地有所触动，想通一个问题，于是赶紧回家就写。真是‘踏破铁鞋无觅处，得来全不费功夫’。”在夏坝东阳镇寓所，他还让我看了他珍藏了十几年的几大本笔记本，那是硬面大型的英文练习本。一旦有所发现觉得有点用处，便马上记下来。日积月累渐渐就成了几大本。到写文章的时候，不定全用得上，只能沙里淘金。

周俊元回忆道：

他没有架子，平易近人。笔者在复旦读书时，为了图个清静，好好读书，曾自租房屋，住在校外。此房在小山上，离校一里许。一次，陈老师闻我丧母，曾亲自爬上山坡送吊仪。在旧社会，系主任能如此对待学生，感人至深！

这些生动、具体可感的记述，与前面广西师专学生对陈望道的回忆相印证，足见陈望道为人师的神韵和风格。

叶圣陶1944年9月的日记中，有两条记录了陈望道。这一年的8月16日至9月25日，叶圣陶因开明书店的业务而离开成都，在重庆寓居于开明书店总办事处内，故有陈望道的来访。叶圣陶其时为开明书店董事、协理，主持开明书店成都编译所办事处工作。叶圣陶的这两条日记，一条是4日的："夏衍来，巴金来，谈一时许而去。继之冀野来，望道来，张西曼来，谈政治现况，共多感慨。"接下来几句话专门记录陈望道："望道已多年不见，瘦弱殊甚，近在复旦任教，于新闻系深有兴趣。"从"瘦弱殊甚"这一描述中，可以想见陈望道的生活清苦和工作辛劳。"于新闻系深有兴趣"，则可以说明陈望道主持复旦新闻系时也乐在其中，把职业做成了志业。第二条是5日的："望道来谈，言近仍研究文法，注力于词之分类，意兴飙举，与十年前无殊。"从这条日记中可以见出陈望道仍治文法不辍，谈论语言学研究时依然如同从前一般"意兴飙举"。叶圣陶还有关于陈望道自述治文法的目的的记录，见于1946年9月16日的日记，此时陈望道已重返上海。这一天下午，他到开明书店访问叶圣陶，谈论自己的文法研究。叶圣陶的日记是这样写的："望道来，闲谈研究文法。渠历年来所探索，为研究中国文法宜何道是循。谓探路若不谬，他人继续研究可少走冤枉路。并世研究文法者，如了一之概念一派，光焘之形态一派，渠均不甚满意。渠主就功能与组织而为研究。”①

“记者之师”

1945年8月14日，日本裕仁天皇发布停战诏书，接受《波茨坦公告》；15日，日本广播天皇诏书，宣布无条件投降。

1945年9月2日，日本向盟军投降的签字仪式，在停泊于东京湾的美国战列舰“密苏里”号上举行，由盟军最高统帅麦克阿瑟将军主持。日本外相重光葵代表天皇和日本政府、参谋总长梅津美治郎代表日本军方帝国大本营在投降书上签字。美国陆军五星上将麦克阿瑟以盟军最高司令官的身份签字，接受日本投降。然后是包括美、中、英、苏在内的9个盟国代表分别代表本国依次签字，接受日本投降。至此，法西斯日本战败投降，第二次世界大战及中国抗日战争胜利结束。出席受降签字仪式的中国代表是国民政府军事委员会军令部部长、陆军二级上将徐永昌。

1945年9月3日，国民政府下令举国庆祝三天，以纪念中华民族抗日战争的伟大胜利。1946年国民政府决议，以每年的9月3日为抗战胜利纪念日。

1946年9月，复旦大学由重庆迁回上海的工作基本完成，陈望道也于早些时候返沪。叶圣陶1946年6月6日在上海写的日记记录：“上午，望道来，渠昨日自渝飞到。”可知陈望道由重庆返回上海的时间是1946年6月5日。6月14日，开明书店宴请回到上海的陈望道夫妇等文化人物，叶圣陶这一天的日记记录道：“傍晚，我店在金城餐厅宴客，欢迎雁冰夫妇、巴金夫妇、望道夫妇、沫若夫妇、田汉、靳以、叔湘、鞠侯、伯赞，并为亚子夫妇祝寿，兼邀无垢小姐。谈饮甚欢，九时散。”

1947年2月，陈望道和郭沫若、叶圣陶、金兆梓、方光焘、郭绍虞、倪海曙等29人共同发起成立中国语文学会。《“中国语文学会”成立缘起》由陈望道起草，刊登在1947年2月14日的《文汇报》上。文章说：

---

① 叶圣陶著、叶至善整理：《叶圣陶日记》（中册），商务印书馆2018年版，第876页。

> 语言文字问题是我们社会生活上的基本问题。靠着语言文字，我们才可以经营社会生活。我们对于语言文字理解得正确不正确，处理得适当不适当，往往在我们的社会生活上发生重大的影响。我们希望社会生活逐渐进步，趋向光明，不能不竭力追求正确和适当。在现代中国，有很多语文问题没有解决。关于语文的原理原则，大多数须待介绍和阐明。对于各个问题，彼此又见仁见智，须得会商协议，求得共循的道路。同人认为我们除各自努力研究外，还有集思广益共同探讨的必要。因此在上海组织这个"中国语文学会"，期望参加的朋友以实际语文问题的研究，进一步做到原理原则的探讨和介绍。我们希望同道的朋友热烈参加，共同努力，对于现代中国语文能有我们的贡献。

同年3月，中国语文学会成立大会在开明书店编辑部召开，选出叶圣陶、陈望道、章锡琛、郭绍虞、周予同、方光焘、魏建功7人为理事，马叙伦、郭沫若、郑振铎3人为监事。会上决定设立研究组，筹建语文图书馆。

当年年底，陈望道撰写长篇论文《试论助辞——纪念〈马氏文通〉出版五十周年》，发表于《国文月刊》第62期。

陈望道1919年9月开始做教育工作，到1949年，他已从教30年。1949年4月5日，复旦大学新闻系师生为陈望道举办了一次庆典。庆祝活动在国权路上的一座茶馆里举行。这座茶馆坐东朝西，两层楼。这一天上午，新闻系包下了茶馆的楼上一层。活动从上午8时开始。除了本系教师和部分学生，还有复旦其他系科的师生代表、社会名流、文艺界人士、新闻界人士。暨南大学等校的新闻系也派了代表来参加。于右任老先生特地从南京给陈望道寄赠立轴一幅，上书"记者之师"。

庆典开始，两对男女同学分别向陈望道献上两个花篮和两座银盾。两座银盾上分别有"百世流芳"和"学界泰斗"的字样。一座银盾的上款是"望道夫子执教三十周年"，下款是"受业伍蠡甫、舒宗侨、葛克雄等近三十人敬献"。另一座银盾的上款是"望道先生执教三十周年纪念"，下款是"后学陈子展、曹亨闻、赵敏恒等近二十人敬献”。

庆祝会上，徐蔚南、章益等人纷纷致词，对陈望道30年来诲人不倦、传播新文化的精神倍加赞美。其他先生，或对陈望道修辞学研究的划时代成就，或对陈望道办新闻系的硕果，或对陈望道主编《太白》等杂志的业绩，一一盛赞。复旦中文系教授、诗人汪静之概括了陈望道的三个第一：马克思恩格斯经典著作《共产党宣言》的第一个中文全译者，中国第一部系统的汉语修辞学著作《修辞学发凡》的著者，中国第一部简明的美学理论著作《美学概论》的著者。陈望道的夫人蔡葵女士也在会上谈了她所见到的陈望道的为人。倪海曙说他听了蔡葵师母的发言，“真是感动”。

陈望道在会上最后致答词。据葛克雄《茶馆的盛会——陈望道执教三十周年》的记录，陈望道在庆祝活动上谦虚地说：“‘五四’以后，看到时代正在变，而且变的劲头很大，于是就学先进人物的步子，跟着人家加快步伐走几步，提高嗓门呐喊了几声。”在说到《修辞学发凡》一书时，陈望道说这也不过是一种呐喊的方式。他还说：“我不过是在纸头上呐喊呐喊而已，这种呐喊不过是催促生命早点降生。我不过是听从时代的召唤，喊了几声，实在谈不上什么贡献。”

庆典的最后一个活动是招待来宾吃寿面——一碗榨菜肉丝面。倪海曙在他写的《春风夏雨四十年——回忆陈望道先生》一书里说，这是他“一生中所吃的一碗最俭朴也最有意义的寿面”①。因为这是他所敬重的老师的寿面啊！

4月6日的《申报》刊发了庆典活动的新闻报道《复旦新闻系同学庆祝陈望道寿辰》。

1946年以后，上海地区的大学教授先后成立了两个协会，先成立的是上海大学教授联谊会，简称“大教联”，这是左翼的，主要领导人有张志让、沈体兰和蔡尚思等。陈望道也是这个组织的成员。稍后成立的是大学教授联合会，这是一个中间偏左的组织，旨在联合华东地区的16所高等院校。陈望道是这个大学教授联合会的主席。这两个协会后来合并为上海大学教育工作者联合会，陈

① 倪海曙：《春风夏雨四十年——回忆陈望道先生》，知识出版社1982年版，第35页。

望道当选为会长。

20世纪40年代中后期的上海，左翼学生运动闹得很厉害。陈望道对学生是很爱护的。曾经任《解放日报》副总编辑的居欣如，在他写的《记者之师——纪念陈望道先生》文章里，转述过这样一个故事：陈望道曾将一个当局要抓的学生藏到自家楼下起居室的大壁橱里，熄了灯，自己坐在楼上。特务彻夜在窗外用手电照来照去，他不睬；第二天，才把这个学生转移。同学们都昵称他为“老板”，大概意思是他既是大家“强有力的后台”，又与大家“亲如一家”。①

① 参见居欣如：《记者之师——纪念陈望道先生》，载复旦大学语言文学研究所编：《陈望道先生诞辰一百周年纪念文集》，学林出版社1992年版，第27页。

第六章

新复旦

1949年8月1日，南京的《新华日报》报道：陈望道被中国人民解放军上海军事管制委员会任命为复旦大学校务委员会副主任兼文学院院长。这份任命书由军管会主任陈毅和副主任粟裕签署发往复旦大学。这份任命书，同时任命张志让、陈望道、钱崇澍、卢于道、周谷城、潘震亚、李炳焕、章靳以、金通尹、章益、胡曲园、张明养、胡文淑、张薰华、谢发楸为常务委员，张志让为主任委员，陈望道为副主任委员，周谷城兼教务长，胡曲园兼秘书长，陈望道兼文学院院长，钱崇澍兼农学院院长，卢于道兼理学院院长，潘震亚为法学院院长，李炳焕为商学院院长。

由于张志让不久又被任命为中华人民共和国最高人民法院副院长，因而他没能到校任职。陈望道就在事实上承担起了复旦大学的主要领导工作。

1949年8月，浙江大学法律、哲学、史地等系，暨南大学文、法、商学院，英士大学法学院，同济大学文、法学院并入复旦大学，复旦大学生物系海洋组则并入山东大学水产系。1951年9月，大夏大学财经、法学两学院，光华大学法学院并入复旦大学，复旦大学教育系并入华东师范大学，土木系并入交通大学，不久又从交通大学并入同济大学。

根据中央教育部和华东高校会议的决定，从1952年8月至9月底，浙江大学、交通大学、同济大学、大同大学、沪江大学、震旦大学、圣约翰大学、南京大学、金陵大学、安徽大学、上海学院等高校的有关系科陆续与复旦大学合并，具体的变动情况是——

中文系：由复旦大学和沪江大学等四校的中国语文系合并组成；

外文系：俄文组即原复旦俄文组；英文组由复旦大学、沪江大学等四校合并组成；

历史系：由复旦大学历史系和沪江大学等校的历史系合并组成；

新闻系：由复旦大学新闻系和圣约翰大学新闻系合并组成；

数学系：由复旦大学数理系数学组及浙江大学等四校的数学系合并组成；

物理系：由复旦大学数理系物理组及交通大学、同济大学等五校的物理系合并组成；

化学系：由复旦大学和浙江大学等七校的化学系合并组成；

生物系：由复旦大学和其他三校的生物系及浙江大学的人类学系合并组成；

经济系：由复旦大学和南京大学等九校的经济系合并组成；

经济研究所：原复旦大学经济研究所。

这次调整，连同1949年8月以来的调整，使新复旦由19所高等学校的有关系科合并组成。复旦是全国院系调整中组合高校科系最多的大学。

与此同时，复旦大学的一些系科也从复旦调出，与其他院校合并或组建为新的学院，具体的变动情况是：

复旦大学财经学院会计、统计、企业管理、银行、贸易和合作六个系及统计、贸易、银行三个专修科调出，组成上海财经学院；

复旦农学院农艺、园艺、农化三系调至东北沈阳，新建沈阳农学院，茶叶专修科调至安徽大学农学院；

复旦法学院法律、政治两系与九所高校的法律、政治等系合并组成华东政法学院，社会学系撤销；

复旦大学外文系德文组调出，并入南京大学。

1952年的高校院系调整，按照当时中央的调整方案，全国新闻院系只保留北京的中国人民大学一家，复旦新闻系是要被调整出去的。为了调整新闻系这件事，陈望道曾两次专门去北京找周恩来总理商量，周恩来总理向毛泽东主席汇报了这件事。最后毛泽东主席表态，既然陈望道要办，就让他办吧。于是，复旦新闻系得以保存下来，这样才有了如今“北有人大、南有复旦”的中国新闻院系格局。

在上述的院系调整过程中，一些知名教授也跟着来到了新的复旦大学，譬如苏步青、陈建功、谈家桢、吴征铠、卢鹤绂、谭其骧等来自浙江大学，周同庆来自交通大学，杨武之、郭绍虞来自同济大学，顾翼东来自大同大学，吴浩青来自沪江大学，赵丹若、王恒守来自原中央大学，刘大杰、吴文祺来自暨南大学……加上原来复旦的陈望道、卢于道、陈子展、周谷城、周予同、全增嘏、陈传璋、张孟闻、孙大雨等等，院系调整以后的新的复旦大学，一时人才济济。当然，在这个过程里，一些教授也并不是随着院系调整而自然过来的。譬如谭其骧，他在浙江大学历史系被停办后，还是留在浙大的，一年后，校方宣布历史系不再恢复，留校教师改教文科的公共理论课和中国近代史，而谭其骧是研究历史地理的，不愿改教公共理论课或中国近代史，于是决定离开浙大。当时复旦历史系的周予同已给谭其骧发来聘书，但谭其骧很怀念抗战前的北平，也认为研究历史，北京的条件比别的地方都要好，所以他给那时已任北京市副市长并分管文教的吴晗去信，要他想办法把他调去北京。吴晗回信说，现在到哪里都是一样为革命工作，北京的大学暂时不方便到南方来调人，还是安心在南方教书。谭其骧没能去成北京，而上海是旧游之地，离杭州近，搬迁方便，于是他便接受了复旦大学的聘书。[①]

在复旦大学实行军管的两年里，陈望道几乎主持了校务委员会的常委会和全体委员的全部会议，负责全校的日常行政事务。

1952年10月，校务委员会被撤销，实行校长负责制。11月，陈望道出任校长，苏步青任教务长。据说此前，中央曾有调陈望道进京的设想，但陈望道还是愿意留在复旦工作。

1952年秋，陈望道就有关“新复旦”的一些问题，向全校师生作了长篇报

① 参见葛剑雄：《禹贡传人——谭其骧传》，浙江人民出版社2003年版，第87—88页。

告。陈望道在报告中说，希望同学们以一个非专家的身份进复旦大学来，能够成为一个专家出去。他引用革命导师的话——“要建设，就必须有知识，就必须掌握科学”，勉励同学们拿下面前的科学堡垒。

对新的复旦大学这所全国院系调整中组合高校最多的大学，陈望道提出了新的要求：新复旦要集大成，新复旦要做到量大、力强、品高。曾任复旦大学校长的华中一，在《一代宗师——纪念前陈望道校长一百周年》一文里讲道：1952年院系调整后，华东地区11所大学[①]的有关专业调整到复旦大学，许多著名教授专家也一起调到复旦。起初有些教授对院系调整想不通，情绪不稳定。陈望道就耐心做工作，促进教授间的团结。为了动员外文系一位教授出来担任系主任，他一连三次登门造访。[②]程天权教授在《怀念我心中的周谷城先生》一文中写道：“1952年高校实行院系调整，仅从各校调入复旦的学术权威就不下15个。回忆起往事，苏老（苏步青校长）不止一次感慨地说：‘望老（陈望道校长）不容易呀，把15个大头团结了起来，望老是有人格力量的。周谷老（引者按：指周谷城）也是有功劳的，我就是周谷老代表望老带了车队接来复旦的。’”[③]程天权写这篇文章时，尚在复旦大学党委书记任上。吴中杰在《岂好辩哉，予不得已也——记陈子展先生》中说，当时在复旦中文系任职的陈子展教授个性耿介，不愿迎合领导，所以个人处境不好，心情不畅，他一怒之下要回湖南老家去教书，陈望道反复劝说、做工作，才把陈子展留了下来。叶圣陶1945年11月5日日记有云：“马宗融来访……宗融谈复旦校内杂事，无非同事互相排挤，为几小时课斤斤较量。大学教育，诚可谓全不是那么一回事也。”马宗融当时为迁址重庆北碚的复旦大学中文系专任教授。巴金也曾著文回忆马宗融在北碚的复旦期间，和其他教授的相处不十分融洽，但他在文艺界中有不少知心朋友。复旦迁回上海后，1947年秋天，马宗融应聘去了台湾大学。两相对

---

① 作者按：据复旦大学校志编写组编、复旦大学出版社1995年5月出版的《复旦大学志》（第二卷）记载，1949年至1952年，共计18所大学的部分科系调入复旦大学，再加上原来的复旦大学自身，所以新的复旦大学是由19所高等学校有关系科合并组成。

② 参见华中一：《一代宗师——纪念前陈望道校长一百周年》，《复旦大学校刊》1991年3月17日。

③ 程天权：《怀念我心中的周谷城先生》，《复旦大学校刊》1998年11月21日。

照，陈望道主持下的新复旦真是呈现出了新气象。

陈望道主持复旦大学的学校管理工作后，对学校的行政制度作了一系列的改革。譬如，复旦大学自1952年起建立了行政会议，行政会议后又改称校长办公会议，它是学校的最高执行机构。除校长办公会议外，还有校务委员会，负责讨论全校性的重大计划、制度等事项，以及学校经费预算等。这两个会都由陈望道主持。他坚持不开无准备的会议，凡开会，与会的各部门都要提前一周将会议议题交校长办公室。复旦大学校史研究室的龚向群，在《紫薇径与望道门》一文里说：

> 在望道先生做校长的二十几年里，高校工作是由同级党委总揽全局的。望道先生在把握了“党委领导下的校务委员会负责制”的分寸之后，该由他负责的事，他当仁不让。每周一次的校务委员会例会，他是雷打不动地召开。有些事，他仅是过问过问，很超脱；有些事，他抓住不放，表现了毫不退让的执着。①

思想改造

1951年至1952年的那场新中国成立后对知识分子进行的第一次大规模政治运动——知识分子思想改造运动，原初的提议本是来自知识分子而不是政府。

1951年9月，无党派民主人士、北京大学校长马寅初首先提出在北京大学的教师中进行思想改造的学习计划。9月7日，北京大学12位教授由校长马寅初、副校长汤用彤领衔，向周恩来总理写信，要求党和国家领导人到北京大学给正在进行政治学习的教授们作报告以指明方向。毛泽东太忙而没有立即应允，周恩来于9月29日作了题为《关于知识分子的改造问题》的报告，提出了所有知识分子都要进行思想改造的任务。这次报告会，经周恩来的提议，参加者不

① 龚向群：《紫薇径与望道门》，《复旦大学校刊》1999年11月30日。

限于北京大学教师，北京、天津各高校都派了师生代表来听报告，大约有几千名大学教师和学生。

10月23日，毛泽东于第一届政协第三次全体会议上将知识分子的思想改造提高到有关国计民生的大政方针的高度。当日，《人民日报》在首要位置发表题为《认真展开高等学校教师中的思想改造学习运动》的评论。思想改造运动于是推向全国。

11月30日，中共中央发出了《关于在学校中进行思想改造和组织清理工作的指示》。

思想改造运动中，复旦大学领导层的组织架构，按照吴中杰教授所著的《复旦往事》一书的记录是这样的：这时，华东局文教委员会从华东革命大学抽调了王零、郑子文等一批干部到复旦来加强领导，他们与1949年派来接管复旦的军代表李正文、1950年从华东新闻学院合并过来的该院的领导人王中等，共同组成了中国共产党复旦大学委员会，改变了原来以地下党知识分子党员为主的领导班子。李正文任第一届党委书记。同时，成立了精简节约及思想改造学习委员会（简称“学委会”），以陈望道为主任，李正文为副主任，王零为办公室主任，具体领导思想改造运动。①

据吴中杰《复旦往事》一书的记录：那时，华东军政委员会的干部特地批判了“学校是清水衙门，无贪污可反”的观点，于是教师们要挖空心思来检查自己。周谷城教授只好硬找话题自我批评说：“我从来不用公家的信纸信封，是为了怕公私不分的批评，不贪便宜不是为公家打算，而是为自己打算，并不是真正爱护公共财物。”胡厚宣教授则交代在新中国成立前曾买卖甲骨。精简节约及思想改造学习委员会副主任李正文在总结报告中说：复旦教授中贪污的比例有63.7%，讲师有49.3%。②

当时陈望道是精简节约及思想改造学习委员会的主任，是复旦大学的校长，却一再过不了关。这位《共产党宣言》第一个完整中文本的译者、早期建党的

---

① 参见吴中杰：《复旦往事》，广西师范大学出版社2005年版，第8页。

② 参见吴中杰：《复旦往事》，广西师范大学出版社2005年版，第8—9页。

成员、上海共产党早期组织的发起人之一，只因不满于陈独秀的“家长作风”而宣布退党的著名的左翼文化人士，被学生们穷追不舍，他们一再追查他的脱党原因，弄得他几次掉眼泪。

复旦大学校志编写组编的《复旦大学志》（第二卷）里写道：

> 思想改造以后，由于教师在学生中的威信下降，加上有些学生分配所学的专业不符其本人志愿等原因，学生旷课现象严重，课堂秩序比较混乱。当时全校学生总数为2301人，每周旷课人数达444人次，占总人数的20%—25%，有的学生背后乱骂教师，许多教师被扣上绰号，文科尤为严重。在上课时，有些学生未经许可自由出入教室，有些在做其他作业或看小说，有些在谈话，个别的甚至在上课时睡觉。晚自修时，有相当数量的学生在宿舍打桥牌、唱京戏、谈天等等，也有少数学生去上海市区跳舞、看电影、赌博。考试时，作弊现象亦相当严重。①

吴中杰说他听1951年入校的学长讲，他们在听赵景深教授的课时，就有同学因打瞌睡，把头撞在了赵先生突出来的肚皮上，赵教授也不敢说话。——那时候课堂里也没有课桌，同学们坐的椅子上有扶手可放笔记本，而教师也就站在台下讲课，所以第一排的学生可以触及教师。

在这样的背景下，我们再来看上一节里讲到的陈望道1952年秋对全校师生作的有关复旦大学全面教学改革的一些问题的长篇报告，就不能不感受到这位校长的语重心长了，——特别是对全校新老同学所提的几点希望。这几点希望在今天看起来，似乎算不了什么，“无甚高论”，可放到那个背景下，就大不同了。笔者摘要转录邓明以教授写的传记里所载录的几条——

> 第一点，希望同学们以一个非专家进复旦大学来，能够成为一个专家出去。我们国家就要开始大规模的经济建设和文化建设，祖国经济建设文

① 复旦大学校志编写组编：《复旦大学志》（第二卷），复旦大学出版社1995年版，第16页。

化建设的责任将要不断地加在青年们的肩上。青年们必须随时准备在建设事业中发挥积极的作用，必须努力使自己能够在建设事业中发挥更多更大的作用。而要能够这样，必须努力学习，耐心地学习，顽强地学习。革命导师曾经说过："要建设，就必须有知识，就必须掌握科学。"又说："我们面前有一个堡垒，这个堡垒，叫作科学。这个堡垒我们不管怎样要把它拿下来，青年应当把它拿下来。"……希望同学们勇敢地攻下这个堡垒，并且胜利地把它拿下来。

第二点，希望同学们重视政治学科，努力学习马克思列宁主义、毛泽东思想。……

第三点，希望同学们满怀信心学习苏联先进经验，努力学习俄文准备将来直接看书。……

第四点，希望同学们友爱团结。团结一致，团结一心，来进行学习，彼此相帮，彼此相助，效果将大得难以估计。

第五点，希望团结出现在师生之间，师生之间"尊师爱生，教学相长"的正确美善的关系，更加巩固，更有增长。

第六点，希望同学们建立正常的学习生活秩序。加强学习计划性，建立课堂秩序，不随意缺课，建立班内正常的学习组织，健全课代表制度，要自觉遵守学校的规章制度。①

暂且不讨论其中的细节问题，总的来看，上述的这几点希望都是围绕着"学习"来展开的。

"红头火柴"

前面讲过，曹聚仁晚年在他的回忆录《我与我的世界》里称陈望道是"粘滞性的学人，细密是很细密的，却缺少大刀阔斧的魄力"，又说"望道师则属于

---

① 转引自邓明以：《陈望道传》，复旦大学出版社2005年版，第236—237页。

持重一型的人。……优柔寡断，还脱不了罗亭的风格”，“是一个不敢和现实政治太接近的人，但又是不甘于寂寞的人”。他还说：“解放前夕，大学教授联谊会隐然左右了上海文化界的言动。陈师（引者按：指陈望道）正是幕中领导人。上海解放以后，陈师无疑地成为教育文化界的中心人物，他便由副主任委员转任复旦大学的校长，责任更重大了。以他那样小心谨慎，怕惹是非的人，处那么重要的地位，又处在社会大变动时代的转角上，如临深渊，如履薄冰，他真的不敢多说一句话、多走一步路呢。”

这是曹聚仁所见到的陈望道。也许这也是真实的。但是陈望道还有一个外号叫“红头火柴”，意思是一擦即燃。他年轻时因不满于陈独秀的“家长作风”而宣布退党，恐怕也体现了个性中的另一面。

吴中杰在《复旦园里长镜头——记陈望道先生》一文里则说陈望道性格“刚烈”：

> 但当建国后出任复旦大学校长时，他已是一个老成持重、表情严肃的长者了，人们尊称他为“望老”。再加上传媒着意宣扬他的原则性、组织性，而抹杀他的个性表现，把他塑造成一个听话的好老头形象，就有点令人望而生畏了。
>
> 其实，即使到了晚年，望道先生仍旧保持着他的个性，仍旧具有独立精神，不肯随波逐流，不肯曲从于强势话语，更不肯迎合上意来误导群众，始终保持着一个学人的良知。只是，年岁已经消去了他“红头火柴”的烈性，环境也不允许他再作金刚怒目状了。但在某些场合，还能听到他的异调奏鸣，在很多时候，还能感受到他的人情温暖。只是，传媒不肯如实报道而已。

吴中杰的这个看法，也是有很多故事可以佐证的。

陈望道在全校大会上讲过希望青年学生虚心学习“苏联先进经验”，但他并不是“一边倒”不加区分地学。吴中杰在这篇散文里，记录了两个他听来的故事：

> 20世纪50年代初期，上面提倡“一边倒”，全面学习苏联，文教领域也是唯苏联专家的意见是从。在一次科学院学部委员会议上，王力大谈苏联专家如何说，如何说，望老实在听得不耐烦了，就顶了一句，说：“王力先生，这里是我们中国！”顶得王力无话可说。在制订汉语拉丁化字母时，苏联专家提出要加进一些斯拉夫语的字母，中国专家心里不同意，但慑于政治压力，没有人敢顶苏联专家，只有陈望道出来反对，说斯拉夫语字母与拉丁字母体系不同，加进来不伦不类。他与苏联专家辩论了一个上午，连中饭也没有吃，终于将这种大国沙文主义的意见顶住了。

吴中杰在另一部散文集《复旦往事》里还讲起他读书时亲历的一个故事：

> 我们入学之初，正是执行“一边倒”政策的时候，各行各业都要向苏联老大哥学习，大学教育自然不能例外。院系调整只是在大学组成结构上从欧美模式转为苏联模式，这远不是教育改革的全部。当时学习苏联是非常全面的，全面到巨细不遗。比如，在每天的课时安排上，我们一向是分段制，即上午四节课，下午三节课，然后是课外活动，但有一段时期，却要按照苏联模式，实行六时一贯制，即上午连上六节课，下午不排课。我不知道苏联学生早上吃的是什么东西，精力如此充沛，能够长久不衰，一直支持到午后。我们则上到五六节课时，总是精力不济，听不进课去。虽然在第三节下课时，每人可领取一只面包或馒头，使我们这些穷学生很高兴，但吃过之后，仍支持不到最后。好在此项改革措施没有维持多久，也就取消了……

吴中杰并不知道这项“改革措施”被取消的原因，他推测“不知是因为教学效果实在太差，还是因为长期供应馒头面包支出太大之故——那时，大学生的伙食费是由国家包下来的”。

华中一在《一代宗师——纪念前陈望道校长一百周年》一文里，向我们揭示了这项“改革措施”被取消的背后，原来有陈望道的一份力量：

他担任校长初期，就遇到了如何借鉴苏联经验的问题：是不顾民族特点，一味照抄照搬呢，还是以实事求是的态度，从我国具体情况出发？这里举一个小的例子，五十年代初期，我们高校曾借鉴苏联的办学经验，当然其中有不少好的地方，不过当时把他们的“六节一贯制”的作息制度也照搬过来了。……事实证明这种做法是不适合中国国情的。陈望道校长指出：“中国的午餐时间同苏联不一样，两国学生的身体素质也有差别。怎能不顾事实照搬别国的经验呢？”后来这一做法很快被纠正过来了。①

当然，这项照搬苏联的“改革措施”被取消，不一定全是由于陈望道发表了反对意见，可能还有别的因素，但陈望道的这个意见，应该也是有足够的分量的。

2005年9月24日的《文汇报》上刊发了高级记者郑重等撰写的《文脉旺盛，绵延不断——复旦百年纪事》，其中关于陈望道的这一节，标题是“陈望道：把人文精神与革命原则性高度统一于一身”，里面写道：

解放之初，陈望道任华东局文化部部长，但他无意于官位，还是按照自己的意志回复旦大学教书。任复旦大学校长后，他每天提着拐杖、拎着皮包、目不斜视地走进办公室，给人的印象是个老成持重的长者。

其实，他是绵里藏针、外静而内烈，仍然保持着独立精神……毛泽东多次接见他，称他为“望老”，说青年时读过他翻译的《共产党宣言》，他不以为荣；毛泽东说读过他的《修辞学发凡》，指出其中的例句太陈旧。《修辞学发凡》一版再版，他也不因毛泽东的话就更换例句。要把复旦新闻系北迁入中国人民大学，陈望道顶着不放，毛泽东最终尊重了他的意见，说：“陈望道要办，就让他去办吧。”陈望道把新闻系放心地交给王中。

① 华中一：《一代宗师——纪念前陈望道校长一百周年》，《复旦大学校刊》1991年3月17日。

这里面讲到的故事，在复旦大学的一些师生或校友里，也是口耳相传的。

“大跃进”时期，大学里流行集体编写教材，尤其是刚刚进大学才读一年级的大学生自己编写教材，几乎成了“革命运动”。丹晨在《在北大听大报告的一些花絮》一文里回忆道：“新来的副校长陆平，正好碰上‘大跃进’，给全校作大报告，热情畅想共产主义，有些话不仅使我当时震惊，而且终生难忘。他说，现在学生都运用马列主义、毛泽东思想写出教材……，这些老教授们还抱着资产阶级思想不放，以后就不能再上讲台了，但可以搞个编译馆，发挥他们的一技之长。”[①]这期间，由学生参与写作的大量“科研论文”，陆续发表在当年一些著名的学术刊物上。复旦大学也跟着刮起这股风。但陈望道不紧跟这股风潮，他守着自己的底线，对身边的人说：“这种东西，剪刀加糨糊，一个星期就可以编出一本来，没有什么意思。”学校召开批判资产阶级学术思想大会，要陈望道参加，希望他能顺着大会的主导方向对发言者说些鼓励的话，可他不但没鼓励，反而泼起了冷水，唱的几乎都是反调。他说：“学术著作应该是材料与观点的结合，观点经过讨论可以提高，但如果有大量可靠的材料作基础，那么这部著作是批不倒的。只有那种空头理论，一批就倒。”陈望道还对发言者进行了批评，说：“你们今天的发言为什么都是念讲稿？讲话应该发挥自己的意见才是。”没用多久时间，历史就验证了陈望道的话。高等教育“大跃进”正像工农业方面的“大跃进”一样，好大喜功，劳民伤财，得不偿失。所以当年的武汉大学在“大跃进”过后，检讨说：“在这种战线长、任务重、指标高、要求急的情况下，只得采取一压（批评、加压力）、二抄（写论文时东抄西抄）、三挤（挤数字）的办法。”学术的果实当然不可能以这样的方法来获得。

有时陈望道的批评，出语幽默，而有深意藏焉。吴中杰《复旦园里长镜头——记陈望道先生》一文记录道：有一次，在某一场合，大家谈到全国普遍存在的重理轻文倾向，都很有意见。陈望道却突发奇论道：“别人都说现在是重理轻文，我看倒是重文轻理。你们看，现在报刊上文章很多，但是说理很少，

---

① 丹晨：《在北大听大报告的一些花絮》，《百年潮》2005年第8期。

这不是重文轻理吗?”

陈望道做事有原则，为人处世则有人情味。

民国年间很有名的爱国“七君子”之一王造时，也是黑格尔的名著《历史哲学》的中文本译者。周英才在《王造时“反苏”真相揭秘》一文里说，新中国成立后，“七君子”中，除邹韬奋于1944年病故和李公朴于1946年被当局暗杀外，其余五位“君子”有四位陆续调去北京高就。沈钧儒任最高人民法院院长，章乃器任粮食部部长，沙千里任商业部部长，史良任司法部部长。唯独学位最高、年纪又轻的王造时无人过问，一直在上海“待业”。其中的一个主要原因是王造时曾执笔起草《致斯大林大元帅的信》。王造时执笔写的这封信，既站在中国人民和爱国的立场上，对苏日条约及其宣言中关系到我国领土主权问题表明了态度，又考虑到苏联是我国的友好邻邦，支持了中国的抗战，所以在内容上十分克制，摆事实、讲道理，语言和措词都很客气友好，心平气和地表明了自己的正义立场。但随着时间的推移和形势的变化，这封公开信的性质也发生了根本性的变化，导致王造时背着个沉重的“反苏”包袱。

当爱国“七君子”中在世的其他几位都“冠盖京华”时，王造时却一个人在上海“斯人独憔悴”，赋闲在家。

这事直到1951年下半年才被陈望道知道。陈望道不避嫌，亲自找上门去，聘请他去复旦大学任政治系教授，王造时这才算是找到个安身吃饭的地方。他后来又转到了历史系，任世界近代史教研室主任。

前面讲到过的乐嗣炳，曾与陈望道一起提倡大众语。但乐嗣炳的人生道路很坎坷，时运不济。20世纪50年代初，他在广西柳州军分区当联络员，做争取土匪的工作，但不知怎样一来，却被当作通匪的嫌疑分子关了起来。审查了3年，没有结果，后来在老朋友司法部部长史良的关心下放了出来，但未作正式结论。当乐嗣炳于1953年8月回到上海时，陈望道就介绍这位落魄的老朋友进复旦中文系做语言学教授。不料到1957年，乐先生又被打成右派分子。陈望道还是非常关心他，在乐嗣炳摘去“右派帽子”的当晚，陈望道偕同夫人，登门拜访。此后，二人仍经常来往。吴中杰在记陈望道的那篇散文里讲述这个故事时，又议论说：“望道先生身兼华东文教委员会副主任、华东文化局局长等许多职务，处于高位，但他并没有‘一阔脸就变’……这在当时，是非常难得的。”①

陈望道对学生的爱护，我们在前面就讲到过。新中国成立后也还是这样。吴中杰的这篇散文里也有这样的记录：陈望道常说学生能来复旦读书不容易，轻易不要给处分。每当有学生犯事，——多半是思想上的事，公安局要来抓人时，陈望道总说慢点批，他要了解一下情况再说。因为公安局一抓，这个学生就要被学校除名，后果很严重。所以凡是能保的，陈望道总要保一下。

吴中杰在这篇散文里还写了一件往事，说明了陈望道对复旦教师生活的关心："他在临终时，还在关心复旦师生员工的生活，为复旦划归市区之事而操心。盖因复旦地处城乡接合部，划归市区或者划归郊区，处于两可之间，五十年代复旦原属杨浦区，是为市区，恰恰到了三年困难时期，却被划到宝山县去了，属于郊区，当时物资供应市区与郊区是大不一样的——肉票、油票等等，郊区都少于市区，点心票也没有，这在每一两粮票都算着用的时候，就使复旦师生员工吃亏不少。从那时起，望道先生就不断地向市领导提出请求，要把复旦划为市区，但一直没有解决。在他病重时，他告诉家人，凡是市领导人来看望，都要提醒他再提此事。市领导问他最后有什么要求，他说，我个人别无所求，但希望一定要为复旦解决划市区的问题。在他一再要求之下，总算将此事解决了。”

陈望道的这个“红头火柴”的外号，或许可以理解为含着两层意思，一层是说他性格刚烈，还有一层是不是可以理解为陈望道待人温暖，有人情味，犹如冬夜的火苗呢?

望道先生待人温暖，有人情味，他帮助人，但从不声张。这种低调的风格，可能也贯穿了他的人生。陈光磊在2011年写的《望老的人格魅力　复旦的精神丰碑》一文里说，望道先生和他谈起新闻记者的时候，说新闻记者都是要很灵敏的。有一次刘少奇来上海，对望老说：“我听过你的课的。”当时有新华社记

① 吴中杰：《复旦园里长镜头——记陈望道先生》，载《海上学人》，广西师范大学出版社2005年版，第5页。

者在场，记者听到了，就向望老核实，望老告诉记者他没有听到。陈望道向陈光磊解释为什么自己说没有听到：如果说是的话，明天就见报了，但他如果说没听到，记者就不好办了。还有一件事，“文化大革命”将要结束时，很多人开始写鲁迅回忆录。当时上海有关方面请宋庆龄和陈望道两位来写。陈光磊向陈望道转达了有关方面的约请。陈望道不肯写，说：“鲁迅很伟大，我们的确是朋友，年份这么长了，很多事情记不住，我这么说了，说不准确对鲁迅先生也不好。”陈光磊理解望老的意思是不要借鲁迅抬高自己。望老对陈光磊说：“我也看了一些回忆录，我很惊奇这些人的记忆力这么好，记得那么细致。”陈光磊再三对望老说写回忆鲁迅的文章，也是“为子孙后代留一点历史资料”，这样他才同意写。为了写回忆鲁迅的文章，陈望道开了好多书目，包括民国时的《申报》、他自己办的《太白》杂志。陈光磊说望老不像写回忆录，像写正史了。陈光磊因此感慨：“我们这个老先生很低调。”这两件事大概也可以表明，陈望道先生写的回忆文章，或接受采访时对往事做的回述，应该是真实可信的。因为他的低调和一丝不苟的品质，使他在叙述历史时竭力做到客观真实。

特殊的“思想档案”

1957年的春天，费孝通在发表于3月24日《人民日报》上的一篇文章里，称当时是“知识分子的早春天气”。当年，知识分子“鸣放”运动在全国开展，许多知识分子公开发表了对学风、教风等方面的意见和建议。

在复旦大学，由陈望道请来任教的王造时教授也公开发表了意见。从1957年的4月到6月，不仅仅是王造时教授，复旦大学的很多教授，譬如物理系教授王福山、周同庆、王恒守，新闻系教授王中、舒宗侨，法律系教授杨兆龙，生物系教授刘咸，历史系教授周谷城、谭其骧、陈守实，外文系教授孙大雨，等等，都就党的领导、“一边倒”政策、新中国成立后高等教育成败得失的估价、知识分子政策、学术批判、党群关系等方面的问题发表了自己的意见和建议。

然而事情正在起变化。6月8日，《人民日报》发表了社论《这是为什么?》，标志着反右派斗争的开始。于是一夜之间，形势急转直下。

在复旦，王造时教授成了右派，孙大雨、陈子展、王中、杨兆龙、王恒守……也都一一成了右派。

陈望道在反右派斗争开展后的当月19日，正式重新入党。同意接受陈望道入党的文件，是由当时任中共中央组织部部长的邓小平署名的。但中央没有立即公开他的党员身份。

按照当时高校的领导体制，陈望道虽为一校之长，但他的权限是有限的。所以在反右派斗争中，陈望道虽然需要参加校内校外的一些会议，要发言表态，但在学校反右派斗争的决策上，并没有多少发言权。许多过去的同事、学生一夜间被定为右派，使他极度苦闷。他常常闷闷不乐，但还是尽自己的一点力量，去做一些同志的工作，尽力去拉他们一把，争取少划一些右派。当年在复旦大学被划成右派的一些民主党派成员，如孙大雨、张孟闻、李炳焕、陈仁炳、乐嗣炳等都曾找过他，陈望道也一一给了他们帮助和鼓励。

1958年2月28日，陈望道制订了个人红专规划，以响应党对知识分子提出的制订红专规划，加强自我改造、自我教育的要求。这份规划又于当年的3月25日作了修改——

> 我决定鼓足干劲，力争上游，以老当益壮的精神为社会主义革命和社会主义建设努力，制订个人规划如下：
>
> （1）以共产党员标准要求自己，把心交给党，交给人民，交给社会主义。
>
> （2）彻底肃清阻碍事业和工作前进的官气、阔气、暮气、骄气和娇气。特别注意肃清知识分子最易染上的骄气和暮气。
>
> （3）彻底肃清轻盟思想，经常关心盟务，同盟内同志共同努力，加速根本的自我改造，为长期共存、互相监督创造条件。
>
> （4）通过社会实践，向工人农民学习，积极培养劳动人民的思想感情。
>
> （5）更加全面、更加深入地学习马克思列宁主义，力求融化在工作中，不断改进工作作风。
>
> （6）力求复旦大学在党的领导下，成为“又红又专”、“克勤克俭”、富

有社会主义高等学校特色的大学，决定在中文系等处种“试验田”。

(7) 争取恢复每日研究语言文字的习惯，以一定时间（每日约二小时）精读《毛泽东选集》《鲁迅全集》《水浒传》《红楼梦》《儒林外史》等经典著作及其他著作，从中探索语法修辞规律。

(8) 争取恢复经常研究形式逻辑和辩证逻辑的习惯，力求运用方法更为精确，更为灵活。

(9) 与语法修辞逻辑研究室同志共同努力，争取在三年内完成语法论文六篇，合成《汉语语法试论》著作一部，并为研究现代汉语修辞做好准备。

(10) 与语法修辞逻辑研究室和复旦大学其他部分的语文同志共同努力，争取研究室和复旦大学的语法修辞研究工作在三五年内成为全国研究中心之一。

(11) 积极参加上海语文学会工作，上海哲学社会科学学会联合会工作，积极推动学术研究和学术讨论，贯彻“百花齐放，百家争鸣”的方针。

(12) 争取每日做十分钟以上的体育运动。

反右整风运动结束后，同年8月，陈望道在民盟组织内写下了一份整风思想小结——

（一）更加了解民主党派成员的政治思想全貌，特别是多数中间成员的政治、思想全貌，因而更能了解党对民主党派的政策、方针的精神和民主党派应有的责任。

（二）更加了解民主党派需要促进成员加强自我改造，需要促进成员发挥积极性和创造性，为社会主义建设总路线服务，为技术革命和文化革命服务。

（三）更加了解民主党派工作的重要性和艰巨性，要做好工作，必须紧密依靠党的领导，也必须充分发挥干部的集体智慧，结合民盟的特点，创造性进行工作，才能在盟内创造成一个生动活泼的政治局面，以便取得潜移默化共同提高的效果。

（四）对于民盟这样重要艰巨的工作深深感到自己知识经验工作能力大不相称，必须立志边干边学，时时学习细致深入的思想工作方法，改正简单粗率的工作作风，准备做到老，学到老，准备同干部一同努力把上海民盟工作做好。

（五）我也准备把我担任的教育工作和学术研究工作以及其他工作同时做好。

（六）现在我已经把做好民盟工作作为自己分内事，不把它作为额外负担或临时负担，而且有决心和信心同干部一同努力把它做好，只是工作还未能得心应手，而因兼职稍多，有时也颇有难以应付裕如之苦，种种缺点还待进一步加以克服。

1958年4月，陈望道当选民盟上海市委主任委员。同年11月，当选民盟中央副主席。

我把陈望道的这两份规划和小结转录在这儿，也是给20世纪中后叶的中国知识分子，留一个思想和精神状态的“档案”。

陈望道是1892年1月出生的，到1958年2月，已66岁。一位大学校长，一位在语言学特别是修辞学领域内很有影响力的学者，一位66岁的老人，却给自己写了这样两份具体而细致的“个人红专规划”和“整风思想小结”。陈望道固然做事认真，然而也不能不令人想起曹聚仁在他的回忆录里所写到的对陈望道的印象：“以他那样小心谨慎，怕惹是非的人，处那么重要的地位，又处在社会大变动时代的转角上，如临深渊，如履薄冰，他真的不敢多说一句话、多走一步路呢。”吴中杰也感慨：“环境也不允许他再作金刚怒目状了。”借用多年前徐迟的报告文学名篇《哥德巴赫猜想》里用来描述数学家陈景润的转变的一个著名的句子，那就是“正直的人变成了政治的人”。

综合性大学应负有两个重要任务：教学与科研

前面讲到，在“大跃进”运动中，中国的高校也大放“卫星”，复旦大学也跟着刮起教学科研的浮夸风。陈望道对此是很不以为然的。1957年12月4日，陈望道给复旦大学中文系的学生作了题为《怎样研究文法、修辞》的学术演讲。这个演讲经由邓明以、程美英的记录，刊载于第二年，也就是1958年6月10日出版的《学术月刊》[①]第6期上。这时候，高校的浮夸风开始刮起来了。

陈望道的这篇演讲朴实平实，老老实实地讨论学术问题，讲道理，有逻辑。当然，演讲中也难免有一些特定年代里对学术问题作过度的意识形态化表述的痕迹。

陈望道的这篇演讲主要谈了三个问题：一是讨论“研究”，二是讨论“继承性的研究”，三是讨论“创造性的研究”。

关于“研究”，陈望道将其区分为“对于认识过程无所增益”的“继承性的研究”和“有所增益”的“创造性的研究”。在这个“倡议文化革命，鼓吹知识分子彻底自我改造”的时代，陈望道特别强调“要注意文化继承、学术继承”，因为——

> 唯其对于文化学术有所继承才能像接力赛跑一样，不是从别人的出发点起步，而是从别人的到达点起步。这样才会越跑越远，越往前走水平越高。我们要讲创造性的研究，也要从继承性的研究谈起。

陈望道以为“继承性的研究，就是学习性的研究，就是打基础”。他告诉同学们：应该拿代表性的著作加以系统的研究；要看出作者的立场、观点、方法；要学习人家研究学问的方法，要用心练习运用种种研究学问的方法。谈到读书，陈望道说：

---

① 《学术月刊》是1957年1月在上海创刊的，陈望道是编委会主席。

著作难懂的地方可能是作者研究最精、贡献最大的地方，也可能是作者自己也还是想不明白、讲不清楚的地方。我们碰到这种地方决不要轻易放过。我看书时碰到这种地方，往往丢掉其他，集中精力，把那个难题彻底搞清。

陈望道告诫学生，要讲逻辑：

学习运用方法要研究逻辑，要研究形式逻辑，亦要研究辩证逻辑。为什么要研究逻辑？因为可以练习抽象思维的本领。……学过形式逻辑，思想就会有条理些。……我们学人文科学的人，一定要学点形式逻辑，不学很吃亏。

谈到“创造性的研究”，陈望道对学生们说，从事创造性的研究要注意：第一要从实际出发，研究文法要从文法的事实出发，研究修辞要从修辞的事实出发；第二是探求规律必须从事实出发，因此就得搜集事实，但是单单罗列事实不能算是科学研究，必须能从事实中探求出规律来；第三是不要成为“中外派”——假使能通外国文的话，“中外派”不是以中国为主，也不是中外并重，而是以外国为主，照搬照抄，“言必称希腊”；第四是不要成为“古今派”——假如长于古学的话，“古今派”也不是古今并重，而是以古为主。然而，陈望道又说：

要是中外派以中国为主，古今派以今为主，而又用一种新方法加以结合，我想可以合流成为新的古今中外派。所谓新的“古今中外派”，老实说就是马列主义派。

陈望道在开讲之前，解释了讲演的题目里为什么略去了“汉语”两字，他说“因为今天讲的方法也许可以通用于其他的语言”，所以讲演题目就决定不加

“汉语”这个附加语了。

这一篇演讲，主要还是陈望道自己平生的研究心得和体会，然后小部分地加入了特定时代的过度意识形态化的“语汇”。基本来看，讲得还是亲切平和的。

早在20世纪50年代初，新的复旦大学成立时，陈望道就一再说：“教学是学校的中心工作。”其后数年里，政治运动反反复复，各种“政治语汇”也不断涌现出来，不过在陈望道的心里，什么是学术研究，他还是有一本不变的谱的，这本谱就来自他切实的学术研究。所以他对学生所作的关于学术研究的演讲，核心依然是他个人的研究体会和心得。

而在复旦大学里，陈望道也多次说学校要有科研，“教师一定要从事科学研究，要进行创造性劳动，否则文化事业就不能发展，教育事业也不能发展”，“高等学校的发展一般有三个阶段：一、办校务的阶段；二、教务的阶段；三、科学研究的阶段。如果一所学校只停留在办校务和教务的阶段，不进一步向科学研究阶段发展，这所学校的教学质量和学术水平肯定不能提高。一所学校发展到什么阶段，在一定程度上也反映了学校领导的指导思想重视什么”。陈望道的这些办学思想，固然受到他所认可的党的教育思想的影响，譬如他说：“在旧中国把我们教员称作教书匠，今天党和政府要我们脱离教书匠的称号，我们一定要为党争气，要对文化有所创造，不能把别人的东西翻来覆去地讲。”但剥离这些意识形态化的表述，陈望道办学的核心主张还是很明确的：教学和科研是学校的中心工作，高等学校发展的最高阶段是“科学研究的阶段”。没有科学研究，也就谈不上教学质量。用今天的话来讲，陈望道对大学的要求是，大学要成为两个中心：教学的中心和科学研究的中心。教育部早在1950年8月颁布的《高等学校暂行规程》中就已规定：“中华人民共和国高等学校的宗旨为根据中国人民政治协商会议共同纲领第五章的规定，以理论与实际一致的教育方法，培养具有高级文化水平，掌握现代科学和技术成就，全心全意为人民服务的高级建设人才。”高等学校的任务包括进行政治思想教育、教学工作、科学研究和普及传播科学文化知识四个方面。但陈望道的办学思想，不是这个《高等学校暂行规程》的简单传声筒，不是这个《高等学校暂行规程》的机械翻版，而是融入了他个人对大学教育的心得和对大学的认识。

1954年开始，复旦大学举办校庆节科学讨论会。陈望道为当年5月举行的第一届科学讨论会写了一段祝贺词：

> 综合大学应当广泛地经常地结合教学，开展科学研究工作，为祖国建设服务。今年校庆的种种活动，如举行科学讨论会、著译展览会等，就以促进科学研究为中心。这是一个创举，希望大家合力完成这个创举。希望大家踊跃发表现有的成就，争取更大的成就。

陈望道的大学教育思想，当时是走在前面的。在复旦大学于1954年举办第一届科学讨论会、教师译著及教学成绩展览会的两年后，在陈望道为这第一届科学讨论会的举行而写了“综合大学应当广泛地经常地结合教学，开展科学研究工作，为祖国建设服务……”这一段祝贺词的两年后，1956年，中共中央向全国知识分子提出了向科学进军的号召。

借了这个力，在陈望道和校委会的主持下，经过全校教师的再三集体讨论，复旦大学出台了《关于科学研究工作当前要求的决议》。陈望道说：这个《决议》“表示大家对于本校开展科学研究的几个基本问题的一致认识和共同决心，也即进行了学校今后科学研究的初步规划工作”。在1956年5月27日校庆节的科学讨论会上，陈望道在祝词中说：

> 本校过去已经举行过两次这样的科学讨论会。过去两次颇有逐步提高的趋势。……今年校庆节举行的是我们学校的第三次科学讨论会，我们希望报告的质量更能有所提高，讨论的空气也更为生动活泼，更加富有“百家争鸣”的精神。我们希望在学术上有独创见解的人提出自己的独创见解来，在学术上有不同见解的人也提出自己的不同的见解来，同不同见解进行实事求是的讨论，以期集思广益，共同提高。在讨论中，我们应当批判唯心主义的错误思想，我们也应当反对不经过独立钻研思考，不切合实际地生搬硬用公式原理的教条主义的习气。我们希望一切的讨论都是为了求

得真理，为了阐发规律，不是为了标新立异。……我们希望我们的学校将来成为百花齐放、百家争鸣的非常美丽的小花园，而我们一年一次的校庆节暨科学讨论会从今年开始就成为我们学校百家争鸣的集中的表现。

陈望道这段祝词的核心意思，与他一贯的办学主张和学术思想是吻合的。

1959年，陈望道写了《上海复旦大学的今昔》一文。在文章里，陈望道明确地表述了他所理解的综合性大学的“任务”：

综合大学负有两个重要的任务：一个是教育任务，要为国家大量地培养从事基础科学的研究工作和教学工作的专门人才；还有一个是科学研究任务，对于国家负有发展基础科学、提高文化科学水平的责任。

今天所说的高等院校“两个中心”的概念，陈望道在这篇文章里作出了初步的表述。而对于陈望道本人来说，这篇文章则是他正式对综合性大学的办学思想进行明确的、系统的表述。

当时高等教育系统和中国科学院在科学研究应该是以大学为主，还是以科学院为主，或是“两个火车头”的问题上，是有争议的。那时的高教部部长杨秀峰也是当仁不让。杨秀峰青年时代毕业于北京高等师范学校（北京师范大学前身）史地部，1929年秋，经河北省教育厅保荐，获官费留学资格，入法国巴黎大学社会学院学习。在教育界和行政系统中，杨秀峰素以作风务实著称。当初，中科院和高教部甚至为复旦大学遗传学家谈家桢的工作调动问题而发生严重的争执。中科院要调人，高教部坚持不放人。在1957年3月召开的中央宣传工作会议上，高教部部长杨秀峰与科学院院长郭沫若就此事再次争执。杨秀峰说：国家培养一个优秀大学生已是极不容易，更别说大学里的名教授！没有名教授就不可能培养出优秀的人才来，这是一个简单得不能再简单的道理。多年来，科学院把高校的人才都挖出去了，长年下去，高校发展就成问题！杨秀峰干脆把一份事先准备好的材料取出来当众宣读，历数新中国成立以来科学院从高校挖去了多少人才，谓“让事实说话”。这事一直争到毛泽东主席那里，后来，毛泽东说了一句话："我看还是这样，从现在开始划一条'三八线'，到此为止，以后科学院不得再从高校中挖人。"这场争执才算了结。

叙述这段插曲，只是想说明，陈望道提出的这两个任务在当时对于办好大学的意义。陈望道先生办大学有先见之明。

《修辞学发凡》新文艺社"上海第一版"

本书"《修辞学发凡》"一节，引录了宗廷虎、李金苓两位先生合著的《中国修辞学通史》（近现代卷）的统计，介绍了陈望道先生代表作《修辞学发凡》的印制情况。依据该统计，陈望道先生的《修辞学发凡》，在1949年10月之前出过11版，1949年10月之后的首次重版是在开明书店。当年陈望道先生等创办的大江书铺关门后，书铺出过的图书的纸型和版权都转给了开明书店，这里面应该也包括了《修辞学发凡》这部著作。"文汇学人"微信公众号2022年7月2日刊布了霍四通先生的论文《陈望道新文艺版〈修辞学发凡〉是如何问世的》。霍四通先生在这篇文章中以为：陈望道的《修辞学发凡》，在新中国成立后由开明书店出版发行过两次，其后一版再版，但其中最重要的当数1954年8月在新文艺出版社的"上海第一版"，这一版可以说是《修辞学发凡》在新中国出版社的"首次精彩亮相"。

20世纪50年代初《修辞学发凡》在开明书店重印后不久，出版系统就开始了大规模的调整，尤其是私营书店经历了公私合营的社会主义改造。开明书店是一家私营书店（出版社），1953年4月，原本是私营的开明书店迁址北京，改组为中国青年出版社，实行公私合营，级别为中央级出版机构。王伯祥1932年自商务印书馆入职开明书店，做过开明书店编译所编辑、经理室秘书、襄理、总管理处办公室主任。他1950年至1953年的日记，屡屡记载开明书店北迁、与青年出版社联营的事。1950年5月13日的日记，记载了这一天晚上在北京举行开明书店董事会，吴觉农、郑振铎、叶圣陶、章雪村、傅彬然、邵力子等与会，确定开明书店"总管理处于六月中旬在京成立，同时上海成立总管理处驻沪办事处"。这就拟定了开明书店迁京的时间。1951年9月19日的日记，记载当日开明书店董事会在北京的南河沿文化俱乐部召开，“力子报告与胡署长（作者注：即出版总署署长胡愈之）商谈经过，认为与青年出版社合营有此必要，因决议接受业委会之建议，并指定余等四人为筹备委员”。1952年2月9日日记，记载这天晚上开董事会，“通过一九五〇年底资金总额、撤销驻沪办事处”；同年3月17日日记，记载这一天晚上在总管理处开董事会，“讨论青年出版社所拟合并进行步骤，原则通过”。1953年4月11日日记记录：晚上6时和邵力子、章雪村、傅彬然往金鱼胡同和平宾馆八楼“赴中国青年出版社第一次董事会”，“通过胡耀邦、刘导生、邵力子为常务董事”；同年4月15日日记记载“中国青年出版社今日正式公告成立”。王伯祥则在开明书店并入青年出版社从而组建中国青年出版社之际，接受北京大学文学研究所之聘。1952年10月18日日记记载，晚上和巴金、郑振铎在郑振铎家聚餐，“握谈甚快。夜饭后谈北大文学研究所拟邀余参加研究工作，亦谈及具体情形，余乐为接受，大旨可谓已经肯定矣”。

开明书店迁京以及接下来实行公私合营，与青年出版社组建中国青年出版社的消息，陈望道应该早有获悉。《修辞学发凡》如果继续留在北迁后的开明书店出版，可能会有诸多不便。在这样的情形下，陈望道就有了将此书更换为由上海的出版单位出版的考虑。这时候，陈望道首先想到的恐怕就是冯雪峰了。

陈望道和冯雪峰同为义乌老乡，早在20世纪二三十年代的上海，两人就开始了交往。霍四通文章里列举和概述了当年陈望道和冯雪峰在开展进步活动上的交叉和重合，其中对望道先生笔名的推断，尤有意思。陈望道在20世纪20年代喜用“晓风”笔名，但从1929年开始启用“雪帆”一名。《苏俄文学理论》在大江书铺出第一版时署名“雪帆”，在开明书店再版时改署“陈望道”。“再版题记”特地说明缘由：“这版的版式，书名，内容，都和第一版完全一样，只有我的署名改了两个字。第一版我是署的‘雪帆’这两个字，那是因为我在《小说月报》上发表《苏俄十年间的文学论研究》那篇译文时偶然用了这个笔名，就此沿袭下来的，这次因为换一家出版，封面必须更换，夏丏尊先生劝我趁此改用本名，我就把那笔名改去了……”从“晓风”到“雪帆”，这其中的声韵机制当然跟从“望道”到“V.T.”“佛突”（陈望道的另两个笔名）类似，但为什么要用“雪”字？从时间上看，这个笔名的启用正是在和冯雪峰相识以后，陈望道很可能是受“雪峰”的影响才采用了这一笔名，表达了他对冯雪峰这位同乡的欣赏、器重，也有与他平等相待之意。

陈望道和冯雪峰早有了密切的往来，1949年10月之后，陈望道和冯雪峰都待在上海，工作上有了更多交集。冯雪峰还是老资格的出版人。陈望道首先想到把《修辞学发凡》交给冯雪峰，也是顺理成章了。

然而冯雪峰很快就受命奉调北京，主持1951年春天新成立的人民文学出版社的工作。按照当时开始实行的出版社专业化分工，正如正在从开明书店转制的中国青年出版社在正式挂牌成立前，就已经划定以出版青年读物为范围一样[①]，人民文学出版社的出书范围也有所限定，即出版古今中外的文学书籍。和中国青年出版社一样，人民文学出版社也不适宜重版《修辞学发凡》。这样的情形下，冯雪峰又将陈望道的《修辞学发凡》托付给了上海的新文艺出版社。

新文艺出版社是1951年开始筹备、1952年6月在上海正式成立的一家公私合营的专业性文艺出版社。它由群益出版社、海燕出版社、大孚出版公司联合改组为公私合营，新群出版社、文化生活出版社、平明出版社、光明书局、潮锋出版社、上海出版公司等后来也参加了进来。王元化任新文艺出版社总编辑、副社长。

王元化自然是乐意出版《修辞学发凡》的，在获悉陈望道也同意转新文艺出版社后，1953年春天，这部书就进入了出版流程。新文艺出版社请了方光焘做例行审读。霍四通说：“方光焘和陈望道都是国内最早介绍索绪尔语言学思想的学者。两人志趣相同，学术观点相近，一直是互相支持的战友。”在请方光焘帮助看这部书不久，冯雪峰等人又给了王元化“直接出版”的建议。霍四通研究了新文艺出版社的《修辞学发凡》版本，给出陈望道没有做明显修改的结论。

1949年10月之后、新文艺出版社重版之前，《修辞学发凡》曾在开明书店重印，但为何到了新文艺出版社才算作是在新中国出版社的首次精彩亮相呢？

---

① 叶圣陶1951年7月27日日记记载，开明书店拟定当年10月上旬前出版《朱自清文集》，“缘过此后，开明将与青年出版社合并，以专业方向言，不宜出此类书矣”。

循着霍四通先生这篇文章，可以作一个推断：《修辞学发凡》在新文艺出版社的“上海第一版”，是中国大陆出版业在公私合营社会主义改造和专业化分工完成后的新的出版格局中的首次重版。这一次重版还有一个意义，即在一个新的时代里，《修辞学发凡》通过新的重印，确立了在新中国学术史上的经典地位。霍四通文章里的这两段文字，可以作说明：

> 新文艺出版社出版《修辞学发凡》是切合当时的形势的。时值解放之初，百业待兴。热火朝天的社会主义建设事业唤起了社会上普遍的学习热情，各界群众都急切要求学习文化知识，更好地指导工作。但当时书籍品种实在太少，难以满足社会日益增长的学习需求。因此，国家出版总署于1954年4月19日发布《应该组织重印一些有价值有内容的近代学术著译、文化知识读物》的通知。通知明确指出要重印“过去出版的有价值的著译”。“我们初步研究了中华书局、商务印书馆、开明书店的旧书书目，发现其中有许许多多值得重版的书籍，这些书籍都是中国学术界长期劳作的成果，我们应该而且必须加以保存，使其继续传布。”“出版工作也与其他文化工作一样，我们不能割断历史，应该继承历史上所有优秀的有价值的东西，使之为现代中国的读者服务，并使之发扬光大。”
>
> 这样，《修辞学发凡》的出版也有了政策上的“保驾护航”。1954年8月，《修辞学发凡》新文艺出版社“上海第1版”顺利出版。封面极朴素，只有陈望道亲笔书写的书名、著者。第1次印刷印数为10100册，很快售罄。在短短的几年间，新文艺版《发凡》多次重印：1954年11月第2次印刷，10101—15120册；1954年12月第3次印刷，15121—21140册；1955年2月第4次印刷，21141—25160册；1955年6月第5次印刷，25161—30180册；1956年7月第6次印刷，30181—34180册；1957年1月第7次印刷，34181—44180册；1957年6月第8次印刷，44181—52180册；1957年11月第9次印刷，52181—60180册；到1958年5月是第10次印刷，共计67180册。前9印文字都是竖行，第10印改横排，封面也改成素雅的淡绿色，但书名和作者仍是陈望道书写，不过改成横排，上下以花卉图案作装饰。

1959年新文艺出版社改组为上海文艺出版社，1959年3月由上海文艺出版社出新1版，1962年11月出新2版。此后，1964年9月改由作家出版社上海编辑所出版，1976年7月又由上海人民出版社出版。

从这两段文字中可以获得的信息是，国家出版总署1954年4月19日发布的《应该组织重印一些有价值有内容的近代学术著译、文化知识读物》的通知，所提到的“值得重版的书籍”“中国学术界长期劳作的成果”，也包括了开明书店的旧书书目。也是在这样一个背景下，新文艺出版社重版了陈望道先生的旧著《修辞学发凡》。自1954年8月至1958年5月，前后4年间，累计印刷10次，总计发行67180册。这部著作在新中国学术史上的经典地位从此确立。

作品的经典性的确立，作品本身的品质是最重要的因素，然而传播也是一个不可忽略的方面。霍四通先生的这篇文章，给我们提供了一个思路：在考察作品的经典化过程中，出版也是一个很重要很有价值的角度。《修辞学发凡》的新文艺“上海第一版”即是一个显著的例子。

《修辞学发凡》是陈望道先生毕生的心血之作，也是望道先生的代表作，故将这部书于1954年在新文艺出版社的重版情况单列一节进行叙述。

语法修辞演讲 · 文字改革 · 一般语言学体系

郑重等撰写的《文脉旺盛绵延不断——复旦百年纪事》一文说：

解放之后，陈望道基本上封笔，不再写文章了。即使每年一次的新生入学典礼讲话，他也只讲“日月光华，旦复旦兮”，而且义乌官话，不易听懂。

这可能讲得不是很准确。陈望道在“解放之后”恐怕不能说是“封笔”了，他仍然在写文章，但早年的那类时评、政论确实是不再写了，学术论文也没写多少篇。从1950年1月到1958年这八九年间，依据邓明以教授编制的《陈望道先生年表》的不完全统计，署名“陈望道”在报刊上公开发表的文章，按年度排列，大体是这样几篇：

1950年：《“一”字的用法——答沙人问》（刊《新教育》）；

1952年：《计标》（刊《语文知识》）；

1956年：《对于主语宾语问题讨论的两点意见》（刊《语文知识》2月号），《关于〈汉语拼音方案〉（草案）的讨论》（刊《语文知识》4月号），《上海语文学会成立大会开幕词》（刊《语文知识》10月号），《纪念鲁迅先生》（刊《文艺月报》）；

1957年：《我们知识分子必须进一步进行思想改造》（刊8月31日《新闻日报》），《知识分子必须进一步进行思想改造》[①]（刊8月31日《解放日报》），《向节日最好的献礼是彻底改造自己的思想》（刊11月6日《文汇报》）；

1958年：《怎样研究文法、修辞》（刊《学术月刊》第6期）。

1958年至1966年，依据邓明以教授编制的《陈望道先生年表》的不完全统计，署名“陈望道”在报刊上公开发表的文章，按年度排列，大体是这样几篇：

1959年：《漫谈〈马氏文通〉》（刊《复旦月刊》第3期），《纪念五四运动四十周年，发扬爱国主义精神》（刊《中国新闻》），《五四运动和文化运动》（刊《文艺月报》），《复旦十年》（刊《复旦月刊》第6期），《对普通话教学成绩观摩会的两点愿望》（刊《中国语文》）；

1960年：《“文法”“语法”名义的演变和我们对于文法学科定名的建议》（与吴文祺、邓明以合署，刊11月25日《文汇报》）。

从以上所列的篇目来看，陈望道对文法和修辞的研究，恐怕再也没能作出

① 此文与8月31日刊于《新闻日报》的《我们知识分子必须进一步进行思想改造》为同一篇。

像早年的个人著作《修辞学发凡》和主编的《中国文法革新论丛》这样的硕果了。

陈望道1961年7月30日在上海语文学会作《谈谈修辞学的研究》讲演时，最后不无感慨地说道：

解放前我讲修辞很受青年欢迎。从小教室搬到大教室，听的人很多。那时讲修辞是战斗，利用积极修辞手法嬉笑怒骂，骂得敌人没有办法，这样很痛快。今天我们要歌颂，不能再"嬉笑怒骂"了。毛主席讲过，过去那一套用不着了，但新的一套还未学起来。今天我们要宣传党的方针政策，宣传马列主义，宣传毛泽东思想。在这种情况下，如何讲修辞，是新问题。最近我讲了两次修辞，觉得没有过去那样有力。过去一上讲台，兴趣就来了，见到什么骂什么，如讲读经，就以经书来骂。现在情况不同，是另外一个局面了。

陈望道此时对修辞学的认识，似乎充斥着太多的政治概念，他的修辞学学术思想的"意识形态化"色彩已经有些浓厚了。而他也感觉到了在教学与研究上的意兴阑珊——"没有过去那样有力"。虽然他说"这些问题也容易解决"，"最近我听了很多人的讲演，周总理、陈毅副总理报告中的修辞，就很令人钦佩"，但到底还是得去做研究的，所以他"希望大家研究""其原因、其规律何在"。

1961年10月24日，陈望道在南京大学作了题为《我对研究文法、修辞的意见》的讲演。这个演讲主要谈了三个问题：（一）文法修辞研究虽然不同，但是可以同时进行；（二）确立文法研究，加强修辞研究；（三）对研究的初步意见。对前两个问题的阐述，表明陈望道到底还是一个功力深厚的学者。他提出文法修辞研究"可以同时并进"，"研究文法的人要研究修辞，研究修辞的人也要研究文法"；他重申并阐述他的"用功能（词在组织中的作用）来进行文法研究……来建立新的文法体系"的观点，还是很有见地的。但在谈第三个问题时，基本上使用的是"政治术语"。他"对研究的初步意见"是这样两条：一是调查研究要以马克思主义作指导；二是研究语文应发扬爱国主义和国际主义精神。这两条意见与文法修辞的研究，可能已经隔了不止一层了。这两条意见在当时是“通用”的方法和精神，几乎可以搬到任何一个场合来使用。

不过，在另外的场合，陈望道的学术思维还是回到了学术本身。陈光磊曾说：“即使在阶级斗争的年代，望老治学也不喜欢带入政治思维。”20世纪50年代，斯大林论马克思主义与语言学的著作被译介到国内，其对语法作的定义是“语法是用词造句和词形变化规则的总和”。望道先生明确说，斯大林这个定义不符合我们汉语的实际。陈光磊说望道先生给他们作学术报告的时候，提出语法就是语言的组织规律，有没有形态变化是次要的。当年陈光磊在读书笔记里批判了索绪尔的“符号论”，认为那是资本主义的思维方式。陈望道看了以后很生气，把他叫去说，学术上的东西不能简单地否定，不能贴标签，需要好好地探索。还建议陈光磊要从小处开始研究语言，可以多去茶馆听说书。以上两个事例表明，一旦涉及具体的学术问题，陈望道的思维就回到了学者的本色。当然，陈望道对索绪尔学说是作过深入研究的，他的汉语语法研究的“功能说”就是受到了索绪尔的影响和启发。陈光磊以“资产阶级观念”作标签来批判索绪尔，那么连带着陈望道的“功能说”也失去了政治和学术的“合法性”。陈光磊批判走了火，难怪陈望道看了以后很生气了。

陈望道几次在学术演讲里，特别是在南京大学作的这一次演讲里，引用日本人对《马氏文通》的批评。日本人批评《马氏文通》是以西洋的筛子把汉语的材料筛了一通，单把通过筛子的材料拿来用。陈望道接着发挥道：“这就是说他用西方的框框硬套汉语，看起来很清楚，但不能解决问题。”所以他要确立汉语文法研究的“进取的方向”。这个“进取的方向”，即“文法研究必须打破以形态为中心的研究法，采用一种新的观点方法来研究文法，这种新的观点方法要不仅能够研究汉语的文法，而且能够研究外国语的文法”。那么，出路何在呢？陈望道再次提出了他的“功能说”。这可能是陈望道晚年学术思想的一个最重要的地方，或许循此而精进，能创辟汉语文法研究的阔大雄健的气象也未可知。但他本人似乎不太有精力再作这样精深的研究了。

这不禁使我们回忆起陈望道早在1938年秋冬，在上海发起的关于中国文法革新的讨论。当时，他先是在他主编的《语文周刊》上发表《谈动词和形容词的分别》等研究中国文法的论文，后又撰写长篇论文《〈一提议〉和〈炒冷饭〉读后感》，分三次连载于《语文周刊》第20期、第21期和第22期。陈望道当年在上海的中国语文学界发起这一场讨论，就是希望通过商讨来融合各种持见，从而解决文法“缔造上种种基本问题”，革新中国文法的研究方法。在那次讨论里，他端出了文法研究的“功能说”。陈望道晚年的“功能说”，即肇始于他早年的文法研究思想。

而陈望道与吴文祺、邓明以合写的刊于1960年11月25日《文汇报》上的论文《“文法”“语法”名义的演变和我们对于文法学科定名的建议》，讨论的不再是文法学科的前沿问题了。这篇七八千字的论文，讨论了“文法学科至今没有定名”“‘文法’‘语法’名义的演变”等问题，其结论是：“建议文法学科采用‘文法’这一个词作为定名，至少采用‘文法’这一个词为正名而以‘语法’一个词为别名。”这篇论文引起了一些讨论，譬如当时还在北京大学中文系汉语专业进行本科学习的冯志伟，就先后在《文汇报》1961年1月22日第3版和《中国语文》1961年第2期上发表《“文法”不如“语法”好——与陈望道、吴文祺等先生商榷》《“语法”定名胜于“文法”》两篇论文，表达了不同的见解。这里还有一段轶闻。因为陈望道是主张“文法学派”的，所以复旦许多本来主张用“语法”的人，都投至“文法学派”的大旗下。但复旦中文系的张世禄教授仍旧坚持使用“语法”这个名称。陈望道欲形成一个“文法”的“完整的复旦学派”，特地登门拜访，想说服张世禄同意“文法”的提法。但张世禄就是不肯答应。他说：“我的观点，我会在报纸上发表。”结果他发表的仍是“语法”之见。[①]讨论没有形成陈望道在这篇论文里所“建议”的那样一个结果。如今多年过去了，语文学界以及整个文化教育界没有接受陈望道的这个建议，“语法”这个词成为这个学科的正式名称，而“文法”这个词反而使用得越来越少，几乎不太有人使用了。

---

① 参见吴中杰：《莲花落里探真情——记张世禄先生》，载《海上学人》，广西师范大学出版社2005年版，第58页。

从1950年到1966年，陈望道对中国的语言文字改革也提出了一些有价值的看法，这些看法是以他的学术素养和大半辈子的研究为依托的。

1955年6月，陈望道当选中国科学院哲学社会科学学部常务委员。按照谢泳的研究，1955年成立的“学部”，不是一个纯粹的学术机构，从哲学社会科学学部委员的名单中也可见出“强化了人文学科的意识形态色彩”①。当年选学部委员的标准有四条，其中第二条是“学术水平虽然不高，政治上也无可疑之处，但因该学科人才十分缺少，必须适当照顾者”，第四条是“由于工作需要，党派到各学术部门从事学术组织工作的共产党员，虽然学术水平不高或懂得学术很少”。陈望道当选学部委员，肯定不是由于合乎上述的第二条或第四条标准的缘故。陈望道还是有学术水平的，至少在汉语修辞学研究领域，他在当时还是位居前沿的。当然，在政治上，陈望道也是合乎要求的。

这一年的10月15日，教育部和中国文字改革委员会在北京联合召开第一届全国文字改革会议。

中国文字改革委员会是由周恩来总理提议建立的。1954年10月，周恩来总理提议设立中国文字改革委员会，作为国务院直属机构，并指示：拼音方案可以采用拉丁化，但是要能标出四声。10月8日，第一届全国人民代表大会常务委员会第二次会议批准设立中国文字改革委员会。国务院任命吴玉章为中国文字改革委员会主任，胡愈之为副主任；吴玉章、胡愈之、韦悫、丁西林、叶恭绰为常务委员。

1955年10月15日至23日，第一届全国文字改革会议召开。参加会议的有来自全国28个省、自治区、直辖市和中央一级有关机关、人民团体和部队的代表207人。王力、叶恭绰、叶圣陶、吴玉章、老舍、罗常培、陈望道、邵力子、陈鹤琴、黎锦熙、张奚若等28人被大会推举为主席团成员。会议代表讨论并一致通过了《汉字简化方案修正草案》和《第一批异体字整理表草案》。这次会议是中国历史上第一次全面讨论文字改革问题的会议。这次会议和会议的成果，标志着新中国文字改革工作完成了研究准备阶段而进入了全面实施阶段。

---

① 谢泳：《1949年后知识精英与国家的关系——从院士到学部委员》，《开放时代》2005年第6期。

陈望道在会上作了发言。他在发言中说："普通话的普及和拼音文字的采用，是一个现代国家不可缺少的条件。"他对文字改革提出了数条建议，其中一条是：

为了提高普通话的效率，在留声机唱片等听觉教育工具之外，我们需要一种现代的、科学的拼音方案。这种拼音方案最好除了拼写普通话以外，还有拼写方音的补充规定，便利方音跟北京音对照学习。

会议在匆忙中对普通话作了定义，未及讨论就将普通话定义为"以北京话为标准"，这显然是有疏漏的。陈望道发现这个定义存在逻辑性错误，他说，如果普通话以北京话为标准，那普通话就等同于北京话，所谓的普通话也就不存在了。给普通话下这样的定义，恰恰取消了普通话这一概念。

他把这个意见反映了上去。胡乔木连夜召集专家开紧急会议，讨论修改这个定义。后修改成"以北京语音为标准音，以北方话为基础方言"。以后又增加了"以典范的现代白话文著作为语法规范"的内容。这三项内容加起来，就是后来正式公布的普通话的定义。关于第二项"以北方话为基础方言"，陈望道后来又作了"即经过书面语加工了的北方话"这一具体说明。

这些都是陈望道对汉民族共同语——普通话的科学概念的确定所作出的贡献。换句话说，这也是陈望道作为一个语言学家，以他的专业素养，对中国文化与社会所作出的切实的贡献。

前面已经讲过，陈望道晚年，在文法修辞方面，似乎没有再写出有重大影响和学术价值的论文和著作。但他仍然关心着这门学问。陈振新和朱良玉合写的《父亲，我们怀念您！》一文说：

在我们的记忆中，父亲是个很忙的人，经常外出开会与接待，他的"官衔"最多时竟有十六个之多，一家人难得有机会团聚在一起过年或过节。平时稍得空闲，父亲就把自己关进书房里看书。……生活中的父亲一点官架子也没有，如要说有的话，只是比别人多了些"书气"。晚年的父

> 亲，体弱多病，但只要他觉得精神还可以，总是不停地看书、翻资料、做卡片，搞自己心爱的学术研究。在父亲去世以后我们整理他的遗物时，活页夹就有十五个之多，每个活页夹内都是父亲收集的各个方面的资料。在很多资料中，还密密麻麻地写满了父亲当时阅后的心得。在每个活页夹的正面和侧面父亲都贴上了标签，分门别类，寻找十分方便。①

繁忙的社会活动等公务、体弱多病等等，都是影响陈望道晚年学术研究精进的负面因素。假如有做文法修辞学史研究的学者，对陈望道晚年收集的这些资料和资料上写满的心得作仔细地研读，或许可以写一篇讨论陈望道暮年的学术思想和学术心路历程的论文。这样的论文，对于陈望道研究，或许可以更深入一些，而对当代中国学术史的研究，或许也可以提供一个有价值的个案分析。

1955年底，陈望道在繁忙的公务之余，亲自筹建了语法修辞逻辑研究室，自任研究室主任。研究室附设在复旦大学。研究室成立后，每周举行一次学术例会，作讨论和交流。他希望能通过这样的学术讨论，逐步形成和完善他已进行了多年研究的功能论语法新体系。中文系的名教授郭绍虞、吴文祺都在研究室兼职研究。郭绍虞教授晚年写了《汉语语法修辞新探》，他与陈望道持不同的学术见解。

1958年，研究室更名为复旦大学语言研究室，为学校的一个直属研究机构，内设语法、修辞、语言学理论三个组。中文系的吴文祺、胡裕树、濮之珍等在研究室兼职。陈望道不再任研究室的领导，但他依然是这个研究室的核心人物，对研究室的学术方向和学术研究的把握起着主要的作用。他是这个语言研究室的“学术灵魂”。

1962年12月17日，复旦大学召开了纪念《修辞学发凡》出版30周年的座谈会。陈望道在座谈会上作了简短的讲话，其中谈到修辞研究时，他说道：

---

① 陈振新、朱良玉：《父亲，我们怀念您！》，载复旦大学语言文学研究所编：《陈望道先生诞辰一百周年纪念文集》，学林出版社1992年版，第169—170页。

> 修辞研究要全面，不要单研究修辞格，也要研究理论。有些问题仅仅抓住某一格，很难说清楚。“格”者，常常要用到的大类也。修辞学可以讨论的问题很多，消极修辞、积极修辞可以再深入研究。研究修辞可使语言运用得更好一些。[①]

这些话，可以成为修辞学者的研究路径指南。

1964年4月中旬，陈望道来到杭州大学（这所大学于1998年并入浙江大学），作题为《关于语言研究的建议》的学术演讲。有的学者把这个演讲看成是陈望道有关语言研究必须中国化的“一个纲领性的建议”。在杭州期间，他曾向姜亮夫谈了自己的研究设想。姜亮夫是杭州大学中文系教授，云南省昭通人，青年时代曾先后就学于成都高等师范学校（四川大学前身）、北京师范大学和清华大学。陈望道希望姜亮夫能在语音方面多用力，复旦大学中文系的张世禄教授在词汇方面多作些研究，他自己则打算从语法方面着手研究。这些研究合起来，能形成一个概括汉语事实的一般语言学体系。

陈望道访问杭州大学的第二年，以“功能说”为依据，组织复旦语言研究室的部分学者，撰写了一篇论文《论搭配复合谓语的探讨》，刊发于《复旦学报》。这应该是陈望道宏大的学术构想中语法方面的一个部分吧。

不过，他没有能够来得及大规模地动手展开他的研究计划，“文化大革命”就开始了，他的学术研究计划被中断了。

修订《辞海》

《辞海》是我国第一部大型百科辞书，也是到目前为止我国唯一一部兼具字典、语词词典和百科词典功能的大型综合性辞书。

1915年，《中华大字典》主编徐元诰和中华书局编辑所所长范源廉动议编辑这样一部大型百科辞典。中华书局当时想编这部书的主要动机，原是要跟商

---

① 复旦大学语言研究室编：《陈望道修辞论集》，安徽教育出版社1985年版，第277页。

务印书馆的《辞源》进行商业竞争。《辞源》是汉语专科辞典，以训释古汉语为主要内容。中华书局拟编辑的《辞海》，在选题上不与《辞源》撞车，有自家的特色，也更有利于争夺市场。当然，这也含有跟商务印书馆打擂台的意味。但不久，范源廉即调任北洋政府教育总长，徐元诰在1927年也升任国民政府最高法院院长。主持人都走了，这事也就暂时搁置。后来，中华书局总经理陆费逵请来舒新城任主编，《辞海》终于在1936年出版，被誉为“千万人案头的工具书”。

舒新城（1893—1960），中国著名教育家、出版家、编辑家、辞书编纂家，原名玉山，乳名新城，学名维周，湖南省溆浦县人。舒新城1912年进入常德师训班免费学习。1913年8月，因为没有上过中学，他借用族兄舒建勋的中学毕业文凭，以优异成绩考入湖南高等师范学校（湖南大学的前身之一），在英语部读书。入学后不久，被人揭发冒名报考一事。著名教育家、校长符定一得知这个成绩优秀的年轻人因家贫没有念中学，而是靠自己勤奋自学、博览群书完成中学全部学业，而且还超过了当时中学生结业的学力水平，对舒新城倍加赞赏，仍让他留校读书，1915年4月特别准许他恢复本名舒新城。舒新城后来以优异的成绩从湖南高等师范学校毕业。符定一毕业于京师大学堂师范馆（北京师范大学前身）。

1957年秋天，毛泽东到上海考察，与舒新城议起《辞海》。方厚枢的《我国辞书出版史上一件珍贵的史料》一文，引用巢峰刊于2003年第2期《出版史料》上的《〈辞海〉的编纂和修订》有关资料，叙述道：

> 1957年9月17日，毛泽东主席在上海接见《辞海》主编之一舒新城，舒提出编辑大辞海和百科全书的建议。毛泽东说：“我极为赞成。”“到现在还只能用老的《辞海》《辞源》，没有新的辞典。”“你的建议很好，应写信给国务院。”舒说：“我已写信给人大常委会。”毛泽东说：“你应该挂帅在中华书局设立编辑部门，以先修订《辞海》为基础，然后再搞百科全书。”舒听说要他挂帅，表示为难：一则人手不够，经费有限；二则自己的年纪大了（此时舒64岁）。毛泽东风趣地说“你有儿子吗？自己不干了，儿子

继续干下去”，鼓励舒“一定干”，并指示在场的时任中共上海市委书记柯庆施帮助舒新城解决具体问题。据此，中央就把修订《辞海》的任务交给了上海。在这次谈话中，舒新城还提出作者人员问题。毛泽东说：“现在有那么多右派没事干，你何不趁火打劫，调一批真才实学人去？”舒犹豫地问：“如果批右派批到我头上怎么办？”毛泽东开玩笑地说：“你别怕，是我委任你当右派司令嘛！右派帽子我们两人分担。”后来有一批“右派”参加编《辞海》，就是这么来的。①

1958年春天，《辞海》编辑工作启动。4月28日，中共上海市委将《辞海》修订工作的意见和有关问题汇报中央，并向毛泽东主席请示，电报中说：

这些年来，没有一部像样的辞书，供察考之用，确是出版工作的一大缺点。根据主席的指示，我们即责成上海市出版局协助舒新城先生积极着手筹备辞海的修订工作。经过反复研究初步决定：(1) 在上海成立辞海编纂所，名义上仍属中华书局建制。行政上由地方具体领导。(2) 修订“辞海”至少需要五年时间。在此期间，作为事业单位，由地方投资。估计约需经费一百五十万元。(3) 辞海编纂所由舒新城负责。我们已配备两个局一级干部、二十多个一般工作人员，并从上海各高等院校抽调一部分教师和少数右派分子，把架子搭起来，现在已开始工作。②

电报里还提出了须请中央研究解决的三个问题：

(一) 为了加强“辞海”工作的领导，首先需要明确它的方针任务。这个问题牵涉到其他辞书的编纂和分工，建议在国务院科学规划委员会领导之下，单独成立辞书工作组，由国家统一规划，研究有关辞书的方针任务、协作关系等重大问题。

---

①② 方厚枢：《我国辞书出版史上一件珍贵的史料》，《出版科学》2004年第5期。

（二）建议中央指定中国科学院、中央文化部、中央教育部对“辞海”编纂所的业务有指导和帮助的责任。

（三）人力除在上海就地取材，尽量配备以外，还请中央将散处各地而“辞海”又迫切需要的编辑人员，及早调齐，以利工作。

5月19日，中共中央电复上海市委：“同意你们关于修改‘辞海’问题的意见。关于统一规划辞书的出版方针以及给辞海调配编辑人员问题，已嘱中央宣传部研究解决。”

遵照毛泽东主席的指示，1958年在上海成立了中华书局辞海编辑所（上海辞书出版社的前身），舒新城为主任，李俊民为副主任。1959年又在上海成立了辞海编辑委员会，由舒新城任主任，罗竹风、曹漫之为副主任。舒新城直到1960年10月临终前，还在病床上逐条审读《辞海》，写下了几十条书面意见。舒新城病逝后，陈望道继任主任。

罗竹风撰写的《回忆陈望道在修订〈辞海〉的日子里》[①]一文，以他的亲历亲见亲闻记录了陈望道编纂《辞海》的一些情况，“当16分册出版后，舒新城因病逝世，《辞海》主编由陈望道接替，一直到《未定稿》合拢，都是他亲自主持的”，“在同陈望老（引者按：指陈望道）共事的漫长岁月里，我感觉他……虚怀若谷，从善如流；但对原则问题，敢于坚持到底，从不和稀泥”。

记得是在浦江饭店第二次集中时，我们几乎天天见面，共同商量和解决稿件问题。在一个炎热的中午，我们在一起闲谈，杭苇同志也在。望老曾经语重心长地说：辞典应当是典范，百人编，千人看，万人查，因而必

① 罗竹风，1911年11月出生，1996年11月4日在上海逝世。山东平度人。语言学家、宗教学家。1958年修订《辞海》，罗竹风是副主编。罗竹风曾与编委会一起，将修订工作的方针概括为政治性、科学性、通俗性、正面性、知识性、稳定性。从1958年修订上马到1965年出版《未定稿》的七年间，罗竹风曾先后协助主编舒新城、陈望道主持召开编委会主任会议，研究、决策工作中的一切重大问题，并具体主持日常修订工作。他是唯一一位从头至尾审阅了《辞海》全部条目的修订编委会成员。罗竹风的《回忆陈望道在修订〈辞海〉的日子里》一文，被收录于复旦大学语言文学研究所编的《陈望道先生诞辰一百周年纪念文集》，由学林出版社于1992年12月出版。

须严肃认真，毫不马虎。必须给人以全面而又正确的知识，如果提供片面、错误的知识，那将贻患无穷，就不能称作“典范”了。为此，最好能有几个人通读，做到心中有数。

陈望道希望罗竹风能把全部稿子都看看，即使有些学科不懂，也无妨，至少可以统观全局，在体例、文字方面多了解些情况。

陈望道在主持《辞海》修订的同时，还同吴文祺、胡裕树负责语言文字分卷的具体编写任务。

罗竹风在他的这篇文章中写道：

他强调人非全才，所知有限，是生物学家，不一定懂地理。严格说“隔行如隔山”；即使通才，也不可能涉猎所有学术领域。专家必偏，而通才又浅。必须舍短取长，共同切磋，才堪称“完璧”。各学科所使用的词汇往往不同，自作聪明，一定会出常识性笑话，例如基督教的所谓“宗派”，即和一般所指的“宗派”大不相同。《辞海》应由编委会总其成，此外，还必须采取分学科主编负责制，凡属内容问题，编辑不宜轻易改动，应及时与作者联系，最好是多问问，多商量。对于技术性问题，不妨径由编辑处理，作者不必多管。这样扬长补短，对提高质量一定会有保障。

所以罗竹风在他的这篇文章里称陈望道对《辞海》的修订工作，是“继往开来，承前启后，建树尤多”。

对《辞海》编委和编撰的组织架构，陈望道提出：

在《辞海》正式出版后，编委会和分科主编仍应保存，重要编写人也不要散掉。经过编写《辞海》和没有编写的大不一样，“驾轻就熟”嘛，无非是指实践与积累经验而言。当然，新陈代谢是自然规律，再过若干年，一定有些人不在人世；但随时补充，正像接过前人的“接力棒”，继续前进，必将收事半功倍之效。

罗竹风在他的这篇文章里称陈望道的这些见解“极其透辟”，“都是属于开创性的”，“在《辞海》再版、三版修订过程中，完全证明是正确的”。陈光磊也在文章中记录了陈望道为保证《辞海》质量立下的经典性要求：一是没有外行话；二是没有外行完全看不懂的话。

据徐庆全发表在《人民政协报》上的一篇文章《陈望道关于〈辞海〉的一封信》，徐庆全收藏了陈望道1964年1月3日写给周扬的关于《辞海》出版问题的一封信，信里写道：

> 《辞海》反复修改，迄未能定稿。承由中宣部拟具定稿纲领，请中央书记处审批决定，至为妥善，不知审批何日能下达？《辞海》编委会有人建议：想乘春节各校放假之时，集合部分专家，根据中央指示，进行加工，不知是否可能？此外，不知还有何事须加注意？有暇，还请惠予指示，至感至盼！

周扬此时正担负着文科教材编撰的领导工作，所以陈望道要给周扬写信汇报《辞海》的进展情况。“修订工作进行到1963年，经过如陈望道信中所言，已经‘反复修改’多次了，如果有了‘中宣部拟具的定稿纲领’，再作调整，就基本上可以问世了。因此陈望道才在致周扬的信中，以委婉的语气催要‘定稿纲领’。”周扬有没有回复呢？徐庆全在文章里写道：“没有材料作解释。不过，从《辞海》合拢稿在粉碎‘四人帮’后由夏征农任第三任主编时才出版的情况来看，当时已被文艺工作麻烦缠身的周扬，已经无暇顾及拟具‘定稿纲领’的事情了，陈望道的这封信也就不会有什么结果了。”

1965年，修订本《辞海》（未定本）内部出版，陈望道为书名题字。1966年5月爆发了“文化大革命”，陈望道直到去世都没能见到修订本《辞海》定本的面世。

“文化大革命”后期，罗竹风去看望陈望道，谈到《辞海》，“他（引者按：指陈望道）不胜惋惜地说：功亏一篑么，总得有始有终，把它编好出版，尽到我们应尽的责任。他念念不忘《辞海》的命运，足证感情之深!”

最后的岁月

前面讲过，陈望道晚年有一个庞大的学术计划，想依靠复旦语言研究室的集体智慧和力量来完成它；他还主持着《辞海》的修订工作。然而，1966年5月，一场席卷全国并延续十年之久的“文化大革命”开始了。所有的科研工作和编纂工作都被迫中断了。

这一年，陈望道75岁。

复旦大学的造反派组织到他的住所国福路51号“破四旧”（那个年代的“政治术语”：破除旧思想、旧文化、旧风俗、旧习惯），还砸了设在他住所楼下的语言研究室。

国福路51号，是一座欧式的三层楼绿瓦别墅，总面积大约为300平方米，大大小小的用房有10间，围墙内侧错落有致地栽种着桂花树、杏子树、枇杷树。这里原先是一个私家花园，建于20世纪三四十年代。20世纪50年代初，根据市里的安排，复旦大学把国福路51号买了下来，装修后请陈望道校长入住。1955年陈望道迁入后不久，就把底层辟为复旦语法修辞逻辑研究室，大客厅一分为二，东面一间仍作客厅用，西面一间和原来的小客厅作为研究室的办公室，配电间和衣帽间则为研究室的资料、书报存放室。但这个研究室被学校的造反派砸了。这使陈望道很困惑也很伤心。

复旦的校园里，也贴出了批判陈望道的大字报。

随后，陈望道被停止了校长等职务。

这个75岁的老人，老学者，老教育家，老布尔什维克，被叫到学校去，住进以教室充当的“集体宿舍”，参加“老复旦学习班”和“抗大学习班”，去接受那些缺少文化的人的粗暴的“教育”。这个体弱多病的老人，必须在这样的“集体生活”里，自己照料自己。

这个时候，陈望道的夫人蔡葵女士已经病故了。蔡葵去世于1964年的夏天。

不过对这位老人的迫害，没有再继续升级。传闻中央有过指示，陈望道应属于保护对象。后来才知，是周恩来在“文化大革命”开始不久，就下达了一份各地需要保护的人的名单，在上海，被列进这份保护名单的就有陈望道。

1970年春夏之交的某一天上午，陈望道照例拄着拐杖到学校参加活动，因体力不支而滑倒在老教学大楼前的台阶上，轻度中风，此后便再也不能单独远行了。

陈望道住进了华东医院。

他的助手邓明以去看他，陈望道对邓明以说，自1966年以来的几年中，他从来没有停止过研究工作，在这几年里，他对现代汉语中的单位和单位词作了详细的探讨，有了一些设想，需要马上整理出来。他又询问复旦语言研究室人员的去向，希望有可能的话最好马上将他们召集起来，继续开展研究。邓明以向校方反映了陈望道的要求。

1971年，在陈望道的要求下，复旦语言研究室部分恢复。陈望道指导邓明以和李金苓整理出了《论现代汉语中的单位和单位词》一文。这是陈望道在“文化大革命”中恢复学术研究后的第一篇论文。文末注明完成日期是“一九七二年十月二十五日”。上海人民出版社于1973年1月出版了这篇论文的单行本。这是一篇与北京师范大学中文系教授黎锦熙商榷的论文。黎锦熙先后在1924年出版的《新著国语文法》和1959年出版的与刘世儒教授合著的《汉语语法教材》里提出并讨论“量词说”。陈望道有不同的看法，于是他根据人民群众运用两类单位的实际，提出意见，以为“如果以文法成分来判别，……第一类可称为计量单位词，第二类可称为形体单位词”。文章批判了“量词说”，也否定了多年来设立的其他各种别名，“因为单位这个名称现在已经广泛通用，无需另立别名了”。黎锦熙教授后来与刘世儒教授又于1973年5月合著了论文《论现代汉语中的量词》，1978年由商务印书馆出版。黎锦熙、刘世儒两位教授还就他们合著的这篇论文，向北京师范大学、北京大学等高校，以及京、冀、苏、湘、沪、皖等地的语言学者征求意见。黎、刘两教授在论文中说：“我们这次参加讨论，特别注意了下边两个问题：第一，对于前人早已提出过的意见、论点，都一一注明出处，实事求是，避免把别人的论点说成是自己的新见解。第二，对于问题的讨论，力求‘摆事实，讲道理’；诸如‘混沌’‘张目’‘臆说’一类的字眼儿，一概不用。”现在，陈望道、黎锦熙、刘世儒三位教授都已经先后作古了。他们的这一次讨论产生了什么样的结果，他们讨论的学术上的是是非非，这些姑且不论，但在如今通行的现代汉语教材的词类里，“量词”一说还在，而“计量单位词”“形体单位词”似乎没能被广为接受而成为单独的一类。陈望道在“文化大革命”中写成的这篇《论现代汉语中的单位和单位词》论文，在他的“一般语言学理论”里，或许只是一个小的内容。

接着，陈望道和他的同事，又对“文化大革命”前发表的论文《论搭配复合谓语的探讨》作了修改，改名《汉语提带复合谓语的探讨》，署名“复旦大学语言研究室”，1973年3月由上海人民出版社出版。

1976年7月，上海人民出版社重印了他的《修辞学发凡》。付印前，出版社要求陈望道修改这部书，陈望道不愿改。后来出版社作了些让步，书还是给印了出来。据说出版社的意见是现在正在“评法批儒”，书这样印出去，不合这个“评法批儒”的精神，怕外国人看了要挑剔。陈望道对他的助手邓明以讲：“我倒不怕外国人挑剔，而是怕有些中国人挑剔。”邓明以教授后来说，陈望道对于出版社的个别编辑人员在当时的政治气候下那种自以为是的作风，还是颇有看法的。

陈望道经过“文化大革命”初期一段时间的政治上的“靠边站”后，又被党政等有关部门恢复了原先的生活和政治等方面的待遇。所以那次他中风，才能住进华东医院（华东医院成立于1951年，前身是建于1921年的宏恩医院）治疗，他的一些论文才能被出版，旧著才能被重印。能享受这样待遇的知识分子，在“文化大革命”期间，也是不多的。1972年，陈望道被批准复出工作，任职复旦大学“校革命委员会”主任等。“校革命委员会”是当时学校的最高权力机构。所以在一些场合，他必须表态。1972年5月，毛泽东“五二〇”声明发表两周年，陈望道就以上海市政协副主席的名义撰写纪念文章。同年7月，他又写了《毛主席给知识分子指明了前进方向》，7月12日新华社向台湾播讲了这篇文章。1973年8月，陈望道的中共党员身份正式公开。

陈望道对“文化大革命”这场浩劫是很困惑的。据罗竹风的回忆，“文化大革命”后期，罗竹风和夫人一起去看望陈望道。那个时候罗竹风也被打成了“牛鬼蛇神”“靠边站”了。罗竹风刚一坐下，陈望道劈头第一个问题就是：革命几十年，你为什么变成了牛鬼蛇神？①

1974年以后，陈望道的身体越来越差，从1975年底起，他就不得不长期住在华东医院治病了。他在病榻上，终于完成了他的最后一部语言学著作《文法简论》的定稿。这本《文法简论》共分7章，不少地方是对他20世纪30年代末40年代初一些见解的发挥。据胡裕树教授的概括，《文法简论》这部著作对词类问题用了较多的笔墨，既讲了词类区分的依据，又讲了汉语的词类系统。他把汉语的实词分为体词、用词、点词、副词4大类。体词包括名词、代词；用词包括动词、形容词、断词、衡词；点词包括数词、指词；加上副词，合为9类。虚词包括介词、连词、助词3类。在实词、虚词之外另立感词一类，共计13类。句法部分讲得比较简单，他把复合谓语分为并列、顺递、接合、提带4种。

早在20世纪30年代，中国语言学界就受到现代语言学之父——瑞士人费尔迪南·德·索绪尔的语言观和方法论的影响。王力在1936年发表了《中国文法学初探》，随后陈望道组织了中国文法革新的讨论。陈望道在《中国文法革新论丛》的序言里就提出要“根据中国文法事实，借鉴外来新知，参照前人成说，以科学的方法谨严的态度缔造中国文法体系”。当时的有关文法革新的讨论，“借鉴外来新知”，对索绪尔结构主义语言学理论作了引进和运用。方光焘和陈望道是现代中国最早介绍索绪尔学说并将其应用于研究的学者。据腾慧群《索绪尔学说在中国》，方光焘1918年至1924年留学日本期间，就通过小林英夫等学者的有关论著接触了索绪尔学说；1929年至1931年，方光焘留学法国，又受到索绪尔的学生梅耶和房德里耶斯的教导。陈望道《修辞学发凡》第二篇“说语辞的梗概”就有索绪尔思想的痕迹。据倪海曙回忆，陈望道在上海讲授“中国语文概论”时，已经很详细、很完整地介绍索绪尔语言理论了。陈望道发表

① 参见罗竹风：《回忆陈望道在修订〈辞海〉的日子里》，载复旦大学语言文学研究所编：《陈望道先生诞辰一百周年纪念文集》，学林出版社1992年版，第52页。

于1938年7月27日《每日译报》副刊《语文周刊》上的《说语言》一文，是中国最早论述索绪尔的language、langue和parole三个术语区别的文章。在这篇文章中，陈望道把这三个术语分别译作语言（语言活动）、话语、言谈，并指出这种区分在语言学上颇重要。在20世纪30年代末至40年代初的这场文法革新的讨论中，陈望道和方光焘运用索绪尔学说中的某些原理来分析和解决汉语语法问题。方光焘通过区别语言和言语来确定语法的对象，陈望道则在吸收索绪尔符号理论的基础上提出"文法学是以表现关系为对象的"，表现关系可分为"配置关系"和"会同关系"（相当于索绪尔的"组合关系"和"联想关系"）。方光焘在索绪尔区分共时历时思想的影响下，认为建立现代文法体系应和历史分开；而论及汉语词类划分和语法研究问题时，方光焘和陈望道在索绪尔价值理论的启示下，分别提出"广义形态说"和"功能说"，都强调按词语之间的语法关系来划分词类和研究语法。①

陈望道在那场文法革新的讨论中，通过对索绪尔语言理论的研究提出"功能说"。在晚年的《文法简论》这部著作里，他对"功能说"作了进一步的强调："所谓功能，乃是分子的功能，是词的功能，它是与分子本身的意义和形态不可分离、紧密相连的。"他认为功能是概括着意义和形态的。陈望道的"功能说"受到了索绪尔价值观的影响。他对符号的理解也与索绪尔的理解相同。1978年4月，上海教育出版社印行了这部著作。虽然，陈望道原先是想写一部《文法新论》，但终于没能如愿写成这样体大思精的著作，只写了一册薄薄的《文法简论》。陈光磊先生2013年发表的《陈望道先生学术研究的现代性》一文，对这部《文法简论》作了很高的评价："先生的《文法简论》（1978）对汉语语法研究的功能概念作了完整的理论阐释，并据此构建了独具特色的汉语词类系统和句类系统。"可惜望道先生在这部著作出版的上一年就去世了。他在暮年已没有精力和体力，来撰写一部像早年的《修辞学发凡》这样的著作了。他的学术生命在20世纪50年代中晚期后，就已开始进入暮年了。他是心有余而力不足。1964年于复旦大学中文系五年制本科毕业后，继续跟从陈望道进行语言

① 参见腾慧群：《索绪尔学说在中国》，《中华读书报》2002年3月27日。

学研究深造的李熙宗，在《难忘师恩》一文里记述了住在医院里的陈望道先生构思撰著《文法简论》的情形：1976年9月至10月的一天下午，李熙宗经师兄陈光磊预先和望道先生家属约定，到华东医院探望望道先生。望道先生那时刚刚经过抢救脱离危险，经过一段时间休息调养，情况才好转起来。望道先生此时脑子里总想着汉语文法上的一些问题，他在病榻上“一面自己不断地思考，一面把自己思考的东西同研究室的同志讨论并请他们记录下来”。艰难时世里，老先生年迈体弱卧病住院还不曾忘情于学术。这部《文法简论》是陈望道先生在语言学研究领域里留下的“绝唱”。如果天假以年，陈望道先生是应该能够写出“一般语言学体系”领域内体大思精的著作的。

1977年10月，陈望道因肺部感染，病情恶化，终于一病不起。10月29日凌晨4时，陈望道与世长辞，享年86岁。

尾　声

走入复旦校园，入门往左拐，理科图书馆的南侧有一片草坪，陈望道的铜像便坐落在这儿。

陈望道的嗣子陈振新[①]（陈望道大弟伸道的长子）曾经讲过陈望道的一件往事：20世纪50年代初，中央欲调陈望道至文化部任职。陈望道的答复为：如果领导认为北京和上海的工作一样重要，我很希望留在复旦。

从那时直到去世，陈望道没有离开过这所学校。

陈望道对复旦的感情，原《瞭望》周刊编辑陈四益在一篇随笔《如是我闻：为复旦百年华诞作》里，曾经讲起过一个故事：

> 大概是1958年，正逢“大跃进”，什么都喜欢“大办”——大办农业、大办钢铁、大办教育、大搞科研……讲形势，大好；讲成绩，伟大。反正“大”总是好的。受了这种好大氛围的影响，学生中对“复旦”这个校名很感不满。北京大学、南京大学、山东大学、厦门大学、兰州大学……不是以省为名，就是以市为名，显得很大，唯独地处上海的这所综合性大学却叫“复旦大学”，一点也沾不到大上海的光。……于是，要求将“复旦大学”改名为“上海大学”的呼声顿起，在学生中最为强烈。

① 陈望道与前妻张六妹曾生育两子两女，两子未成年即夭折，两女则先后出嫁在外另立门户。陈望道同蔡葵结婚后，未曾生育。

以往，特别是1957年之后，学生中有了什么问题，总是党委出面，或劝阻，或解释，或鼓动，或批判，这一回不知为何，却把陈望道校长搬了出来，可能因为望老德高望重又是老复旦吧。在一次全校大会上，望老用他那义乌官话对校名说了一番话，话不多，却充满了感情。他说："'日月光华，旦复旦兮。'现在'光华'已经没有了，'复旦'还是留下的好。"老实说，如果不是望老，换了其他人，学生未必买账。但他老人家这样说，大家也就不好再说什么了。改校名的事从此揭过，不再提起，但我们心里总还觉得"上海大学"来得响亮。[①]

从陈四益的这段叙述里，也可见出陈望道在青年学生中的声望。

虽然陈望道在复旦做校长的这二十多年，是20世纪50年代以来中国大学校长权限最小的时段（据说，20世纪50年代，陈望道曾自嘲："陈望道，陈望道，相望于道。"[②]），但他在自己力所能及的范围内，为办好一所大学，作出了自己的努力。

正如我们在前文中已叙述过的，他把教育和科学研究作为学校的两项最重要的任务，并在1954年办起了复旦的第一届科学讨论会，以推动学校的研究风气和研究氛围的形成。这是一位大学校长的学术情怀、办学思想和治校之道的最好体现。

而他更将自己的人文关怀和精神，融进了这所学校。所以复旦大学校史研究室的龚向群才在一篇文章中写道：

陈望道的威望与号召力，不单单是由他的资历深而来，更多的是来自他独特的人格魅力。

他是一个长相近似农民的人，由内而外给人质朴、厚道之感。对上，他不会说客气话；对下，他着眼于关爱与提携；对与自己平起平坐的共事

---

① 陈四益：《如是我闻：为复旦百年华诞作》，载陈远编：《逝去的大学》，同心出版社2005年版，第185—186页。

② 参见黄绍筠：《百年校庆，我想到的》，《西湖》2005年第11期。

者，他又是一个以身作则，善于配合的人。一个人的口碑，只在部分人群中叫好，是不难的，难的是，能在上上下下、左左右右的人群中都叫好。望道先生是大家公认的好人。①

陈振新和朱良玉合写的《父亲，我们怀念您!》一文写道：

父亲一生最爱的是学生，……解放后，身兼多职的他，虽然很忙，只要有学生来信、来访，他总是亲自回信或接待。……父亲经常对我们说：学生来找，一定有事，教师不应该拒学生于门外。②

陈振新和朱良玉在文章里还写道：

学校对面有一条与校门口直通的路，这是一条复旦师生员工每天上下班都要经过的路，过去这条路又脏又狭窄，一到下雨天更是泥泞难行。父亲看在眼里，急在心里，多次与上海市有关部门联系，提要求，不久，这条路终于成了一条光滑、宽绰的柏油马路。难怪一些老教师、老职工都纷纷说：走在这条路上就想起望老他老人家了！

龚向群在《紫薇径与望道门》一文中转述了他从复旦大学原党委副书记王零那儿听来的故事：

五十年代中，复旦开始在原有基础上，大兴土木，扩建校园。围绕着如何规划、布局新的校园，职能部门提出了几种方案。望道先生也提出了自己的方案。在他看来，校园的布局与校门样式，关系到复旦的立世品貌，这是一桩大事。他坚决反对那种“开门见山”的方案，认为学术重地，应

---

① 龚向群：《紫薇径与望道门》，《复旦大学校刊》1999年11月30日。

② 陈振新、朱良玉：《父亲，我们怀念您!》，载复旦大学语言文学研究所编：《陈望道先生诞辰一百周年纪念文集》，学林出版社1992年版，第170页。

该营造一种深邃的、静穆的氛围来引人入胜，要让校园保留足够的绿化空间，要让楼堂馆舍掩隐在绿树浓荫之中，耳闻读书声，不见读书人。望道先生的方案最终成了实施方案，这才有了今天被人称道有人文底蕴的花园般的校园。

1963年的秋天，陈望道偕夫人蔡葵去青岛疗养，归来时，陈望道用自己的工资花费1000多元，从青岛购买了大批松柏与紫薇，种植在复旦的校园里。龚向群在文章中写道：

松柏种植在进大门的广场四周，紫薇则由校门口一直种至国年路两侧。据王零先生说，紫薇是一种很好看的行道树，花开百日红，一串串呈嫩紫色，对各种粉尘有较强的吸附作用。每当花开时节，通过这条紫薇径去上班的教工们，都感到赏心悦目。没几年，因校园继续朝国年路扩建，这条美好的紫薇径就被开发掉了。王零先生特地带我去复旦一舍望道先生的旧居前，看了幸存下来的一株紫薇，碗口粗的树干，正开着串串紫花，在风中摇曳，仿佛告诉参观者：我在这里守候老主人四十几年了。

龚向群在这篇文章中，还记录了复旦校门的一个故事，也是与陈望道有关的：

为迎接六十周年校庆，当时还要新建一座校门。这次，望道先生又是亲自来抓。他从一批设计图中，选中了今天已成为校门的图案，认为这个图案既有古代牌坊风韵，又有现代建筑活力，造型简约又挺拔，是个合适的门面。预算下来，造这座校门，需要两万余元，学校只能有一万元的投入。望道先生便拿出积攒的稿费一万多元，资助了这项建设。20世纪60年代的一万多元，可是一笔巨大的财富呀！

这里讲的虽是校园建设规划，但在对校园的设计里，是不是也含着一位教育家的教育理想和学术理想呢？

龚向群在这篇文章的结尾写道：

> 1991年望道先生诞辰一百周年时，有知情教师向学校建议，将复旦大门命名为望道门，纪念逝去的老校长。这不是一件容易的事，涉及种种因素，最后就不了了之。
>
> 凡对复旦有贡献的人，复旦人是永远不忘的。……我相信，在知道了“望道门”的故事之后，会有越来越多的复旦人进出校门时，想起这位敦厚、仁爱的老校长。

大事年表[①]

1892年

1月8日，清光绪十七年十二月初九，出生于浙江义乌的河里乡（今夏演乡）分水塘村。

1896年至1905年

在分水塘村里的私塾读“四书五经”等中国传统书籍，并从人学武习拳，课余参加田间劳动。

1906年

在义乌城里的绣湖书院学习数学和博物。

1907年

回分水塘村，带领村里激进青年兴办村学。

---

① 本年表的编制，以邓明以教授撰写的《陈望道先生年表》（载复旦大学语言文学研究所编：《陈望道先生诞辰一百周年纪念文集》，学林出版社1992年版，第200—219页）为蓝本增删而成——删去的是一些诸如学运学潮等政治方面的活动，增加的主要是文化教育和学术等方面的活动，并稍作勘误（当然，说不定是我以不误为误也未可知）。专此说明，以示不掠人之美。

1908年至1912年

考入金华府中学堂学习数理化等现代科学知识。

1913年至1914年

在上海一所补习学校及杭州的之江大学学习英文和数学，为留学欧美等国作准备。在之江大学期间发表过5篇小学数学教学及初等数学方面的文章，署名陈融。

1915年至1919年

年初，东渡日本留学。在四年半时间里，先后进入日本的东亚高等预备学校、早稻田大学法科、东洋大学文科、中央大学法科以及东京物理夜校读书，修习法律、经济、哲学、文学以及物理、数学等课程，在中央大学法科获得法学学士学位。

留学期间，与留日同学一起集会，要求中国政府拒绝日本政府提出的“二十一条”。

1918年5月，在《学艺》杂志第1卷第3号上发表论文《标点之革新》。

1919年

6月，自日本回国。途经杭州，经《教育潮》杂志主编沈仲九介绍，被经亨颐聘为浙江省立第一师范学校国文教员。

12月，因与夏丏尊、刘大白、李次九等国文教员改革国文教育、提倡新文化，而遭当局查办。为“一师风潮”中的著名人物。

本年，在《新青年》上发表《横行与标点》；在《时事新报》副刊《学灯》上发表《点法答问》《扰乱与进化》《机器的结婚》《我之新旧战争观》《因袭的进化与开辟的进化》；在《教育潮》上发表《致仲九》；在《民国日报》副刊《觉悟》上发表《我很望天气早些冷》；在《浙江省立第一师范学校校友会十日刊》上发表《新式标点的用法》《浙江的一颗明星！》。

1920年

2月至4月下旬，在故乡分水塘村依据日文本并参照英文本翻译马克思、恩格斯合著的《共产党宣言》。8月，由上海社会主义研究社（实际上是出版《新青年》的“新青年社”）出版发行。这是《共产党宣言》第一个中文全译本。

4月底，应上海星期评论社之邀来沪任职。到上海后，《星期评论》因故停刊，于是又应陈独秀之约，参加已南迁上海的《新青年》杂志的编辑工作。

5月至8月，与陈独秀、李汉俊、李达等筹建上海马克思主义研究会，为研究会核心成员之一。接着组织上海共产党早期组织，酝酿发起成立中国共产党，是中国共产党上海发起组成员。

6月17日至20日，《民国日报》副刊《觉悟》连载他翻译的《马克思底唯物史观》，这是日本学者河上肇所著的《近世经济思想史论》中的部分内容。

8月15日，协助编辑出版《劳动界》刊物。先后在这本刊物上发表《平安》《真理底神》《女子问题和劳动问题》等文。

8月22日，参与筹建的上海社会主义青年团成立。

9月，应聘至复旦大学国文部任教，开设文法、修辞课。

11月7日，参与工作的《共产党》月刊问世，月刊由李达主编。同日，在《民国日报》副刊《觉悟》上发表《评东荪君底〈又一教训〉》。

12月，陈独秀赴广东，推荐他负责《新青年》杂志的编辑工作。

本年，在《浙江省立第一师范学校校友会十日刊》上连载和张维琪合译的《唯物史观底解释》，发表《“的”字底新用法》《改造社会底两种方法》；在《民国日报》副刊《觉悟》上发表《“的”字底分化》、《名词位次的表现法》、《指示代词的商榷——“这裏”“那裏”写作“这里”“那里”》、《品词底分类》、《“可”字底综合》、《新体诗底今日》（译文）、《文艺上的各种主义》（译文）、《妇女组织》、《妻的教育》、《性道德底新趋向》（译文）、《旧式婚姻底丧钟》、《劳动问题第一步的解决》、《劳动联合》、《现代思潮》（译文）等。

1921年

6月24日，作为共产党早期组织成员，和其他成员陈独秀、李大钊、李达、李汉俊、邵力子、沈雁冰、沈玄庐等，与文教界知名人士经亨颐、夏丏尊、周建人共15人，在《民国日报》副刊《觉悟》上发表《新时代丛书编辑缘起》，筹备出版“新时代丛书”。

8月3日，《民国日报》副刊《妇女评论》创刊，任《妇女评论》主编。

11月，中共一大召开后，任中共上海地方委员会第一任书记。

本年，在《新青年》上发表《劳农俄国底劳动联合》（译文）；在《新妇女》上发表《妇女运动和劳工运动》；在《东方杂志》上发表《社会主义意义及其类别》（译文）、《职业的劳工联合论》；在《妇女评论》上发表《婚姻问题与人口问题》《男女社交底自由》等；在《觉悟》上发表《随感录》三四十篇，文学小辞典多则，小说《记忆》《往杭州去的路上》，诗歌《爱情》（译文）、《送吴先忧女士欧游》、《朋友》、《罢了》，以及《罢工底伦理的评判》、《劳工问题的由来》（译文）、《个人主义与社会主义》（译文）、《产业主义与私有财产》（译文）、《还能看轻女子么？》、《婚制底罪恶底悲感》、《我底恋爱观》、《妇女问题与经济问题》、《略评中国的婚姻》、《俄国婚姻律全文》（译文）、《文章底美质》、《文字漫谈》、《语体文欧化底我观》、《文章概观》（译文）等。

写作《作文法讲义》初稿。

1922年

1月15日，出席上海地方党组织在宁波会馆召开的“德社会学者纪念会”，并发表演说。

4月23日，随同中央书记陈独秀前往吴淞出席中国公学马克思学说演讲会，并发表演说。

5月5日，出席中共上海地方委员会以上海学界名义假座北四川路怀恩堂举行的马克思诞生104周年纪念会，并作演讲，介绍马克思的学说。

本年，加入茅盾等人发起的“文学研究会”，是早期会员之一。

本年，所著《作文法讲义》由上海民智书局出版。

本年，在《觉悟》和《妇女评论》上发表《随感录》十数则，以及有关妇女问题的通信及文章：《租妻底风俗》《同情和合一》《中国民律草案与俄国婚姻律底比较》《女子地位讨论声中的我见》《限制离婚底昏迷》《母性自决》《爱不得的悲哀》《生育节制问题》《自由离婚的考察》《女性觉醒的辉光》等20多篇。此外，还有《看了女权运动同盟宣言以后》、《平民艺术和平民的艺术》、《文学与生活》、《茶话》（小说）、《从鸳鸯湖到白马湖》（长篇散文）、《国学不宜于公众讲演》（答曹聚仁君）、《讨论文学的一封信》、《“了”字底用法》等。

1923年

8月23日，由《妇女评论》与《现代妇女》合并组成的《妇女周报》创刊，为刊物出版写了社评。

8月，接受中共中央执行委员会委员长陈独秀委派前往上海大学出任中文系主任，并开设修辞学等课程。

同月，应邀赴上虞白马湖畔春晖中学夏期教育讲习会演讲，讲题为“国语教授资料”。黎锦晖、舒新城、黄炎培也应邀同席并作演讲。

10月，同柳亚子、叶楚伧、胡朴安、余十眉、邵力子、曹聚仁、陈德征等，共同发起成立“新南社”。与邵力子、胡朴安三人为编辑主任。

本年，在《民国日报》副刊《觉悟》上发表《最近物理学概观》《对于白话文的讨论》《文言白话和美丑问题》《方言可取的一例》《旧梦诗序——评刘大白的诗集》《谈新文化运动》《韩端慈女士底生涯》《骂人的不骂人党》《解约》；在《妇女评论》上发表《英国下议院与平等离婚案》《保护女子制度底萌芽》《女子工业社诸女子底努力》；在《艺术评论》上发表《看了东方艺术研究会底春季习作展览会的感想》等。

1924年

与刘大白等编辑《民国日报》副刊《黎明周刊》。

本年，在《妇女周报》上发表《妇女问题》；在《东方杂志》上发表《我的婚姻问题观》；在《觉悟》上发表《人类的行为与文艺描写的关系》《“老马”与“复辟”》《自称“研究新文学者”底文气谈》《美学纲要》《论辞格论底效用兼答江淹》等；在《时事新报》副刊《文学》上发表《修辞学在中国之使命》；

在《小说月报》上发表《修辞随录》多则。

1925年

5月，接任上海大学代理校长。

本年，参加由匡互生、叶圣陶、夏丏尊、朱自清等组织的“立达学会”，在立达学园任教。

本年，在《立达季刊》上发表《修辞学的中国文字观》；在《妇女周报》上连载译文《恋爱的三角关系论》；在《黎明周刊》上发表《毒火》等。

1926年

本年，在《黎明周刊》上发表《〈龙山梦痕〉序》；在《新女性》上发表《中国女子的觉醒》。

1927年

四一二反革命政变之后，上海大学被封，出任复旦大学中国文学系系主任及实验中学校长。

本年，在《新女性》上发表《现代女子的苦闷问题》。著作《美学概论》由上海民智书局出版。

1928年

筹建并于当年9月开办大江书铺。所编辑的《文艺理论小丛书》由大江书铺出版。

10月15日，《大江月刊》创刊。

本年，在《大江月刊》上发表《关于片上伸》《关于国术和国考》《新近两部别致的书》《名雕名画名影录》（连载）；在《北新》上发表《美学概论的批评底批评》；在《学灯》上发表《文学与体制》。

本年，译作《艺术简论》《文学及艺术之技术的革命》由大江书铺出版。

1929年

秋，出任中华艺术大学校长。

本年，在《小说月报》上连载《苏俄十年间的文学论研究》（译文）。

本年，与施存统合译的《社会意识学大纲》在开明书店出版。

1930年

2月，所编辑的《文艺研究季刊》出版，仅出一期即被禁。

5月24日，中华艺术大学被查封。

秋天，与蔡葵结婚。在义乌县立初级中学作“东义二县风俗的批评”的演讲。

本年，在《文艺研究季刊》上发表《自然主义文学底理论的体系》《果戈里和杜思廷益夫斯基》《断截美学底一提言》等译文。

本年，所译的《苏俄文艺理论》《艺术社会学》由大江书铺出版。

1931年

2月，辞去复旦大学教职，蛰居上海寓所撰著《修辞学发凡》。

9月28日，在《文艺新闻》上发表文章，抗议日本侵略我国。

本年，在《微音》月刊上发表《格绥论妆饰》《帝国主义和艺术》等译文，以及《论双关》《修辞与修辞学》等文章。另译有《机械美底诞生》。

本年，著作《因明学概略》在世界书局出版。

1932年

2月3日，与茅盾、鲁迅、叶圣陶、郁达夫、丁玲、何丹仁（即冯雪峰）、田汉等43人，就日本侵犯上海的“一·二八”事变，联名发表《上海文化界告世界书》。

2月8日，与戈公振、郑伯奇、王礼锡等发起成立“中国著作家抗日会”。

2月9日，在“中国著作家抗日会”第一次执行委员会会议上被推选为秘书长。

本年，著作《修辞学发凡》由大江书铺出版。

本年，在《中学生》上发表《贡献给今日的青年——答〈中学生〉杂志编者问》《关于恋爱》；在《微音》上发表《说飞白》《说跳脱与节缩》；在《女青年》上发表《说回文》等。

1933年

3月14日，出席中国学术界在上海举行的马克思逝世50周年纪念大会，并作演讲，介绍马克思的学说和成就。在大会上演讲的还有蔡元培等。

5月15日，与郁达夫、茅盾、叶绍钧、洪深、杜衡、鲁迅、田汉、丁玲共9人发表《为横死之小林遗族募捐启》。“小林”即小林多喜二，日本作家，本年2月惨死于日本法西斯势力的酷刑下。

7月1日，大型文艺刊物《文学》创刊，与郁达夫、茅盾、胡愈之、洪深、徐调孚、傅东华、叶绍钧、郑振铎共9人为编委。

7月，为营救被当局无理逮捕的左翼作家丁玲、潘梓年，与蔡元培、杨铨、洪深、邹韬奋、叶圣陶、李公朴、沈从文、柳亚子、夏丏尊等40多人，联名致电南京国民政府，要求查明释放或移交法庭办理。

9月，应安徽大学聘，任教“普罗文学”。

本年，在《文学》上发表《日本文学家的水浒观》；在《中学生》上发表《“吗”和“呢”的讨论》等。

1934年

6月，与陈子展、乐嗣炳、夏丏尊、傅东华、叶绍钧、曹聚仁、黎锦晖、黎烈文、马宗融等发起大众语运动。

9月，创办《太白》半月刊。在《太白》开辟“科学小品”专栏。在《太白》上首倡用民间的“手头字”。

11月，与叶圣陶、夏丏尊、宋云彬合编的《开明国文讲义》由开明书店出版。

本年，为夏丏尊、叶圣陶合著的《文心》一书写序。在《女青年》上发表

《镜花缘和妇女问题》；在《中学生》上发表《这一次文言和白话的论战》；在《文学》上发表《大众语论》《所谓一字传神》《名实问题》；在《申报》副刊《自由谈》上发表《关于大众语文学的建设》《怎做到大众语的"普遍"》；在《太白》上发表《方言的记录》《文学和大众语》《用脑子论》《明年又是什么年》等文章。

1935年

3月，所编辑的《太白》杂志特辑——《小品文和漫画》一书，由生活书店出版。

8月，应桂林的广西省立师范专科学校聘，前往任中文科主任，讲授"修辞学""中国文法学"课程。

本年，在《太白》上发表《虚字的研究》《关于刘半农先生的所谓"混蛋字"》《接近口头语的方法》《论游记要分版发行》《语文之间通同之共轨》《保守文言的第三道策》《关于"缩脚语"的论争》；在《文学百题》上发表《语言学和修辞学对于文学批评的关系》；在《中学生》上发表《关于修辞》等。

1936年

广西省立师范专科学校改组为广西大学文法学院，迁至南宁。继续留任工作。

6月，《望道文辑》由读者书房出版。

12月，译著《伦理学底根本问题》由中华书局出版。

1937年

7月，抗日战争全面爆发。从广西南宁回上海。与韦悫、郑振铎、陈鹤琴等组织上海文化界联谊会，从事抗日救国活动。

10月18日，上海战时文艺协会举行鲁迅先生逝世一周年纪念会，在会上讲话。19日，参加上海文艺界人士为纪念鲁迅先生逝世一周年而举办的座谈会。

本年，提倡拉丁化新文字，并到上海的难民所去做扫盲、普及教育的拉丁化新文字宣传教育工作。

1938年

6月，制订的《拉丁化汉字拼音表》，由开明书店出版。

7月，与陈鹤琴、方光焘等发起成立“上海语文学会”，任副理事长。

7月，创办并主编《译报》副刊《语文周刊》。

本年，在《文汇报》副刊《世纪风》上发表《纪念拉丁化的解禁》；在《华美周刊》上发表《拉丁化北音方案对读小记》《拉丁化北音方案对读补记》；在《语文周刊》上发表《中国语文的演进和新文字》《表示动作延续的两种方式》《说语言》《谈杂异体和大众化》《一种方言的语尾变化》《叠字的检验》《谈动词和形容词的分别》《谈存续跟既事和始事》《〈一提议〉和〈炒冷饭〉读后感》等。

年底，在上海的中国语文学术界发起关于中国文法革新的讨论。

1939年

2月，以上海语文教育学会名义，起草《请试验拉丁化以期早日扫除文盲案》，寄往教育部在重庆召开的全国教育会议。国民政府此时已迁至重庆。

11月，与陈鹤琴等以上海语文教育学会名义发起举办为期10天的“中国语文展览会”。

本年，在《国文周刊》上发表《文法革新的一般问题》《从分歧到统一》《回东华先生的公开信》《漫谈文法学的对象以及标记能记所记意义之类》；在《文艺新潮》上发表《拟请议决修改初高中国文课程标准并规定大学入学试题不限文体案》。

1940年

秋，由上海转道香港抵重庆，重返复旦大学任教，讲授修辞学和逻辑学课程。

本年，在《大美报》副刊《浅草》上发表《六书和六法》；在《长风月刊》

上发表《语文运动的回顾和展望》；在《学术》杂志上发表《中国古代的语文标记论》《文法革新问题答客问》；在《中国语文》上发表《从“词儿连写”说到语文的深入研究》《语文中的鸡冠派》《“语”和“语团”论略》等。

1941年

本年，在《复旦学报》上发表《答复对于中国文法革新讨论的批评》。

1942年

本年，任职复旦大学新闻系系主任。提出“好学力行”四字，并定为系铭。

1943年

本年，在《读书通讯》上发表《文法的研究》；在《东方杂志》上发表《论文法现象和社会的关系》《评黎锦熙〈新著国语文法〉书后》。

本年，所编著的《中国文法革新论丛》由重庆文聿出版社出版。

1944年

本年，发起募捐筹建复旦新闻系的“新闻馆”。

1945年

4月5日，“新闻馆”开幕典礼举行。

1946年

8月，随同复旦大学迁回上海。

1947年

2月，与上海文化界人士叶圣陶、郭沫若、马叙伦、胡朴安、金兆梓、朱经农、郭绍虞、方光焘、吴文祺、周予同、郑振铎等发起“中国语文学会”，并起草《“中国语文学会”成立缘起》一文，刊于当年2月14日的《文汇报》。

3月2日，中国语文学会在上海成立，与叶圣陶、章锡琛、郭绍虞、周予同、方光焘、魏建功一起被选为理事。

本年，在《国文月刊》上发表《试论助辞——纪念〈马氏文通〉出版五十周年》。

1948年

本年，在《国文月刊》上发表《两个原则（上海公私立大学教授对于中国文学系改革的意见）》。

1949年

4月5日，复旦大学新闻系师生举办庆祝会，庆贺他执教30周年暨59岁寿辰，庆贺由他创建的新闻馆建馆4周年。于右任亲书"记者之师"立轴一幅。

7月2日，出席在北京召开的第一届中华全国文学艺术工作者代表大会。

8月，被中国人民解放军上海市军事管制委员会任命为复旦大学校务委员会副主任兼文学院院长。

9月4日，上海新文字工作者协会成立，为主席团成员。当月11日，被推举为上海新文字工作者协会主席。

9月，出席在北京召开的政协全国委员会第一届全体会议。以后历任第二届全国政协委员，第三届、第四届全国政协常委，并当选为上海市政协副主席。

10月10日，中国文字改革协会成立，任理事。

10月，在他倡议下，复旦大学新闻系开设新文字课，由倪海曙主讲。

12月，被任命为华东军政委员会委员。

1950年

4月，任职华东军政委员会文化教育委员会副主任和华东文化部部长。

5月，提议把复旦大学的校庆日定为每年的5月27日。提议获校务会通过。（盖1949年5月27日全上海得到解放，故陈望道作此提议。复旦正式在此日举行校庆，则始于1952年。此前，1901年至1937年，校庆日是9月14日；1938

年至1951年，以5月5日为校庆日。）

本年，在《新教育》上发表《“一”字的用法——答沙人问》。

1951年

6月，由沈志远、苏延宾介绍，加入中国民主同盟。

本年，为周有光所著的《中国拼音文字研究》一书作序。

1952年

11月，出任全国高校院系调整后的新的复旦大学的校长。

秋，就新复旦的有关学校制度和教学改革等问题向全校师生作长篇报告。

本年，在《语文知识》上发表《计标》。

1953年

7月，在上海召开第一次华东高等学校招生工作委员会议，在会上就当时的文教方针和招生计划等问题作讲话。

10月起，历任民盟上海市第二届、第三届委员会副主任委员。

1954年

2月，出任华东行政委员会委员、华东行政委员会高教局局长。

5月，复旦举办首届校庆节科学讨论会，为本届科学讨论会的举行写贺词。

9月，出席在北京召开的中华人民共和国第一届全国人民代表大会。

1955年

6月，任中国科学院哲学社会科学学部常务委员。

10月15日至22日，出席在北京召开的第一次全国文字改革会议，为主席团成员，在会上所作发言的文字稿，被收录于《文件汇编》。

10月25日至31日，出席现代汉语规范化问题学术讨论会，在会上所作的总结发言的文字稿，被收录于《文件汇编》。

12月，在所任校长的复旦大学筹建语法修辞逻辑研究室。1958年后，这个研究室改名为语言研究室。

1956年

2月，出任上海市哲学社会科学学术委员会筹备委员会主任。

5月，任上海市人民委员会委员。

9月，上海语文学会成立，任会长。

秋，率中国大学校长代表团，应邀访问考察德意志民主共和国（简称“东德”），参加东德格莱爱夫斯代尔脱大学建校500周年庆典。

本年，在《语文知识》上发表《对于主语宾语问题讨论的两点意见》《关于〈汉语拼音方案〉（草案）的讨论》《上海语文学会成立大会开幕词》；在《文艺月报》上发表《纪念鲁迅先生》。

1957年

1月，《学术月刊》在上海创刊，任编委会主席。

6月2日，在《光明日报》上发表关于“复旦大学取消党委负责制，加强校务委员会作为学校最高领导机构”的谈话。

6月，由中共中央直接吸收为中共党员，但未予公开党员身份。

12月4日，在复旦大学中文系作“怎样研究文法、修辞”的学术讲演。

本年，《中国文法革新论丛》由中国语文社重印。

本年，在《新闻日报》上发表《我们知识分子必须进一步进行思想改造》；在《解放日报》上发表《知识分子必须进一步进行思想改造》；在《文汇报》上发表《向节日最好的献礼是彻底改造自己的思想》。

1958年

2月，制订“个人红专规划”。

3月9日，上海市哲学社会科学学会联合会（简称“社联”）成立，任社联主席。

4月，当选为民盟上海市委主任委员；同年11月，当选为民盟中央副主席。

7月，任国务院科学规划委员会语言学组副组长。

8月，写“整风思想小结”。

12月28日，上海语文学会及复旦大学语言研究室联合召开“纪念《马氏文通》出版60周年座谈会”，在会上作《漫谈〈马氏文通〉》的学术讲演。

本年，在《学术月刊》上发表《怎样研究文法、修辞》（即上一年12月4日在复旦大学中文系作的“怎样研究文法、修辞”学术讲演）。

1959年

4月18日至28日，出席第二届全国人民代表大会，在会上与孟宪承、廖世承、吴若安、苏步青等联合发言。

4月25日，在中国人民政治协商会议第三届全国委员会第一次会议上作题为《文化教育大跃进的一年》的讲话。

5月，在上海市第三届人民代表大会第二次会议上，与李振麟、贾亦斌、蒋学模等作题为《关于贯彻执行党的“百花齐放、百家争鸣”方针的几点意见》的联合发言。

12月，在政协上海市委员会会议上与廖世承作题为《为实现继续跃进贡献我们的一切力量》的联合发言。

本年，在《中国新闻》上发表《纪念五四运动四十周年，发扬爱国主义精神》；在《文艺月报》上发表《五四运动和文化运动》；在《复旦月刊》上发表《漫谈〈马氏文通〉》（即上一年12月28日在“纪念《马氏文通》出版60周年座谈会”上的演讲）、《复旦十年》；在《中国语文》上发表《对普通话教学成绩观摩会的两点愿望》。

1960年

冬天，出任《辞海》修订总主编。

本年，在《文汇报》上发表《“文法”“语法”名义的演变和我们对于文法学科定名的建议》（与吴文祺、邓明以合署）。

1961年

7月30日，在上海语文学会作题为《谈谈修辞学的研究》的学术讲演。

10月24日，在南京大学作题为《我对研究文法、修辞的意见》的学术讲演。

本年，在《上海盟讯》上发表《伟大、光荣、正确的四十年》《谈马克思列宁主义在中国的胜利》《纪念辛亥革命五十周年》等。

1962年

1月4日，在华东师范大学中文系作题为《修辞学中的几个问题》的学术讲演。

7月，在上海市四届人大一次会议上作题为《贡献我们的一切力量为推翻一穷二白两座大山而奋斗》的报告。

12月27日，复旦大学召开纪念《修辞学发凡》出版30周年座谈会，在会上作简短讲话。

本年，在《语言学资料》上发表《陈望道谈上海语言学界的倾向问题》等。

1963年

5月，在上海市四届人大二次会议上作题为《谈差距，挖潜力的增产节约方法的推广使用》的讲话。

1964年

4月19日，在杭州大学作题为《关于语言研究的建议》的学术讲演。

1965年

本年，所任总主编的《辞海》（未定稿）出版，并为书名题字。

本年，组织复旦大学语言研究室部分学者撰写论文《论搭配复合谓语的探讨》，发表于《复旦学报》。

1966年至1972年

1966年6月至1972年10月，“文化大革命”期间，被停止行政职务和社会活动。

1972年

10月25日，写毕《论现代汉语中的单位和单位词》。

10月，任复旦大学革命委员会主任。

11月，复旦大学语言研究室部分恢复，继续开展语法和修辞的研究。

1973年

1月，《论现代汉语中的单位和单位词》由上海人民出版社出版单行本。

3月，《汉语提带复合谓语的探讨》（由“文化大革命”前撰写发表的《论搭配复合谓语的探讨》一文修改而成）由上海人民出版社出版，署名“复旦大学语言研究室”。

1974年

1月13日至17日，出席第四届全国人民代表大会，被选为四届全国人大常务委员。

1975年

因病住院，在病榻上做《文法简论》的定稿工作。

1976年

7月，上海人民出版社重印《修辞学发凡》一书。

9月，撰写《关于鲁迅先生的片断回忆》。

本年，在《文汇报》上发表《巨大的鼓舞》。

年底，在病榻上完成《文法简论》的定稿工作。上海教育出版社1978年4月出版了这部著作，其时，陈望道已去世。

1977年

1月，在《文汇报》上发表《深切的怀念》。

10月29日凌晨4时，在上海华东医院病逝，享年86岁。

参考文献

（一）书

复旦大学语言研究室编：《陈望道文集》（第一卷），上海人民出版社1979年版。

复旦大学语言研究室编：《陈望道文集》（第二卷），上海人民出版社1980年版。

复旦大学语言研究室编：《陈望道文集》（第三卷），上海人民出版社1981年版。

复旦大学语言研究室编：《陈望道文集》（第四卷），上海人民出版社1990年版。

陈望道著、池昌海主编：《陈望道全集》（全十卷），浙江大学出版社2011年版。

陈望道：《陈望道手稿集》（上下册），复旦大学出版社2021年版。

陈望道：《文法简论》，上海教育出版社1978年版。

陈望道：《修辞学发凡》，上海教育出版社2006年版。

复旦大学语言研究室编：《陈望道语文论集》，上海教育出版社1980年版。

陈光磊、李熙宗编：《陈望道论语文教育》，河南教育出版社1989年版。

复旦大学语言研究室编：《陈望道修辞论集》，安徽教育出版社1985年版。

陈望道等：《中国文法革新论丛》，商务印书馆1987年版。

陈望道编：《小品文和漫画》，上海书店1981年版。

复旦大学语言研究室编：《〈修辞学发凡〉与中国修辞学》，复旦大学出版社1983年版。

复旦大学语言文学研究所编：《语法修辞论——纪念陈望道先生诞辰一百周年论文集》，浙江教育出版社1994年版。

复旦大学语言文学研究所编：《陈望道先生诞辰一百周年纪念文集》，学林出版社1992年版。

陈立民、萧思健主编：《千秋巨笔　一代宗师——纪念陈望道先生诞辰120周年》，复旦大学出版社2013年版。

郑奠、谭全基编：《古汉语修辞学资料汇编》，商务印书馆1980年版。

郑子瑜：《中国修辞学史稿》，上海教育出版社1984年版。

李运富、林定川：《二十世纪汉语修辞学综观》，香港新世纪出版社1992年版。

姚亚平：《当代中国修辞学》，广东教育出版社1996年版。

袁晖、宗廷虎主编：《汉语修辞学史》，安徽教育出版社1990年版。

周振甫：《中国修辞学史》，商务印书馆2004年版。

宗廷虎、李金苓：《中国修辞学通史》（近现代卷），吉林教育出版社1998年版。

何伟棠主编：《王希杰修辞学论集》，广东高等教育出版社2000年版。

黎锦熙著、杨庆蕙编选：《黎锦熙语言文字学论著选集》，北京师范大学出版社2002年版。

廖序东：《廖序东语言学论文集》，商务印书馆2004年版。

倪海曙：《春风夏雨四十年——回忆陈望道先生》，知识出版社1982年版。

邓明以：《陈望道传》，复旦大学出版社2005年版。

曹述敬：《钱玄同年谱》，齐鲁书社1986年版。

经亨颐：《经亨颐日记》，浙江古籍出版社1984年版。

鲁迅：《鲁迅日记》（三卷本），人民文学出版社2022年版。

鲁迅：《鲁迅书信》（四卷本），人民文学出版社2022年版。

胡适口述：《胡适口述自传》，唐德刚注译，安徽教育出版社2005年版。

胡适：《胡适论学近著》（第一集），山东人民出版社1998年版。

茅盾：《我走过的道路》（上册），人民文学出版社1981年版。

茅盾：《我走过的道路》（中册），人民文学出版社1984年版。

茅盾：《我走过的道路》（下册），人民文学出版社1988年版。

曹聚仁：《我与我的世界》，人民文学出版社1983年版。

曹聚仁著、曹雷选编：《曹聚仁书话》，北京出版社1998年版。

葛剑雄：《禹贡传人——谭其骧传》，浙江人民出版社2003年版。

卢敦基、周静：《自由报人——曹聚仁传》，浙江人民出版社2003年版。

董郁奎：《新史学宗师——范文澜传》，杭州出版社2004年版。

郑绍昌、徐洁：《国学巨匠——张宗祥传》，浙江人民出版社2007年版。

朱顺佐：《邵力子传》，浙江大学出版社1988年版。

周慧梅：《热风之外：周建人的生平与志业》，研究出版社2024年版。

陈四益：《臆说前辈》，人民文学出版社2003年版。

吴中杰：《复旦往事》，广西师范大学出版社2005年版。

吴中杰：《海上学人》，广西师范大学出版社2005年版。

程杏培、陶继明编著：《红色学府——上海大学》，上海大学出版社2002年版。

复旦大学校志编写组编：《复旦大学志》（第一卷），复旦大学出版社1985年版。

复旦大学校志编写组编：《复旦大学志》（第二卷），复旦大学出版社1995年版。

陈星：《人文白马湖》，方志出版社2004年版。

王富仁：《中国现代文化指掌图》，人民文学出版社2004年版。

刘为民：《科学与现代中国文学》，安徽教育出版社2000年版。

田正平、肖朗主编：《世纪之理想——中国近代义务教育研究》，浙江教育出版社2000年版。

方汉奇主编：《中国新闻事业通史》（第二卷），中国人民大学出版社1996年版。

陶菊隐：《记者生活三十年——亲历民国重大事件》，中华书局2005年版。

张静庐：《在出版界二十年》，江苏教育出版社2005年版。

陶亢德：《陶庵回想录》，中华书局2022年版。

卞孝萱口述、赵益整理：《冬青老人口述》，凤凰出版社2019年版。

张廷银、刘应梅整理：《王伯祥日记》（全二十册），中华书局2020年版。

叶圣陶著、叶至善整理：《叶圣陶日记》（全三册），商务印书馆2018年版。

郝振省主编：《中国近代编辑出版史》，浙江教育出版社2020年版。

范用编：《存牍辑览》，生活·读书·新知三联书店2015年版。

姜建：《开明派文化与文学》，商务印书馆2022年版。

［日］家近亮子：《蒋介石与南京国民政府》，王士花译，社会科学文献出版社2005年版。

朱正：《1957年的夏季：从百家争鸣到两家争鸣》，河南人民出版社1998年版。

［美］费正清编：《剑桥中华民国史》（上下卷），杨品泉等译，中国社会科学出版社2006年版。

（二）文

高天如：《索绪尔语言理论在我国的早期影响：重读〈中国文法革新论丛〉》，《中国语文》1986年第3期。

腾慧群：《索绪尔学说在中国》，《中华读书报》2002年3月27日。

史有为：《迎接新世纪：语法研究的百年反思》，《语言教学与研究》2000年第1期。

陈光磊：《汉语功能词类说》，《上海大学学报》（社会科学版）1996年第1期。

王富仁：《关于左翼文学的几个问题》，《中国现代文学研究丛刊》2002年第1期。

叶永烈：《〈太白〉与科学小品》，《温州日报》2004年10月10日。

宁树藩、丁淦林：《关于上海马克思主义研究会活动的回忆——陈望道同志生前谈话纪录》，《复旦学报》（社会科学版）1980年第3期。

宋庆森：《〈共产党宣言〉的早期中译本》，《中华读书报》1998年4月15日。

方厚枢：《我国辞书出版史上一件珍贵的史料》，《出版科学》2004年第5期。

谢泳：《1949年后知识精英与国家的关系——从院士到学部委员》，《开放时代》2005年第6期。

李达：《李达自传》（节录），《党史研究资料》1980年第8期。

包惠僧：《回忆渔阳里二号》，《党史资料丛刊》1980年第1辑。

瞿秋白：《现代中国所当有的“上海大学”》，《民国日报·觉悟副刊》1923年8月2日至3日。

施蛰存：《上海大学的精神》，《民国日报·觉悟副刊》1923年10月23日。

汪寿华：《汪寿华日记·求知录》，《近代史研究》1983年第1期。

葛世大：《陈望道的婚礼》，《文汇报》1994年5月9日。

林志仪：《陈望道先生在桂林——忆雁山往事》，《新文学史料》1989年第3期。

华中一：《一代宗师——纪念前陈望道校长一百周年》，《复旦大学校刊》1991年3月17日。

龚向群：《紫薇径与望道门》，《复旦大学校刊》1999年11月30日。

蔡宗阳：《〈修辞学发凡〉对台湾修辞学界的影响》，《当代修辞学》2011年第1期。

于成鲲：《陈独秀与陈望道为什么没出席第一次党代会》，《秘书》2011年第8期。

霍四通：《陈望道〈共产党宣言〉中译本用了什么底本》，《文汇报》2020年7月1日。

马姝：《“桑格热”之后》，《读书》2022年第9期。

俞宽宏：《鲁迅、陈望道与大江书铺关系考论》，《中国出版史研究》2023年第2期。

后　记

本书取名“太白之风”，这“太白”不是唐朝大诗人李太白的“太白”，而是源自陈望道1934年至1935年间创办并主编的《太白》杂志。杂志取名“太白”，按陈望道的解释：一是“太白是白而又白，比白话文还要白的意思”；二是“太白二字笔划少，符合简化的原则”；三是“太白星在黎明前出现时，名启明星，表示天快亮了”。这三层意思，或许可以代表陈望道一生中几个主要方面的活动：语言学研究、语言文字改革、国文教育改革，以及思想文化启蒙和政治上的倾向性与行动。而这本杂志的创办和主编，或许可以代表陈望道一生中在新闻出版等传媒业的实践以及所从事的新闻教育工作。

关于这本书有几点需要特别提出来说明的。

邓明以先生的《陈望道传》，是陈望道先生传记的奠基之作。这部奠基之作，嘉惠我们甚多，本书注明的对邓先生这部著作的引用或转引，即是佐证。本书对邓先生这部传记里的若干处细小枝节的不准确，有所辨析。但这些都是细枝末节，这一小眚难掩邓明以先生大著之大德。

陈光磊先生考订了陈望道先生的生年。本书采用了光磊先生的结论。2018年12月8日，我在义乌参加陈望道先生研讨会，上午在陈望道先生分水塘故居的楼上，光磊先生说我的《太白之风：陈望道传》写得很好，选择的角度好。光磊先生是陈望道先生1949年10月后在复旦大学带的第一位研究生。光磊先生的肯定，给了我鼓励。

霍四通先生考订了陈望道先生翻译《共产党宣言》所取用的英文、日文底本，辨析甚详。本传记采用了霍四通先生的结论。

《修辞学发凡》是陈望道先生的代表作，也是中国修辞学史上的一部经典作品。霍四通先生《陈望道新文艺版〈修辞学发凡〉是如何问世的》一文，对这一版的价值作出了有理有据的分析。这也提示我们，对作品的经典化过程进行考察，出版也是一个很有意味的维度。本传记的相关内容，主要材料取自霍四通先生的这篇论文。

写陈望道先生，在材料的取舍上颇费踌躇，他的人生中，政治活动占了不少的“篇幅”。但我写的是“文化名人传记”，所以最终确定把笔墨的重点放在他的文化教育和学术的实践上，至于政治实践，除非是在中国历史上比较重大的，就略写或不表了。

我们已不可能再接触陈望道这个活生生的人了，幸而他的同代人和他的学生给我们留下了亲见亲闻亲历“三亲”史料。他们在写关于陈望道的回忆文章时，从各自的视角给我们留下了有关陈望道这个人的活生生的片段故事。把这些故事编织进这本传记，也使陈望道在我们面前的形象生动了起来。所以我在阅读这些资料时，会格外留意这些片段故事。他们的视角有时会互为冲突或矛盾，这就使陈望道这个形象变得有点儿复杂了。但这也未必是不好的事。上帝也许是全知的，而凡人总是凡人，有自己的认知视角，这视角也就必会伴随着认知盲点和认知偏差。把不同认知视角下的同一个人的不同形象重叠或互为补充，不是可以丰富我们对这个人的认识吗？而这个人的形象不是会在这样的多重甚至矛盾的视角的观照下，变得立体起来，更丰富和丰满吗？所以我尽可能多地引述这些“三亲”史料。当然，考虑到使用材料的一些标准，譬如得是正式的档案公布的，或者是在报刊或网站上正式公开发表的，等等，所以也有若干材料，虽然有意思，但到底还是没有使用。——当然，就是正式发表的文章，也有错讹的，如果使用，也得做些辨析。

关于陈望道在修辞和语法研究方面的学术贡献，有关中国语言学的学术史著论都谈了很多，给予了充分的肯定。但也有一些不同的声音。我在书里对这些不同的声音部分地作了记录。对于被陈望道所批评的语言学家的一些学术见解，近些年来又有学者作出了新的认识，我也有限度地作了记录。这是想表明学术是无止境的，“真理”也不是“定于一尊”的，在辨别“正确”与“错误”时，我们得有足够的“怀疑主义”的理性和智慧。这样，我们的思维才不会僵硬僵化。

我在写这本书时，也引用了一些历史资料以作背景。虽说历史不是单线条的单向演进，但只要我们对历史不是刻舟求剑，不是削足适履，“前事不忘，后事之师”这句话仍然是管用的。历史是值得我们记取的。历史里有一种伟大的智慧。

写这本陈望道的传记时，我又重温了陈望道的著作特别是他的修辞和语法著述，重温了现代中国语言学史和现代中国的历史，重温了别的历史人物的著述，获益甚多。这也是为什么我愿意写文化人物传记的一个原因：我在温故中得益了。

写作这部传记，我得向下列诸位师友表达我的谢意，感谢他们给予我的指导、帮助和勉励，他们是：周成璐，王丕承，伍方斐，郝诗仙，方若虹，赵明节，高宁，陈星，伍彬，包晓峰，陈江明，周晔，卢敦基，吴寒，金新秀，林玮。在我写这篇后记时，郝诗仙兄已经英年早逝。不胜哀伤，愿诗仙在天之灵安息。

周维强

2024年9月18日于杭州西溪居所